m

———— 阅读之前 没有真相

午夜文库

华丽人生

[日] 伊坂幸太郎 著
吕灵芝 译

新 星 出 版 社　NEW STAR PRESS

Lash
（名词）鞭打。鞭子。（机械可动零件间的）空隙。余隙。
（动词）冲击。摆动。（对金钱等）大量花费。

Lush
（形容词）丰富的。豪华的。苍翠繁茂的。
（名词）酒。酒鬼。

Rash
（形容词）轻率的。鲁莽的。不顾后果的。
（名词）皮疹。疹。

Rush
（动词）冲。闯。赶紧。
（名词）迅速移动。忙碌。匆忙。

摘自日本研究社《领先者英日辞典》。

荷兰画家 M.C. 埃舍尔的《走不完的阶梯》

a life

故事开始在最高时速二百四十公里的地方。

0

志奈子看向前方，车厢的自动门恰好开启。与此同时她还听到"噗嗤"一声，仿佛五百系希望号发出了一声叹息。

户田要回来了。她慌忙把视线移向窗外，但余光还是不可避免地瞥到了他。那是个油腻的六十岁男人，让人不忍直视。此人身材中等，在同龄人中属于偏瘦体型，然而那盲目自信的神情和大摇大摆的步态让他全身上下散发着肥腻的感觉。他穿着黑黄色条纹的夸张毛衣，除了恶趣味别无其他形容之法。然而，若说他是常年来往于银座与欧洲的画商，倒还真有那么点感觉，着实教人不可思议。

户田一在她旁边落座，志奈子就感到呼吸困难。车厢里没有其他乘客，但她就是觉得无比憋闷。活到二十八岁，志奈子第一次坐上高等座席，然而她完全感觉不到舒适。

她的眼神四处游走，不经意间瞥到了户田手上的报纸。

"闯空门大盗正在日本北上""仙台市内分尸惨案后续""夫妻两人藏匿尸体，尸体呈现整形痕迹"……全都是些不太平的新闻。

非要说的话，也不是没有好消息。"中国香港彩票狂中四十亿日元的中奖者可能是日本旅客"，这则消息篇幅虽小，却挺喜庆。

"好厉害啊。"志奈子说。

户田看了一眼文章,哼了一声。"到处都在讲不景气、不景气,不景气这么长时间,恐怕这就是日本的标准状态吧。就算孩子考试得过一次满分,可如果后来一直得五十分,那就意味着孩子的实力只有五十分,不是吗?这种经济状态只要一直持续下去,它就是正常状态。如果一个国家整天只想着像过去一样再走一次狗屎运,那就不会有将来。还有失业率,是谁规定这个世界上一定要存在足够每一个人做的工作?反正我没规定。谁都能找到工作,这只是毫无根据的幻想而已。说白了就是人口太多,没有那么多工作岗位,很简单。"

"啊,不是。"志奈子总算找到了插话的空当,"那个,我是觉得买彩票中四十亿的报道很厉害。"

"你说这个?"户田看了一眼报纸反面,"真走运。"

"要是户田先生中了,会感到高兴吗?"志奈子自己都觉得这个问题很无聊。

户田的皮肤很好,不像是过了花甲之年的人。只见他露出洁白的牙齿咧嘴一笑,回答道:"钱的数量等于幸福的数量。四十亿啊……你也想要吗?"

志奈子笑了。

"那当然啊。"

"想要就给你。"

"别开玩笑了。"

"只要你愿意付出代价,我当然给。"

她无法直视户田的脸,而且突然有种被他紧紧抱住,当场脱光的不快感。

"没有钱买不到的东西。"户田挺起胸膛,仿佛是他发明了这句话。

别开玩笑了——这回,志奈子没能说出这句话。假设有人一辈子与挫折和失败无缘,那户田就是那种人。一旦发现人气开始上升的外国画家,他就马上与之签订终身合约,把看上的画全都弄到手。可以说此人聪明伶俐,同时老奸巨猾,显然与同龄人和其他同行风格不同。

户田是户田大厦的第三代所有人,从出生那一刻起就在接受将要管理全国各地产业的教育。他经常说:"狮子的幼崽就算没有明确的认知,也会被教育成狮子。"而且还说:"我最近才真正明白,人活着就需要钱。"

户田并不甘于老老实实经营自家的不动产。他一边经营着不动产,一边踏入了美术界。志奈子很难想象他的目的何在,是否有胜算,然而,户田作为画商很快就获得了成功。

只要发现有潜力的画家,他就毫不犹豫地抢占先机,将其画作的买卖权弄到手。而且他不会马上卖出,而是耐心等待价位起来,再卖一大笔钱。正因为他有充足的资金,才能这么干。"在户田先生眼中,画只是股票的一种形式。"曾经有一个人满脸悲伤地这么说,"他坚信画家画的都是股票票面,画的价值不在于它给人带来的想象,而是价格表上的数字。"

"听好了。"户田还在旁边滔滔不绝,"爱情、宠物,这些都能标价。只要慢慢把价格做上去就好。你不也是相当于被我买了吗?"

志奈子无言以对。因为她的确背叛了恩人,与户田签了合同。

"没有钱买不到的东西。"

户田声称不喜欢旅途太吵,眼睛也不眨就把整个高级车厢的乘车券、特快券和高等座席券全都买下了。这是志奈子亲眼看着他做的事情。他还向政治家贷款,说什么那位议员头都秃了还对自己深鞠躬,于是他拿起电话就安排了贷款。这也是志奈子几十分钟前目睹的事情。

"今天有什么计划?"

"我要把你介绍给仙台的客人。"

户田露出了下流的表情。志奈子不禁沮丧地想:这个人肯定对我的画没兴趣。接着,她想起了那个人。他曾对志奈子说:"千万不要把注意力放在绘画之外的地方。"他是户田画廊的员工,虽然没有资金和地位,但是懂得绘画,也很欣赏志奈子的作品。

"《连接》这幅画特别好。"最后一次交谈时,他夸奖了志奈子的新作品,还看透了其中的内涵,"那是接力的意思,对吧?人生的意义必然在于向某个人递出接力棒,我的今天会连接到别人的明天。"

他总是很欣赏年轻画家,就算不好卖,也希望经手好的作品。所以,他会辞去户田画廊的工作独立出来,也并不是一件让人意外的事。

"我想为你们这样的画家开一个画廊,即使不大也无所谓。"他尝试去实践了自己的话,因为他相信,世界归根结底是人与人的连接。

但是最终他的画廊没有开起来,因为他看好的画家全都拒绝了他。

结局来得仓促而干脆。所有他信赖的画家都背叛了他,最终他没能在店里装饰任何一幅画，便黯然退场了。

那一次，是户田凭借金钱的力量，轻易毁灭了一个人的梦想。

"我们先在东京吃个晚饭，然后去仙台吧。"

行程完全由户田决定。两天前，他给志奈子打了通电话，说："你跟我一起去拜访大客户吧。"她无法拒绝。

"你知道《华丽人生》吗？"过了许久，户田开口道。

"那是什么？"

"是曲子哟。一首叫这个名字的曲子。你不听爵士乐吗？"

志奈子摇摇头。"我没听过。"她无比厌恶自己挤出来的假笑。

"是柯川演绎的名曲[①]。Lush Life，华丽的人生。很棒，对不对？我可以肯定，现在这一刻，我的生活比其他地方的任何人都富足。"户田展露出幸福的笑脸，"试着想象一下，傻乎乎的无业游民自不必说，就拿错以为自己干得不错的小偷和宗教家来说，眼下这个瞬间，有哪个活着的人比我过得还富足吗？"

黑泽正要走出公寓时，发现门口夹着一张传单，就拿下来看了看。传单来自公寓管理协会，上面写着"仙台发生多起撬锁盗窃案"，大意是组织所有公寓住户换锁。传单上印着圆盘锁的图片，附带"锁孔呈纵向く字形的门锁最危险"的字样。太会找麻烦了。他啧了一声。

最近这段时间，一个盗窃团伙在日本到处作案。跟家家户

[①] 约翰·柯川（John Coltrane, 1926—1967），美国著名萨克斯管演奏家。Lush Life 这首曲子由美国作曲家、演奏家比利·斯特雷霍恩（Billy Strayhorn, 1915—1967）创作，有多个版本的演绎。

户都装有两三道锁的国家相比，就算扣去交通费，也还是日本更赚钱。

可能东京已经不太好行事，盗窃团伙就把作案范围延伸到了仙台。其结果就是，黑泽町上的住户都安上了两三个回旋式弹子锁搭配锁杆的门锁。

他穿上鞋，把传单叠好塞进口袋里，出门去了。

黑泽突然想，那些拉帮结伙、只求快钱、到处作案的盗窃团伙或许可以被称为资本主义之鉴。他们最看重效率和利益。那像我这种人，看重什么呢？"美学？"他试着回答这个问题，然后忍住了笑。太老套了。

就在他锁上门的那一刻，隔壁房间的门猛地打开了。

这是他第一次碰见邻居，一时没反应过来，条件反射地做了自我介绍："我是住在隔壁的黑泽。"对方是个年轻男人，可能只有二十几岁，看着面色苍白，好像很不舒服，搞不好是喝了一夜大酒。他身上的藏蓝色T恤又松又垮。对了，昨天隔壁屋吵了一夜，说话声也大，可能在开派对。

青年也一脸惊讶。他嘀嘀咕咕地回应了黑泽，由于声音太小，黑泽基本没听清。接着，青年想了想，又说："对了，能帮我把门撑住吗？"门？黑泽满心疑惑。

"我朋友喝多了，我得把他背到楼下去。"青年怯生生地说，"这扇门一松手就会关上，所以能请你帮我撑一下吗？"

黑泽耸了耸肩，一言不发地抬手撑住了门。

对方小声道了谢，声音小得黑泽只能猜测大概是这个意思。然后，青年再次走进屋里，不久之后便半背半拖地带了另一个人走出来。黑泽闻到扑鼻而来的酒臭，不禁感叹年轻人没有压力就是好。

接着，黑泽又按住正好在这个楼层打开门的电梯，等了一会儿。他目不转睛地看着青年把朋友背进了电梯。背上那个人醉得不轻，像坏掉的牵线木偶一样晃晃悠悠的。青年可能觉得自己马上就回来，门也没锁，真是太不注意了。

观察已经成了黑泽的习性，只要有人路过，他就会不动声色地观察并推测——这人钱包里大概装了多少钱，家里大概有多少财产，是否有家人，喜欢狗还是喜欢猫，是否爱存钱，是否信任银行，这家伙真的是男人吗……当他之后潜入某人家中，发现情况正如自己的推测时，就会获得超过工作的成就感。

电梯门关上了。黑泽冲青年抬手打招呼，对方好像没看到。

之后，他发现走廊上掉了一张纸。本来有点期待是钞票，但并不是。可能是那个青年，或是他背上那个人口袋里掉出来的东西。

上面写着看不懂的文字，还有几行数字。既有汉字，也有符号。黑泽想，这难道是外国卖的护身符或者签纸吗？他又对着光看了看，没有特殊纹路。于是他捏着纸摇晃了几下，再次看向电梯门。刚才那个人说不定是外国人。

黑泽拿着那张纸翻来倒去看了好几遍，左思右想之后，直接塞进了钱包。

这张写满外国字的纸说不定能招财，黑泽戏谑地想着，收起了钱包。

仙台车站前排着长队。黑泽边走边看，发现队伍来自一家咖啡厅。因为刚开业，里面气氛活跃。

黑泽快步走进车站。今天是工作日，没什么游客。他乘电梯下到一楼，穿过了出租车载客点。站在车站前，一座高塔般的建筑物映入眼帘。那是市里刚建成的展望台。细细的塔尖高耸入云，蔚为壮观，电梯入口还挂着垂幅，上书：特殊日子的别样体验。黑泽怎么都无法想象自己登上展望台的样子，毕竟对一个窃贼来说，"特殊的日子"恐怕只有干活失手被抓现行的时候。

旁边的墙上还贴着"埃舍尔展"的海报。那是著名的错视艺术家，或者该说是插画家？海报上印着他最知名的城堡画。

黑泽对绘画等艺术品基本没有兴趣，只记得以前有人从屋顶用钓鱼线和钓钩偷走了意大利某美术馆收藏的克里姆特画作。

过了一会儿，他发现路边有个白人女性。那人把金发扎成马尾辫，看起来挺年轻，穿着直筒牛仔裤，很好看。

黑泽之所以停下脚步，并非因为她长得好看，也不是因为她像那种有钱又粗心的目标人物。是因为她举着一块标语牌。白人女性正在向行人展示写在素描本上的话：请告诉我你最喜欢的日语。

"这是你自己写的吗？"黑泽走过去问了一声，白人女性立刻做了自我介绍，说自己是某大学的留学生。

"我正在调查日本人喜欢什么词汇。"

"哪种比较多？"信号灯变绿了，但黑泽没有走开。

"目前最多的是……"她看了看素描本的内容，用流畅的日语回答，"'梦'吧。"

"吧？不确定吗？"

"还有'景气'。"她打趣地说，"这个也很多。"

"我也写一个吧。"黑泽接过马克笔，请她翻开新的一页，在正中间工工整整地写了一个硕大的"夜"字。

"'夜'啊。"她抬头看向黑泽。

"我喜欢夜晚。"

"真有意思。"白人女性顿了顿,接着说,"像小偷一样。"

黑泽吓了一跳,但不动声色地接过了话头:"对了,我最讨厌的词是'锁门'。"

"锁门?"白人女性似乎不太理解,"难道不是'巡警'吗?[①]"

黑泽笑了。"那个也讨厌。"

他转身离开,走着走着又看见了一条狗。貌似是一条野狗,没戴项圈。是柴犬吗?很少见到流浪的柴犬啊。狗身上本来应该是浅栗色的毛已经被灰尘泥土染成了灰色。车站附近能见到狗,这真是挺稀奇的。再加上最近野狗已经少了很多,甚至比黑泽在大街上碰到同行更稀奇。他有点担心那条老狗会不会冲到车水马龙的大路上。

信号灯再次转绿,这回黑泽过了马路。窃贼不能跟狗交朋友。他遵循自己的美学,不再理睬那条脏狗,继续往前走。

河原崎呆滞地看着越来越热闹的咖啡厅入口。透过宽大的窗户,还能看见新干线的高架桥。下行线的"Max山彦号E4系"正驶入站台。

他的咖啡早已喝完,但还不能离开。话虽如此,一个靠奖学金勉强维持生活的大学生又舍不得再点第二杯。他还是拿到了店铺开张纪念的折扣券,才买了第一杯半价的咖啡。

一如平常,他正在画画。其实就是用圆珠笔在路上拿到的"寻人启事"背面涂涂抹抹。比如客人的侧脸,一闪而过的

[①]锁门的日文读作"Ojimari",巡警的日文读作"Omawari"。

Max山彦号,笔触随意而奔放。画画不是他的兴趣,而是生活的一部分。

传单上要找的是一名年轻男性,目前已经失踪将近一周,其父母正在到处寻找。河原崎看了一眼照片,是个气色不太好的青年,而且身材比较矮小。

特征描述中提到了"大腿根部有手术痕迹",河原崎不禁失笑。谁会拉住一个陌生人说"请让我看看你的大腿根部"呢?上面甚至还写着"有缝了八针的痕迹",难道还要别人数数有几针吗?

新开张的大型咖啡厅里非常热闹,每个座位都坐着人。

塚本先生找我到底有什么事?河原崎思索着。塚本是干部,平时很少有机会直接对话,河原崎也不明白对方为何主动约见他。

上次集会后,有人在仙台县民中心门口叫住了他。一位身穿黑色连衣裙的年轻女性对他说:"你是河原崎先生吧?有人在一楼休息室等你,请跟我来。"

走进去一看,发现对方是塚本,河原崎不由得"啊"了一声。

"别这么惊讶啊。"塚本的语气很随和,"又不是被高桥先生叫了。"

听到这句话,河原崎就忍不住发抖。因为"高桥"是他连说都不敢说的名字。

"我姓塚本。"

"我、我知道。"河原崎马上回答道。有谁会不知道他呢?他不到三十岁就成为干部,一直作为"高桥"的亲信,在信徒中格外出名。这件事发生在两天前。

不知何时,塚本已经来到眼前。河原崎吓了一跳,险些撞翻咖啡杯。

"你画画挺不错啊。"塚本注意到了河原崎手边的涂鸦。

"啊，您、您好。劳烦您跑一趟，真不好意思。"河原崎慌忙翻过他的涂鸦，露出了寻人启事上的照片。

塚本略显惊讶地看着那张照片，问道："你认识这个人吗？"

"不，不认识。"河原崎摇头否定道，"这是别人在大街上发的传单，说在找人，跟我完全没关系。"他一不小心就用上了辩解的口吻，还匆匆折起传单，塞进了口袋里。

塚本目不转睛地看着他的动作。河原崎本以为会被教育"与其寻找他人，何不把时间用于摸索自己的未来"，然而对方并没有开口。

塚本指着门口说："我们出去吧。"

排队的人一直延伸到了门外。虽说这是开在仙台的第一家连锁店，但为了喝杯咖啡而排队，这也太奇怪了。这些人究竟是喜欢排队还是喜欢咖啡？可能是前者。

光是跟塚本走在一起，河原崎心中就涌出了莫名的优越感。他们不是在路上偶然碰到，他不仅记住了自己的名字，还专门把自己约了出来，这是一件多么光荣的事啊。想到这里，河原崎强忍住了呼之欲出的欣喜。

刚才那个发传单的人依旧站在拱廊商店街入口。看到那人额头上深邃的皱纹，河原崎不禁想，相比起来，自己是多么幸运啊。

"你这帽子很不错啊。"塚本指着河原崎头上的红色棒球帽说。

"这是父亲以前买给我的。"

这是一顶进口帽子，帽檐很长，曾经是一名巴西足球运动员的标志性配饰，有段时间在日本很难买到，火爆到甚至引发了社会现象。

"你这顶红帽子就是当时很流行的那款吧？到处都买不到。"

他至今仍不知道父亲究竟是从哪儿弄来了这顶帽子。当时，河原崎坚信这是仿制品，其实并非如此。他对父亲那一脸得意的表情印象深刻。父亲还掏出自己的那顶帽子，高兴地说："咱们俩都有。"

"那时好像很流行把帽檐折弯吧，你的倒是没有。"

"我父亲折了。"河原崎苦笑着说。父亲觉得既然买了帽子，就要紧跟流行，便笨拙地折弯了帽檐。那一刻父亲表现出了由衷的欣喜，河原崎则不以为然，坚决不折弯自己的帽檐。

"你瞧。"塚本说，"那儿有狗。"

河原崎连忙移动视线，担心自己不快点找到目标就会被塚本扔下。

是有一条狗，离他们可能有二十米远。它慢悠悠地走着，不时把鼻子贴向地面，脖子上没有项圈。

"在这种地方看见狗，好难得啊。而且它没有项圈，是野狗吧？"

"看着像柴犬，有可能是杂种的。"

河原崎听着塚本说的话，想起了父亲。他可能是在那条浑身脏兮兮、无处可去、尽管被人嫌弃却还要在周围晃悠的流浪狗身上看到了父亲的影子。

三年前，父亲突然从二十层公寓的十七层张开双臂一跃而下，就这么死了。他又想起了自家玄关的场景。那天是大学入学典礼的日子，河原崎坐在玄关，正忙着擦亮新买的乐福鞋。背后响起电话铃声，随后母亲叫了他一声，大声说："你爸跳楼了！"

此时，他才抬起头来，一时没有反应过来，还愣愣地回头问了一句："几楼？"

听完警察的报告，河原崎虽然震惊，但也觉得这很像父亲的风格。父亲是沿着紧急通道上的楼，可能还没爬到二十楼就累了。他肯定想着：这里就够了吧。所以才会从十七楼跳下去。离终点还差两分，父亲的人生总在这个地方落败。

"你怎么不太高兴，因为讨厌狗吗？"

听见塚本的声音，河原崎猛地回过神来，慌忙否定道："没、没有。"

塚本看了他一会儿，然后问："河原崎君，你是什么时候进来的？"

"应该是三年前。"他回答。

"了解我们的契机，真的是那个吗？"塚本说完，正好信号灯转红，两人停了下来。

河原崎一听就知道"那个"是指什么。是发生在仙台商务酒店的连续杀人案。"那是两年前的事情吧？"

"不，第一起案子应该是在三年前。一个男人在车站东口的商务酒店中被勒死。"

其后，商务酒店内不断发生杀人案，频率基本是每月死一个人，而且案发现场都是仙台市内的商务酒店。这起案子被全国播放的新闻节目大肆介绍了一番，还引来不少看热闹和趁机取乐的愉悦犯。当时调查毫无进展，连河原崎都有点同情警方了。由此可见这个案子的棘手程度。

但是有一天，案子突然解决了。在一位普通市民的帮助下，警方逮捕了凶手。那位普通市民，就是"高桥"。

信徒们谈起那一天，大多会眯着眼睛，露出陶醉的表情。

据说那天有一场演讲会。演讲结束后,"高桥"没有像平时那样从台上下来,而是继续用平淡的语气说道:"对了,各位知道商务酒店凶杀案吗?其实都是连在一起的。世间万物大都连在一起。下次的案发现场是仙台花园酒店三楼。"

当时河原崎还不是信徒,所以没在会场。为此,他感到后悔万分。因为现在信徒中间出现了看不见的划分界线,分为之前的信徒和之后的信徒。前者可以陶醉地回忆,后者只能凭空想象。

"那句话真的让我汗毛直竖。因为我甚至不知道高桥先生对那个案子有兴趣。演讲会结束后,我们连忙开了干部会议,当时高桥先生还说了这么一句话……"塚本凝视着远方,仿佛回忆起了当时的光景。河原崎紧张地咽了口唾沫。

"他说:'那我就证明给你们看看吧。'"

即使是从塚本口中听到这句话,河原崎也感到浑身一震。这句话真是太有感染力了。

"高桥先生说完,就拉过白板开始证明。他写下了被害者的年龄、性别、案发当日的天气、商务酒店的位置等已知信息,并分析了背后的规律。各种情况都能证明下一个案发地点将会是仙台花园酒店的三楼。"

"警方很快就相信了吗?"

"他们怎么可能老实地听从一个普通市民的建议。我们花了不少工夫呢。"

塚本没有继续说下去。事实上,仙台中央警察署的调查人员真的在仙台花园酒店三楼的逃生楼梯上抓到了凶手。

事后媒体反应格外激烈,而且充满戏剧性。"现代的歇洛克·福尔摩斯",这种连看的人都感到羞耻万分的标题充斥纸面。仙台各大媒体纷纷涌上门去,还有的杂志社打听到了"高桥"得出真相的思路，将其写进了文章中。

一开始，电视台和杂志记者都把"高桥"奉为英雄，想把他捧高。他们还认为帮助解决凶案的普通市民应该得到奖励。

接下来，信徒人数暴增。倾慕"天才"和"英雄"的人，以及寻求内心指引的潜在信徒瞬间聚集到"高桥"周围。河原崎也是其中一员。那个时期还出现了"高桥"能预见未来的传闻，河原崎也曾亲耳听到一些人说："他能赶在事情发生前拯救生命。"

然而，"高桥"很少出现在公众面前，也不接受采访。媒体意识到从他身上挖不出新闻时，渐渐流露出了不满情绪。

此时，某出版社提出了"二十一世纪的名侦探实为邪教教主"的话题，媒体仿佛找到了发泄的出口，顿时转向那个方向。

"塚本先生，您对最近的那个案子有什么看法？"河原崎问了一句。

"哪个案子？"塚本想了想，然后说，"哦，你是说杀人分尸案吗？"

大约半年前，仙台市内发现了一具被分解的尸体。目前已经断定死者是一名年轻男性，但是身份不明，也找不到凶手。最近，别处也发现了同样的尸体，事情终于闹大了。这些案子极有可能是同一凶手所为。

"河原崎君，你在期待高桥先生解决那个案子吗？"

河原崎很不好意思，便闷哼了两声充当回答。

"高桥先生说不定已经弄清那个案子的结构了。"

"真的吗？"

塚本笑了。"我也不知道，但他有可能像上次那样突然提起来。说不定哪一天早上他就会说'我来证明'了。"

信号灯变绿了。

"这是神的意志。"塚本又说。

"啊？"

"世界上总会发生一些难以解释的事情，那就是神的意志。"

河原崎不太明白，可他不敢说出来。因为他不想被轻视。

"你知道海象吗？"

"海象？"

"在北极有很多海象。它们身体庞大，嘴里长着两根朝向地面伸出的长牙。"

"海象怎么了？"河原崎挺直了身子。

"我在电视上看过，有一次，一大群海象来到了陆地上，其中的几十头朝着山坡爬去。结果继续观察，发现它爬上山坡之后，纷纷朝着悬崖下方滚了下去。当然，它们必死无疑。那群海象就这么接连不断地滚下去摔死了，尸体堆积成山。那可是集体自杀。"

"从十七楼？"河原崎忍不住说。

塚本疑惑地皱起了眉。"不知道这是种什么习性。"

"那又怎么了？"河原崎尝试想象海象坠落的情景，险些下意识地动起手来描绘。

"反正都一样。重力、公转、自杀的海象，这些都是神的意志。"塚本停下脚步合上了眼，似乎想让自己平静下来。行人从他的两边匆匆走过。"你是在电视上看到了高桥先生，才加入我们的？"

河原崎含糊地应了一声。严格来说，那不是他第一次见到"高桥"。早在看电视之前，河原崎就已经见过"高桥"了。那时父亲刚去世，河原崎夜不能寐，经常像梦游症患者一样，在附近的桥上来回走，倾听深夜的流水声，努力不去想任何事情。就这样一直走到产生睡意,或是再也不在乎睡觉这件事。

那天夜里,台风逼近,广濑川的滚滚浊流轰鸣不止。而他突然听到有人游泳的声音。

那时不是夏天,在这么一个大雨滂沱的深夜,竟有人在游泳吗?河原崎吃了一惊,下桥走向河岸。

一个男人站在那里。在深夜路灯的映照下能看到他光着上半身,正在拧干脱下的上衣。

他救了一只落水的猫。那只湿漉漉的猫就在他脚边甩着身上的水。

河原崎定定地看着那个人。他站在路灯的光亮中,虽然不算高大,背影却反射着近乎神圣的光芒。他的背上有一道特别的伤痕,像是 X 形的烧伤。虽不至于不忍直视,但还是让人毛骨悚然。

男人的侧脸端正俊俏,烧伤的疤痕更为他增添了一分神秘。

河原崎举着伞,一句话也说不出来,呆呆地看了一会儿。

很久以后他才知道那个男人就是"高桥"。在电视上看到"高桥"时,他瞬间就认出那是在河边见到的男人。

他从未把这件事告诉别人。那天跳进河里救猫的"高桥",在河原崎眼中就像悲天悯人的神明。所以,他看到的一切都是只属于他的恩惠,又怎能分享给其他人?

"你上过那个展望台吗?"塚本指着车站前的展望台问。

河原崎摇摇头。他对高楼没有兴趣,也不喜欢抬头视物。因为他每次都会想起父亲一跃而下的那座二十层公寓。"塚本先生呢?"

"我也没有。听说上面视野很开阔。"

"那上面写着'特殊日子的别样体验'呢。"河原崎突然忍不住笑了出来。因为对他来说，根本就没有"特殊的日子"。非要说的话，就是与塚本并肩行走的此时此刻吧。

河原崎看到了"埃舍尔展"的海报。虽然他对徒有机关的画作不感兴趣，但觉得上面的城堡和士兵还挺可爱的。不对，他想起来那不是士兵，而是修女。经过海报时，他在脑中临摹了同样的画作。

是河原崎先看见了那个白人女性。那个年轻女孩站在仙台站前不远处，手上拿着标语牌。那是一本素描本，上面写着"请告诉我你最喜欢的日语"，塚本似乎也有点好奇，一言不发地走了过去。

"能写下你最喜欢的日语吗？"扎着马尾辫的白人女性长得很漂亮。她对河原崎两人露出了微笑。

"我最喜欢的日语啊……"塚本想了想，然后接过马克笔，翻开素描本最后一页。那个瞬间他瞥了一眼河原崎，然后把笔递给河原崎，让他来写。河原崎感觉自己正在接受考验。他接过笔，险些下意识地在白纸上涂画起来。

"你喜欢什么日语？"白人女性问道。

河原崎紧张得有点颤抖，在素描本上写了一个称不上工整的"力"字。接着，他悄悄看了一眼塚本，仿佛在等待评分。塚本漠不关心地看了一眼，点点头说"很不错啊"。白人女性用日语和英语向他们道谢，之后两人继续走向广濑大道。

"该进入正题了。"塚本说。

"是。"河原崎做好了准备。

"详情上车再说。"塚本一脸严肃地说，"你想了解神明吗？"

"……神明？"

"就是神明的构造。"

"啊？"

"我们要拆解神明。"塚本的表情不像在开玩笑。

京子握着电话听筒，一时间无法理解究竟发生了什么。她从沙发上站起来，目不转睛地盯着电话。

来电者是她的丈夫。那个比她大五岁、没出息的丈夫。

"你说你，一大早从外面打电话过来，突然在说什么啊！"她对着话筒大声喊道。对方的台词始终不变。"离婚吧。我不回家了。"反反复复。

这到底是怎么回事？她怎么都想不到丈夫竟然会主动提出离婚。离婚本身她并不反对。应该说，京子本来也打算想办法结束这场婚姻。如果说凑巧，那是真凑巧。青山就坐在沙发上，担心地看着京子。可能因为一夜没睡，他的眼睛有点红。

"你确定要离婚？"京子虽不打算吓唬丈夫，但还是不自觉地加重了语气。

丈夫平时最讨厌与人道别，现在突然做出这个决定，她当然要抓住机会。"可以，那就赶紧离吧。"

丈夫一本正经地对她说："谢谢你。"此人虽然老实，却是个到处吃亏的性格，这种语气实在太像他了。接着，他又絮絮叨叨地说了好一会儿离婚协议的事情，最后说："我找个时间去把东西都搬走，抱歉了。"

他要到别的地方去吗？京子嘟起了下唇。

青山站起来，张开了双臂。他是现役足球运动员，长得肩膀宽阔、胸膛厚实。"怎么了？"即使不是赛季，他结实的身体还是看不到一丝松懈。

京子正要回答没什么，电话又响了。

她以为又是丈夫打来的，然而并不是。"你好，我想当心理咨询师，该如何才能找到这种工作？"一个平静的中年男声开口就问。

我现在顾不上这个！京子强忍着怒吼的冲动，转而说："不如你去做一次心理咨询看看？"

男人毫不在意京子的嘲讽，而是云淡风轻地说："我也有这个想法，所以一直对着镜子自问自答，可是不太顺利。"

京子没再回应，而是挂掉了电话。"就是个恶作剧电话。也有可能是推销，说不定他想在我这里工作。"她对青山露出了不耐烦的表情。

"推销？对诊所吗？"

"疗愈诊所。"京子自嘲地纠正道。很多人以为心理咨询就是疗愈，然而这只是连哄带骗，让走偏的人回到正轨的工作罢了。当然，也有很多优秀的精神科医生，京子自身便是其中之一。而且说句老实话，心理咨询有时甚至不会矫正，而是假装"已经矫正好了"。

"前一个电话是我丈夫。他要跟我离婚。"

青山一脸复杂地坐了回去。"离婚？你那个丈夫？"

"很稀奇对吧？"京子扬起眉毛，"就是那个人。"

"所以我才问了好几次啊。"青山突然换上了责备的口吻，"每次我问他会不会同意离婚，你都说绝对不可能。但其实就是有可能的。"

"绝对不可能。"

"但是他已经提出离婚了呀。刚才那通电话就是说这个的，不是吗？"

京子有点无语，但还是开了口。"不管怎么说，对方主动提出来了，这可是个好机会。"

"千载难逢。"青山说。

"晴天霹雳。"京子回道。

"雪中送炭。"

"天上掉馅饼。"

"千钧一发。"

"时机正好。"

"狗屎运。"

"他就是运气好。"京子说起了不在这里的丈夫，"便宜他了。"

"我们差点就犯罪了。"青山夸张地说。他可能恢复了冷静，现在是一脸放松的表情。"那么就算了吧。"

"只有我丈夫能算了。"京子加重语气道。

青山脸上瞬间闪过孩子般的恐惧。一个现役足球后卫竟然快要哭出来了。

"你老婆还不能算了，因为她是不会提分手的吧？"

青山的目光开始闪烁。"不，也并非没有可能，毕竟你丈夫都主动提出离婚了。"

"我丈夫那可是奇迹。你说奇迹可能发生两次吗？"

"能发生两次才算奇迹啊。"青山近乎条件反射地回答。京子知道，他一定是想起了五年前，乙级联赛最后一战。那场比赛将决定最终胜负，青山经常说，他们之所以能挽回零比三的绝对劣势，靠的都是奇迹。

"你老婆才不是那种引发奇迹的人。"

青山脸上明显露出了倦容。

毕竟他们正在计划杀人，而且已经商量好，等京子的丈夫回来，青山就扑过去掐死他。没想到那人迟迟没有回来，青山一直等到了早晨。也许因为精神消耗太大，他一脸战争老兵的厌世表情，随时可能昏睡过去。

"你没有改变主意吧？"京子追问道。到昨天为止，他们的意志还很坚定。他们要杀了彼此的配偶，两人一起生活，并为此反复商议，最后做出了决定。青山性格单纯，又有点窝囊，不过经过几次心平气和的商谈，他总算换上运动员出场前的表情，下定了决心。

"那、那当然。"青山有气无力地说。

"不过啊……"京子点点头，"也对，还是应该给你老婆一次机会。"她假惺惺地说，"说不定她跟上次不一样，点头答应了呢。就在半年前，我丈夫也是绝对不答应离婚的感觉，今天不知发生了什么，态度竟然改变了。说不定你夫人也一样，还是给她最后一次机会吧。"

青山的妻子比他小五岁，性格异常强悍。京子见过她一次。当时京子和青山还只是咨询师与客户的关系，然而他的妻子却毫不掩饰敌意。她以前也是球类竞技项目的运动员，身为女性，体格却很壮硕。那一刻，京子几乎可以预见她炸毛的状态。

京子心里很清楚，那女人肯定不会答应。因为她跟自己很像。

"你回家跟她谈谈吧。"

青山有点为难，但还是点了点头。他穿着一身运动服，外表比较休闲，表情却很凝重。

隔了一会儿，他才说："也对，我试试吧。"

他们约好下午再见面的地点，然后京子就把青山送了出去。

"对了,最近你去过车站那边吗?"青山穿好鞋,又问了一句。

"你说仙台车站?"

"门口有个鬼婆。"

"你别这样说,太不尊重人了。"

"一个很漂亮的白人,手上拿着标语牌,写着'请写下你最喜欢的日语'。"

"用日语吗?"

"没错,用日语。如果是京子,会写什么?最喜欢的日语。"

"不知道呢。我本来就不喜欢这类活动,也很讨厌鬼婆。"

"啊,你也说鬼婆了。"青山皱起眉,指着京子说。

"你会写什么?"

"我已经写了。我最喜欢的日语是'约定',很不错吧?"

"一点都不像你。"京子不苟言笑地说,"你应该写'肌肉'或者'胜利',最合适。"

"你太小看我了。"青山挑起粗黑的眉毛,随后突然想起了什么,"啊,对了。你知道那个地方吗?车站前的展望台,去过没?"

"怎么可能。"京子苦涩地回答。不过是坐一趟电梯而已,有什么好看的?站在一个什么人都能去的地方看风景,压根不值得炫耀。

"今后遇到特殊的日子,你就到展望台上看看吧。"

"那不就是今天嘛,因为我们要杀了你老婆。今天就很特殊。"京子笑着说,"算了,总之下午一点见。"

随后,她张开双臂,痛快地说:"我已经是独身了,而且还没有杀掉那个人。"

青山脸上再次失去了血色。

"别担心。本来我们计划两个人杀两个人,现在变成二对一,只会更轻松。"

青山缓缓走出门外，但突然停了下来。"打比赛的时候，有人被罚下场的队伍反倒可能获胜。"

丰田在发愁要不要把车卖掉。他越想这个，心情就越沉重。

卖车并不怎么痛苦，毕竟三年前就已经还完了车贷，也得到了跟里程数相应的回忆。然而那些回忆实在过于平淡，几乎没有什么分量，因此他对这辆车也没有特别深厚的感情。

不卖车就无法生活，这才是他烦恼的根源。正确来说，就算卖了车，也无法从根本上解决问题。因为他没有工作。

手头虽然有点存款，但也只够支撑几个月，同时还要凑出抚养费汇给两年前离婚的前妻。

前妻突然提出离婚时，丰田觉得莫名其妙。她离开时留下一句话："我抽中了'下下签'。"这让他始终耿耿于怀。

今天一大早，丰田接到了一通电话。打电话的是他一个星期前参加过面试的公司，对方用多少带有一些人情味的平淡语气通知了落选的消息。得到消息后他实在坐不住，等到回过神来，发现自己已经闲晃到了仙台车站附近。

这是他落选的第四十家公司。本来连以悲观闻名的就业保障办公室的负责人都说："这次应该稳了。"而且介绍的工作让他不禁想问："条件设得这么低真的好吗？"结果，连这样的地方都不聘用他。

刚开始找工作时丰田还挺乐观。他准备依靠发放半年的失业补助生活，其间找个条件稍微低一点，但也马马虎虎的公司再就业，顶多就是口头抱怨一下"之前的公司太绝情"。

但他太天真了。无论去哪里都是"不录用"。看到只招两个人的公司涌来几十倍于此的应聘者，他虽然感叹这幅光景丑陋而滑稽，却还是不得不混迹其中。

"好想工作啊。"他坐在车站步行栈道的长椅上，呆滞地喃喃低语。

连续落选四十家公司，这简直是个惊人的纪录。其中三分之二是简历阶段就被刷掉，只有十几家叫他参加了面试。在简历阶段被刷掉固然痛苦，但经过面对面交谈后再被告知"不录用"，更像是自己遭到了全盘否定。丰田觉得，这等同于对方做出了"我不想跟你一起工作"的判断。

好想工作啊。

可能要被赶出住处了。不，这已经不是单纯的可能，应该说事态极为严峻。

车站周边站满了排着队、缓慢挪动的上班族。九点正好是通勤高峰。以前上班时明明那么讨厌通勤，现在他却希望自己能成为其中的一员。他想要的可能并非 Rush Hour（交通高峰），而是 Rush Life（忙碌的生活）。

可能因为操心的事太多，丰田近来寝食难安，手足无措。没想到看不见未来竟会如此痛苦。

人们纷纷走过他所在的长椅。多么奇怪的队列啊，他们既像赶赴战场的士兵，又像寻找食物的蠕虫。太可怕了。尽管如此，丰田还是想回到这样的人群中。

丰田想起了开掉他的上司。之前所在的公司虽然效益不算好，但也不是每个员工都怀有危机感。所以，被上司叫去时，他还以为是要找他商量给离职的女文员开欢送会。

"你在这里工作几年了？"

那个讨人厌的年轻上司用"你"来拉开距离时，丰田就该心生怀疑。然而他只是扳着手指算了算，然后回答："二十一年。"

舟木。丰田想起了上司的名字。

舟木列举了丰田曾经犯过的错误和几次迟到记录，说他跟周围的同事缺乏沟通，又列举了他性格上的缺点，甚至算了算他给公司造成了多少损失。

丰田愣愣地听着，过了好一会儿才开始生气。气冲上头，他拒绝再听舟木说话。他认为自己给公司作了不少贡献，就算现在老了不顶用，也要为了生活赖在公司不走。

于是舟木很为难地说："如果你不走，别人就要走了。"

"别人我管不着。"丰田对他说。

然而舟木格外冷静。他可能把这件事当成了在厨房冷漠地切分鸡肉。接着，他念出了其他候选人的名单。丰田最讨厌这种慢悠悠亮出底牌的做法。

那个候选人丰田认识，是跟他同期入职的，人长得没什么气势，又不会说话，不擅长发表自己的意见。那人应该不在设计部，而是在其他部门当管理人员。

"他孩子今年刚上小学吧。"舟木淡淡地说完，又换上了夸张的口吻，"据说他孩子腿不方便，要一辈子在轮椅上生活。好可怜啊。"

开什么玩笑——丰田险些骂了出来。

"请你好好想想。"舟木游刃有余地说道。

无聊。丰田站了起来。

最后，舟木的做法还是奏效了。

丰田询问了别的同事，发现那人的儿子真的腿脚不便，于是他告诉舟木自己愿意离职。与其把不幸推到他人头上，自己厚着脸皮留在公司，还不如挺身而出更爽快。

但他并没有帮助了别人的骄傲和成就感，反倒满怀愤怒和疲惫。

每次想起这件事，最让丰田生气的就是舟木那副满不在乎的面容。他既没有表现出愧疚，也没有暗示这是他的工作，只是不得已而为之。事实上，他整个过程都乐在其中。夺走他人的工作，让他人陷入生活困境，从此走上不同的人生——这本来应该是上帝干的事情。舟木俨然把自己当成了上帝。

私贷的招牌跃入眼帘，丰田试着想象自己去借钱的样子。不远的将来，他难免要做这件事。

他拿起包，用微颤的双手掏出一台随身听。那是两年前还没离婚时，他给上小学的儿子买的圣诞礼物。

老实说，跟妻子离婚时，他还有点期待儿子会跟他。不，他确信儿子会选择他。他满心以为自己跟儿子更合拍，相比当美容师的妻子，儿子应该会选择工资不太高的他。

然而事与愿违，儿子选择了妻子。看到这台随身听被扔在空荡荡的房间的那一刻，丰田才意识到儿子抛弃了自己。

他的手在颤抖，但还是奋力拉出耳机，塞进耳朵里。这有点像毒瘾患者吸毒的模样。他必须趁自己崩溃之前找到麻醉精神的毒药。按下随身听的播放键，"药物"顺着耳道流入。

假设医院名为"披头士"，他的药剂师就是"乔治·哈里森"[①]，药名叫 *Here Comes the Sun*。

他调高音量，闭上眼睛，安静地倾听。乐队重复着"It's

[①]乔治·哈里森（George Harrison，1943—2001）是披头士乐队的吉他手。下面提到的 *Here Comes the Sun* 是他创作的，收录于专辑 *Abbey Road*。

all right"（没关系），丰田也对自己重复这句话。"没关系。没关系。It's all right……"心中的不安渐渐消失，他又重听了一遍。

丰田走下车站台阶，每向下一步，脑中就会浮现出无数让人气愤的光景。那个上司的面孔；没有录用他的面试官的嘲讽；前妻得意的笑容；无法挽回经济衰退的政治家的照片。如果手上有一把枪，他就会拿起来扫射。

走了一会儿，他看见一个女人。一个五官端正的年轻白人女性。

她手上拿着标语牌。"请告诉我你最喜欢的日语。"真是个奇怪的要求。她还用流畅的日语对他说："你有喜欢的日语词吗？"

丰田接过马克笔，拔开盖子后想了想。自己有喜欢的词吗？比如"录用"？

丰田打算在素描本中间靠右的地方写下小小的"无业"。这样做可能有点自嘲心理。他的笔迹毫无气势，就像虫子爬过留下的痕迹。写到"业"时，他突然改变主意，转而写了"色"。

"无色。[1]"白人女性念道。

"无色透明。"丰田喃喃着，自己都觉得这是个不怎么出彩的词。

白人女性可能也觉得这个词不怎么好，露出了模棱两可的微笑。不过，她还是安慰道："你的字好可爱。"

丰田羞愧地低下了头，转身走开。

他逆着人潮往前走，进了一家新开业的咖啡厅，排了好久的队，总算来到柜台前。接着，他从口袋里掏出了半价券。身为一

---

[1] "無職"（无业）和"無色"（无色）在日语里同音，均为 Mushoku。

个无业游民,哪怕一百日元也要能省则省。

店员把半价券还给他,表示不能用。他吃了一惊,完全听不进去店员的解释。

"为什么不能用?"丰田不断逼问,对方露出了为难的表情。

因为我无业,他想。

这是对无业中年人的歧视,明明其他人都能半价。他很想把一切归结于此。

然而,他只能转身离开。

车站前高耸着铁塔般的展望台,许多人在电梯门前排队。"特殊日子的别样体验。"丰田低声喃喃道。对他来说,特殊的日子当然是被录用的那天。没错,等他被录用了,当天晚上就到展望台上看看吧。

不远处还贴着"埃舍尔"这个画家的展览海报,是一群人走在城堡房顶上的画。他想起自己小时候很喜欢这幅画,不禁感到异常怀念。当时他觉得这些排队走路的人很憋屈,虽然还小,却也对他们产生了同情。现在看来,这就像一群穿着西装通勤的人。对了,以前看到这幅画时心里好像产生过疑问。丰田试图回忆,但是想不起来。

他加快脚步,路上听到了几个人的交谈声。

"你说——"一个声音说,"那条狗是不是野狗啊?"

"应该是吧,这么脏。"两名身穿西装的女性快步超过了他。

"狗啊。"丰田低声道。他不讨厌狗,但总觉得刚才那两个人说的"狗"就是他自己。

1

黑泽盯上了仙台某新建住宅区的高层公寓。他穿过拱廊商店街，来到另一条大路，跳上了正好到站的公交车。

坐了二十分钟左右，他提前一站下了车，同时目测后面下车的乘客与他的距离。

他拉开提包拉链，取出晒褪色的运动服套在身上，又掏出藏青色的帽子扣在头上。

他模仿的是水表和煤气抄表员的打扮。这样一来，即使在公寓里遇到居民，只要光明正大地打招呼，就不会被怀疑。

周边一片荒凉，只有整齐的道路网和人工植被。

这里应该是泡沫经济时期一口气开发出来的众多住宅区之一，现在已经完全失去了活力。尽管如此，楼房依旧散发着崭新的气息，仿佛一个强撑场面的人。

左手边有个小公园，他翻过栅栏走了进去。远处传来主妇的笑声和孩子的喊声。他坐在长椅上，把包放到一边。

一个年轻男子从眼前走过，这人尴尬地低着头，嘴角上扬。

"喂。"黑泽喊了他一声。

年轻男子有点害羞地抬起头。"你是什么时候发现的？"

"上车前。"

"骗人。"青年瞪大眼睛笑了起来,"真的吗?"说完,他坐到了黑泽旁边。

"干吗跟过来?"黑泽把手伸向提包,并不看对方的脸。

"我想跟黑泽先生说说话。"二十出头的小年轻咧嘴笑了,"不过你穿成这样可有点牙白。"

"牙白?"黑泽烦躁地想,这算正规语言吗?说话应该使用正确的发音和正确的词汇。"yabai是长在野外的梅花,野梅。[①]"

"你这身衣服不行,太土了。"

"这是工作服。"

"哦。"青年的洞察力很好,"原来如此。你扮的是抄表员?厉害、厉害,在哪儿买的?"

"现在网上什么都能买到。"

"不好意思,黑泽先生几岁了?"

"三十五。"

"原来这么大的人也会用电脑上网啊。"

"真不好意思啊。"看来青年这次跟踪并没有什么企图。既然如此,那就没什么好说的了。黑泽只觉得这人很碍事。

"啊,对了,我发现了一件很不得了的事情。"

黑泽已经要站起来了。

"不久前我睡得正香,结果树上掉下来一个苹果。"

"你到底住在什么地方?"

"仙台南边,跟福岛交界的地方。"

"那里有苹果?"

"我家院子里有好多苹果树。一天我正躺在家里,发现苹果

[①] "やばい"是日本年轻人常用的口语,有糟糕、棒极了、危险等意思,这里按音译处理,译为"牙白"。野梅在日语里同音。

掉下来了。"

"那又如何?"

"一开始我不觉得有什么,但是后来一想,是不是有什么力量把它拽下来了?只要这样想就明白了:我们不是站在地球上嘛,地球一直在转,我们却没有飞出去,对不对?所以地球中心肯定有种拉扯的力量,导致东西掉在地上。"

黑泽无语地耸了耸肩。"你是牛顿吗?"

青年愣了片刻,然后问:"那是什么?"

黑泽考虑了一会儿要不要不理他,最后还是说:"你至少应该知道重力是什么吧?"没想到青年怯生生地问:"重力是什么呀?"他看起来不像在开玩笑,黑泽忍不住笑了。真是个怪人。黑泽在长椅上坐直身子,然后说:"看在你那个大发现的分儿上,说来听听吧。有啥事?你上司说什么了?"

"不是上司,是老大。"

"现在早就不存在那种阶级了,小偷就是小偷。"

"黑泽先生真的很讨厌合伙干活儿呢。"

"击球区里怎么能挤进三五个人,不太好吧?那可是个人竞技。"

"击球区里只能站一个人,你不知道吗?"青年一本正经地说,"是这样的,两三天后有个大活儿。"

"那就去干。"

"除了我和老大,还需要一个人。黑泽先生来吗?"

"没兴趣。反正又是打劫吧。"

"嗯,枪是会带上啦,不过不会用。那活儿真的很大,特别牙白。"

"怎么又是野梅。是你上司叫你来拉我入伙?"

"他说肯定拉不动。不过我大哥很看好黑泽先生。"

"看好我干什么,我又不卖身。"

"听说黑泽先生会瞬移?"

黑泽凝视着青年的脸,强忍住大笑的冲动。瞬移这个词太幼稚了。他一言不发地微笑着,却见青年继续道:"大哥说了,黑泽先生每次都是突然出现,突然消失。前一刻还在跟朋友聊天,转头打开门,就瞬移到了高级公寓。结束工作后,下一刻又回到朋友那边了。他还说就是因为这样,你才不会被逮到。这是真的吗?"

"你觉得是真的吗?"

"我觉得有可能,因为人的潜力无穷无尽。"

"无穷无尽啊。"黑泽慢悠悠地重复道,"是个好词。"

"黑泽先生信神吗?"

"我讨厌宗教。"

"听说日本人只会在需要的时候随便发明一个神,然后向它祈祷。"

黑泽苦笑起来。"你还相信这个啊。"

"不是相不相信,我觉得那样很牙白。现在这地方到处都是奇怪的宗教。要问我怎么知道的,你昨天看电视了吗?"

"没看。"

"不是有个奇怪的宗教团体嘛,一群人在拜一个叫高桥的人。"

黑泽知道这个团体。"高桥"几年前说出了一起杀人凶案的凶手身份,从此一举成名。他还听说那个"高桥"有不少信徒。

他不清楚那个人是否具备特殊能力,但能吸引到这么多人,肯定不缺少魅力。

"昨天我在夜间新闻上看到的。高桥那个人平时不怎么露面,这次却在镜头前说话了。"

"电视也是一种宗教。"

"也不知道是不是直播,反正在仙台。听说他一直拒绝媒体采访,那天突然接受了。"

"现在不是有个杀人分尸案传得很凶嘛,高桥出来是为了破案?"黑泽随口说了一句。

"我也觉得是,结果并不是。他说的话没什么意思,害我白期待了。你别说,我还是第一次看清楚那人长什么样,毕竟我不是信徒啊。不过他还挺帅的,这让我挺吃惊。"

"他说啥了?"

"很普通的事情。记者问他:'您对自己的宗教团体有什么看法?'他回答:'不是宗教。'反正就很无聊。不过那也是因为提问的人太没意思了。"

"他是个怎样的人?"

"跟黑泽先生年纪差不多大,比我想象的普通很多。我嘛,对他还挺有好感的。"

"容易让人产生好感的领袖型人物,这不是自相矛盾嘛。"

"不知道。"青年笑了笑,"听说他能预知未来呢。这都是他的信徒说的,说他能预知将来会发生什么,还说了很多我听不懂的话,像混沌理论一样之类的。"

一个可谓混沌化身的奇怪青年口中说出"混沌",这可真够新鲜的。

"信徒还说,因为他能预知即将发生的事情,买彩票都百发百中呢。能看见未来,这很牙白啊,对不对。"

"如果能看见未来,我肯定想让世界变得更好。"

"最后那个人还对着电视镜头说：'请你醒过来，我还活着。'"

"什么意思？"

"我也不知道。虽然那句话有点奇怪，不过他认真的样子还挺不错的。"青年苦笑道，"那句话让我印象很深刻，难道是对某个人说的吗？"

"那个人就是你。"黑泽一边调侃青年，一边思考"我还活着"的意思。莫非他是想说，我也过着跟普通人一样的生活？"醒过来"是对信徒说的话吗？还是对信徒以外，比如自己这种人说的话？可疑的新兴宗教大都嘴上高喊"醒过来"，却让信徒死死闭着眼睛。

"他从头到尾都很谦逊，没有趾高气扬的样子，所以很讨人喜欢。"

"因为高傲的人大都肤浅。"

"昨天看完电视，我烦恼了好久宗教是什么、神是什么。那个高桥没有说自己是神，也不认为自己搞的是宗教，可人们就是会聚集在他身边。我实在想不明白。看来我还是比较适合盯着苹果落地。"

两人默默地坐了一会儿。

"黑泽先生，你等会儿就要开工了吧？"

"难说。"

"可你不是穿着抄表员的衣服嘛。"青年打趣地指着黑泽，"这不是干活儿用的伪装？"

"我也有可能真的是抄表员啊。"

"你刚才说衣服是网上买的呀。"

黑泽又看了一眼青年。对方露出了天真无邪的笑容。

"黑泽先生,就算你说自己在大企业上班,肯定也有人相信。因为你就是有那种气质。话说,你为什么要当小偷呢?"

"因为我会瞬移。"黑泽随口说了一句。

他正要站起来,却听见青年说:"啊,那里有只死猫。"

黑泽看着公园长椅旁的杜鹃花丛,那里的确有只死掉的黑猫。黑猫脖子上挂着带铃铛的红色项圈,嘴里吐出疑似内脏的东西。想必是被撞死的。

"好可怜。"

"黑猫竟然叫'三花'。"黑泽说着,指向黑猫项圈上的铃铛。那上面印着"三花"两个字。

"它主人一定在到处找它吧。"

"有可能。"

"黑泽先生,你能让它活过来吗?"青年问道。黑泽一开始以为这是玩笑话,可是看到对方脸上认真的表情,竟无法一笑了之。"我觉得黑泽先生一定行。"

"是啊,我一定行。"他回答。的确,看到青年那张天真无邪的脸,黑泽就忍不住想答应他任何事情。

他轻轻冲着黑猫抬起双手,然后闭上眼睛,心里默默祈祷。接着,他缓缓移动指尖。青年在旁边说这有点像气功大师隔空给人调理身体。

黑泽做了一会儿动作,然后垂下双手,做了个深呼吸。

"它一定能活过来。"他说。

"是啊。"青年也高兴地说。

事实上,黑泽自己都觉得黑猫能活过来。

"刚才说的那个活儿,你要是改变心意了,就给我打个电话。"离开时,青年留下这样一句话,双手插在牛仔裤后袋里,转身走开了。

黑泽希望他们的下一个活儿能成功，但这种想法过于乐观了。凡事都有个度，而带领那个青年的人一直缺乏相关的判断能力。

高层公寓B栋五〇五号房，他已经确定了目标。

这天是驾照更新的日子。

黑泽很不喜欢排队，因此站在更新驾照的队列里对他而言宛如苦修。听完优秀驾驶员讲座，拿到刚做好的驾照，他总算得到了解放。而就在这时，前面的男人掉落了驾照。

驾照正好落在黑泽脚边，他就弯腰拾了起来。上面的地址映入眼帘，他出于习惯记了下来。

他又抬头看向掉落驾照的人。年龄可能在三十五岁往上，还残留着一点年轻人的狡诈，戴着一副眼镜，俨然精英范本。黑泽一看就知道，这人属于那种就算企业大规模裁员，也能一直留到最后的类型。他不喜欢这种人。

然而，他恰好瞥到那人手腕上露出了宝珀表特有的华丽蓝色，顿时产生了兴趣。表盘上装饰着几何状雕金花纹，恐怕是限量款。他一时想不起价格，但肯定不便宜。

那人用低沉稳重的声音道了谢，从黑泽手上接过驾照。他的西装和皮鞋都很高档，超出了一般白领的能力范围。而且，他的腰间囤积着赘肉。

不错。黑泽虽然不想跟他交朋友，但很想到他家里看看。

几天后，黑泽找到了驾照上的住址。这里有两栋高层公寓，外形完全相同，周围的人好像都管它们叫双子公寓。

接下来的几天黑泽一直盯着那个人。有时在公寓门口蹲守，有时跟踪他去车站，就是为了确定他的生活规律。幸运的是，那座公寓虽然很新，入户门却只有一个圆盘锁。更幸运的是，那个人好像是独居。虽不知道他是单身还是离婚后独居，总之他白天都不在家。另外，他每周有一天晚上要开会，那天会很晚回来。如果要出手，就得趁工作日的白天，或者开会的那天晚上。

黑泽走进公寓大楼，缩小了步幅。

他假装若无其事地走着。这种时候绝不能战战兢兢地四下张望，只要举止足够光明正大，周围的人就不会怀疑。他戴上手套走进电梯，按下五楼的按钮。

来到五〇五号房门前，他按响了门铃。门口挂着的门牌上写着"舟木"。黑泽往后退了一步，又按了两次门铃。

接着，他从口袋里掏出两个钩子。那钩子长得有点像挖耳勺。黑泽双手拿着钩子，塞进锁眼里勾了几下。门锁打开的声音给他带来了愉悦的成就感，仿佛在告诉他："你还可以活着。"他虽然不喜欢宗教，但觉得可以有个盗贼之神。每次撬开别人家的大门时，黑泽都会这样想。

开门溜进去的瞬间是最紧张的时刻。就算之前按过门铃，里面依旧可能有人。比如假装不在家，或是在上厕所，总之碰个正着的情况其实不少。

有人就完了，比赛结束，战败一方只能跑回场下。千万不能像最近的盗窃团伙那样转而加害他人，那样就像犯了错误的棒球选手心怀不甘，愤而殴打裁判一样，太没出息。

屋里没有声音，似乎没人。

黑泽脱掉鞋子走了进去，然后转身把鞋摆整齐。整个玄关只有他这双又破又旧的鞋。

黑泽把提包放在房间中央，接下来就要与时间赛跑了。最理想的情况是五分钟完工，一旦超过十分钟，往往就会不顺利。

他要找的是现金。走进起居室后他飞快地看了一圈，然后靠近油亮的高档实木斗柜，从下往上逐个拉开抽屉。

第二个抽屉里放了一捆钞票，乍一看有将近百万日元。再次证实自己的嗅觉依旧灵敏，黑泽的心情很是爽快。

他点点头，先把钱放回原处，然后走向别的房间。

卧室极为豪华，让他有点不好意思进去。里面铺着厚如被褥的长毛地毯。黑泽小心避开大床，察看衣柜内部。

接着他走进了书房。里面满墙都是书架，上面全是他不认识的作家的全集。厚重的书桌上摆着名片盒，他从里面抽了一张出来。屋主的头衔比他想象得还高。

他又逐个拉开抽屉，翻到了五本存折，上面印着让他羡慕不已的余额，但他还是放了回去。

翻完一轮，黑泽再次回到起居室，从刚才那捆钞票里抽走二十万，放进上衣内袋里。剩下的钱则放回原位。

接着，黑泽走向提包，从里面拿出一块垫板。

他坐到沙发上，把夹了纸的垫板放在茶几表面，又拿出圆珠笔，在纸张右上角写下编号。先是年份，然后是横杠，后面跟着序列号。这家是"25"。简而言之，这是他今年干的第二十五个活儿。

纸上写着黑泽构思的文章。算是一份说明书，写明了"我到你家行窃""用的方法是撬锁，没有砸玻璃，也没有砸门""盯上你家没有特殊理由""没有随意翻乱房间"等内容。

曾经有个同行轻蔑地说："为什么要干这种麻烦事？"

"因为家里遭贼很麻烦。"

"很麻烦吗？"

每次听到这句话，黑泽都会想叹气。他有点瞧不起那些不能理解受害者心情的同行。

"当然麻烦了。首先要报警,还要检查丢了多少东西,还要冻结存折和信用卡,而且还会担惊受怕,为啥贼盯上了我家?难道我跟谁结怨了,他是来报仇的?如果家里有女儿,还会担心女儿的安危,甚至害怕得睡不着觉。"

"所以你就留张纸在屋里?"

黑泽扬起眉毛,然后点点头。"我得告诉家里人,我偷他们单纯是为了钱。这样他们就能放心了,你不觉得吗?只要省去了麻烦和担忧,区区几十万的损失,就算再怎么肉疼,也变得像荨麻疹或者人生教训一样可以接受了。"

"你不觉得这么做很无聊吗?"

"我觉得跟你解释这些真的很无聊。"黑泽说完,那人气得脸都歪了。

写了序列号的纸张左侧还有收据栏,他在上面记下"从抽屉里拿走二十万"。其实他有点犹豫要不要全部拿走,但是转念一想,实在不行就再来一次好了。

每干一次活儿,黑泽基本都只拿十到二十万。一个月干两三次就差不多了。贪婪会导致失手。

接着,他开始确认是否有漏做的事情和遗忘的东西。斗柜抽屉还留了一条缝,他又走过去关紧了。

确认时间,过去了七分钟。超时两分钟,但还可以接受。

黑泽回到门口,穿上鞋,轻吐一口气。他转过身,对着屋子郑重地鞠了一躬,然后推门走了出去。

他花了好几个星期的时间观察屋主的行动,到最后只得到二十万日元。行窃这种事性价比真的不高,如果不当成兴趣来做,就很不值得。

托您的福,我顺利完成了工作。黑泽对窃贼之神低声喃喃。他猜想,那一定是个相貌平平的神。

塚本让河原崎坐进车里,对他说:"我们四处转转吧。"

这是一辆银色敞篷车,不过拉起了顶棚。河原崎对汽车没有兴趣,坐上去才知道原来里面只有两个座位。至于其他方面,他实在不知如何评价,只好说了句不痛不痒的话:"这辆车不大,转弯应该很灵活吧?"

他脑子里一片混乱,于是又问:"请问拆解是什么意思?"说完,他脑中闪过了"高桥"抱着猫站在河边的样子。

塚本坐在驾驶席上,看着前面。他打开转向灯,转动方向盘,同时说:"拆解就是拆解,字面意思。"

"就是切成一块一块的,对吧?"

"没错,就是那样。我们要研究其构造。"

"什么构造?"河原崎战战兢兢地问。

"神的构造。"塚本低声说完,缓缓踩下油门。

河原崎被惯性按在椅背上,他斜眼看着塚本的脸,说:"是说……"

"高桥先生。"塚本若无其事却无比严肃地说道。不夸张地说,河原崎几乎当场昏过去。

拆解神明。应该不像拆解农田里的稻草人那么简单。

汽车驶过市中心,开上了北环线。路上没有拥堵,车子顺着车道顺畅地前行,滑下坡道。车里没有人说话,也没有放音乐。

河原崎希望只要一直保持沉默,塚本最终就会说"我是开玩笑的啦"。

"你现在有什么感觉？"塚本说。

"什么？"

"想拆解高桥先生了吗？"这句话有了点开玩笑的感觉。

河原崎险些发出惨叫。

下了环线，他们又驶过几条小路，向泉岳方向前进。周围都是山，眼前是一条开阔而平缓的直路。

塚本突然踩下刹车，车身猛地停住，安全带勒住了河原崎的身体。

"怎、怎么了？"

"等我一会儿。"塚本表情凝重地挂上倒挡，把车停在了路边，关掉引擎走出车外。

河原崎慌忙要跟出去，却忘了解开安全带，动作一急就被拽住了。好不容易解开了，这回又忘了开门，整个人撞在门上。真是干什么都不顺利。

一走到外面，冷风就迎面而来。虽然很冷，但吹吹风也挺舒服。

塚本从后备厢里拿出一把铁锹，还戴上了橡胶手套。

"你瞧，前面有只狸猫。"

他用铁锹指着前进方向的车道。河原崎刚才没发现，现在才看到那里确实躺着一只小动物，还真有点像狸猫。应该是被车撞死的。

塚本笑了笑说："可不是我撞的。"

他用铁锹铲起血肉模糊的动物，金属和地面摩擦发出沙沙声。接着，塚本端着铁锹走到路旁，放下了小动物。他的动作很轻柔，就像把蛋包饭的蛋皮转移到盘子里。

接着他又动作娴熟地挖起了坑,挖到一定深度后,就把死掉的狸猫放进去,埋了起来。

"您平时都带着这个吗?"河原崎指着铁锹说。

"在地上铺沥青是我们的自由,驾驶烧石油的大铁块也是我们的自由,对不对?但毫不相干的小动物却深受其害,这也太冤枉了。这就是人类的专横。既然如此,我想至少给它们一个安眠的地方,免得在坚硬的沥青地面上被风吹日晒。"

塚本把铁锹放回了后备厢。

河原崎呆呆地看着他的动作,眼前又闪过"高桥"在雨中救起落水猫咪的光景。

那一刻,连"高桥"背上的烧伤疤痕都如此美丽。当时他凝视着广濑川的浊流在想什么呢?是使命感吗?是自己的存在吗?还是在为独自从十七层一跃而下的那个普通人默哀?抑或在为一个失去了目标的青年神伤?

"塚本先生。"

"怎么了?"

"我好感动。"河原崎喃喃道。

塚本爽朗地笑了,似乎毫不在意河原崎的话。

敞篷车启动后持续加速,很快就变成疾驰。

河原崎坐在副驾驶座上,反复说着"塚本先生的铁锹让我感动了"。他自己都不知道这是在说什么。

车子开进了泉岳的停车场。由于登山季已经过去,停车场里空荡荡的,只有两辆丰田陆地巡洋舰。

他们下了车。"我好久没来泉岳了,上次来还是小学组织的远足。"河原崎说。

"你知道这里海拔有多高吗?"塚本锁了车,押直身体指着山的方向问道。

"我不知道。"

"比二十层楼的公寓还高。"

"啊?"河原崎闻言,小小地惊呼了一声。他想到了父亲一跃而下的公寓。红砖色的外墙,螺旋状的逃生楼梯,俯视地面时看到的无机质的灰。父亲沿着楼梯螺旋上升,最后垂直坠下。

"怎么了?"

河原崎摇摇头,回答道:"那就是比十七层还高呢。"

"那当然,因为比二十层楼还高啊。"

登山道已经关闭,所以两人顺着山脚的斜坡向上走了起来。这里到了十二月就会变成滑雪场的雪道,现在则是一片杂草。不远处有登山索道,但是没到季节,所以没有开放。

两人花了十五分钟爬到索道终点,并肩坐了下来。坡道很陡,他们都喘着粗气。

"视野这么开阔,是不是很爽?"

河原崎发现自己很想写生。

"你看这个。"听见塚本这样说,河原崎还以为他在指风景,后来发现不是。因为他递了一张纸过来。"这是彩票。"

河原崎从未见过这样的彩票。上面不是日语,而是写满了不认识的文字。因为还有数字,他才勉强能认出这是一张彩票。

"这、这是?"

"这是高桥先生抽中的香港的彩票,一个信徒根据他报的数字去买了。那个人是天才,轻易就能猜中这种东西。"塚本的声调突然变得有些高亢,"你知道这张彩票中了多少吗?"

"呃,不知道。"既然对方特意问了,河原崎猜测应该有很多，只是不知道该说多少塚本才会满意。要是说少了，塚本可能觉得他瞧不起人。万一说多了，也有可能坏了对方的情绪。

"特别多。"塚本咧嘴一笑，把彩票收进上衣口袋里。

"特别多吗？"

"嗯。"塚本说道，"因为那个人是神。"

"我要拆解高桥先生。"塚本突然说道。远处是仙台的街景，河原崎正呆呆地眺望着，听到他的话不禁吓了一跳。

"这、这是开玩笑的对吧？"

"高桥先生要被杀死。"

"啊，什么？"

"高桥先生会死。之后我们要拆解他。不管你是否帮忙，高桥先生都要被杀死。"

河原崎无言以对。

"被谁杀死？"似乎过了好几分钟，他才勉强挤出声音来，"他要被谁杀死？"

"我们的干部，也包括我。这是干部的一致决定。"

河原崎再次无言以对。

"是不是很难相信？"塚本说道，"其实最近高桥先生变了……不，这种话还是少说为妙。"

"请、请告诉我。"

塚本想了好一会儿。河原崎反复窥视了几次，最后才见他吐出一口气说："他不再善解人意了。"塚本脸上的表情仿佛在说，仅仅是这句话，就会让他彻底冻结。

"善解人意……吗？"

"善解人意。就是能明白他人的忧愁。这就叫善解人意。说白了——"

"说白了？"

"就是想象力。"塚本的表情很复杂，他还噘着下唇，似乎在闹别扭，"高桥先生不再有那种能力了，就像可乐跑了气一样。"

"真、真的吗？"

"他依旧是天才，但是缺少了善解人意。他现在只是个有野心的人罢了。"

河原崎感到很意外，且难以置信。媒体闹得最欢腾时，"高桥"一直没有现身，那样的人似乎跟"野心"毫无瓜葛。

塚本又说了几件事。"高桥"冷漠地嘲讽自杀者，看到被车撞死的野狗面露嫌恶，等等、等等。

他觉得塚本的话会永远持续下去。他很想说那不可能，但是开了口却无法发出声音。河原崎亲眼见过深夜跳进河里救猫的"高桥"。

那究竟是什么？

在路灯的映照下，抱着猫的"高桥"连背上的伤疤都无比美丽，浑身散发着善意。他看起来并不高大，但在河原崎眼中却是善意的巨人。

而现在，"高桥"看到被撞死的狗，只会咋舌道："真晦气。"

"他不再善解人意了。"塚本断言道，"今天。就今晚。"

"啊？"

"今晚，高桥先生要被杀死。"

河原崎对塚本接二连三的话语应接不暇。

"然后，你和我必须一起调查神明的结构。"

"为、为什么？"

"神之将死，我们有义务继承它的秘密。"

"义务?"

"换一种说法就是,使命。"

使命……实名……失明……无聊的谐音词在脑中闪过。河原崎想起了喜欢讲冷笑话的父亲。父亲的使命是什么?经营了十一年的辅导学校被突然出现的大型预科学校吞并。他又想起父亲一脸沮丧地说"想去看山",那一刻的父亲显得无比脆弱。"你看过岩手山就知道了,大得不像话。就算花一辈子,也赢不了那么大的山。"河原崎只觉得父亲是在逃避现实。他很讨厌父亲这样。山又如何?如果岩手山能救人,那就不会有麻烦事了呢。

"最近,我听到一个很有意思的故事。"塚本俯视着街景说道,"讲几个旅行者被山贼杀害,旅行者曾拼命抵抗,最后还是全都被杀了。他们在一个秘密的地方为后来的旅行者写下了山贼的弱点,于是,后来的旅行者就能击退山贼,获得胜利。"

"大团圆结局吗?"

"不,没有。后来山贼带来了新同伙,又杀了旅行者。"

"那是悲剧吗?"

"你觉得呢?我一开始觉得是悲剧,不过换一个视角,就完全不一样了。"

"不一样吗?"

"其实旅行者是细菌,山贼则是抗生素,故事只是把两种物质比喻成了旅行者和山贼。抗生素更新后,成功灭掉了细菌。"

"啊?"河原崎惊呼一声。

"就算是这么单纯的故事,只要稍微做点加工,也会变得极具迷惑性,对不对?所谓正义和邪恶,往往会因为视角的转变而完全反转。"塚本揉了揉鼻子,继续说道,"不断从事恐怖袭击的宗教激进主义者,原住民和开拓者,还有益虫与害虫,谁是正义的一方，会因为视角的不同而不同。"

河原崎的脑子变得一片空白。

"我也不知道自己的话究竟是对是错，但希望你明白这点……"塚本在他旁边继续说道，"一个只在台上演讲的天才，和坐在你旁边说话、除了带着把铁锹一无是处的凡人，究竟该相信谁，跟谁一起走。这可能是同样的问题。"

河原崎听了，轻触头上的红帽子，摘下来又重新戴好。

父亲也有一顶这样的帽子。他感觉父亲可能并没有死，而是戴着折了帽檐的帽子，活在什么地方。

京子放下喝了一口的咖啡，强忍着没有说出"这算什么"。这咖啡味道太淡，香味太假，真不明白为何这种店还能大排长龙。她甚至有点气愤自己竟排了三十分钟凑这个热闹，不过是被连锁店首次进驻仙台这种话术愚弄了。

店铺开张前发了很多半价券，京子也用了一张。现在她感觉，因为用了券，所以拿到的咖啡也被掺了一半的水。

她凝视着收银台前排队的客人，心想：他们应该把脏兮兮的人和穷学生都赶走才对。

她很想当即站起身，离开这家讨人厌的店铺。可是这样一来，就会让等待空位的愚蠢客人高兴。于是她耐着性子，慢悠悠地喝咖啡。

京子把手伸进放在旁边椅子上的提包，拿出一把钥匙。钥匙很小，是开车站寄物柜用的。

一想到这把钥匙价值三十万日元，她就控制不住面部抽搐。京子压根不知道市场价是多少，只能按照对方的要求转账。

买枪。

她听闻网上有人买卖各种各样的违法商品，但没想到真的有那种页面。

最开始她是听患者说的。

那是一名到京子的诊所来看诊的四十岁女性。她从来不敢直视京子，却不断嘀咕"毙了他""打死他"。

"你要毙了谁？"京子问。女人眨了好几下眼睛，才说："嗯，我很讨厌政治家。"接着，她开始按照五十音的顺序背诵众议院议员的姓名。还扳着指头细数党派，说哪个党派的哪个人整天去高级料亭吃饭，哪个党派的哪个人都长白发了还被称作新生代议员，总之找到各种理由宣称"因此要毙了他"。

京子听完了女人的宣言。一是觉得中途打断她太麻烦，二是觉得很好玩。"参议院的就不用枪毙吗？"

她这么一问，对方露出了为难的表情，回答道："参议院的今晚再背。"

"可是，手枪很难弄到吧？"听到这个问题，对方露出了漂亮的笑容。

"不，医生，其实有地方弄枪。我就偷偷告诉你吧。"女人突然换上了优雅的口吻，拿起笔在桌上的便笺本上写了几个字。

那是一个网址。

京子很好奇，当天夜里就输入了那个网址。眼前出现一个与想象完全不符的简陋页面，只有灰色的背景和黑色的文字，没有任何装饰。她按照上面写的步骤操作，又来到了一个界面优雅的网站。中间花了足足一个小时。终于看到页面一角显示着"卖枪"。

京子还是半信半疑，不过她用可以隐藏发件人地址的免费邮箱给对方发了邮件，只问："多少钱？"当天就收到了回信，她不由得感到震惊。竟然如此简单，如此容易。

对方似乎住在东京都市中心，但可以发货到全日本的主要城市。京子不清楚他是自掏路费送货，还是在各地都有同伙。另外，对方还告诉她，如果是仙台，可以用寄物柜交货。

那就这样吧。京子付了钱。对方用的可能也不是正式邮箱账号，因为很快就联系不上了。

大约一周前，她收到了对方邮寄过来的寄物柜钥匙。外面有很多代领邮件的跑腿服务，所以京子也叫了一个。除了钥匙，邮件里还放了一张纸，注明寄物柜的位置。

她没有马上去拿。若是大大咧咧地走过去，被埋伏在寄物柜附近的人用相机偷拍，添加到顾客名单上，那可就得不偿失了。

于是她决定先等几天。寄物柜的延时费用恐怕少不了，但只要把它当成成本里的固定费用的话，就不觉得心疼了。

今天，她必须拿到手枪。要杀了那个不要脸的女人，有把手枪最好。这东西最适合用来展示自己的优势，因为持枪的人和被枪口对准的人有清楚的立场区别，可以明确上下关系。这一定就是手枪的用途。

京子在店里坐了整整一个小时，故意没收拾餐具就离开了。

果真如青山所说，车站门口站着一个白人女性。她手上也的确拿着貌似标语牌的东西。

虽然京子看她不顺眼，但也必须承认这是个美女。她的头发垂顺光滑，特别符合她的气质。一个大白天就醉醺醺的中年男人走过去，表情猥琐地说了几句话。活该，京子低头笑了。

京子走过去，听到白人女性说："能写下你最喜欢的日语吗？"京子很想啐她一口转身离开，但是中途改变了主意。

她接过马克笔，在白纸上写下"心"字，同时强忍着几乎冲口而出的大笑。

"心，是吗？"白人女性眯起了眼睛。

"这不过是无心之举。"京子说完，转身就离开了。

走了两步，她感到下腹部传来刺痛。刚刚才上过厕所，现在又觉得还残留着尿意。她皱起眉，暗道不好。

不知是压力太大还是冻到了，抑或性交的方式不对，京子每年都会得一次膀胱炎。一有残尿感和腹部刺痛感，她就知道犯病了。

严重的时候要上医院，如果不严重，她就先给自己灌一升水，然后不停喝茶饮料，再使劲儿睡觉。

这样基本就能自愈。当然，也有朋友告诉过她这样不可能治好，正因为不好好治才会反复发作。每次京子都把那些话当作耳旁风。她认为她的身体必须由她自己掌控。

憋尿会让症状恶化。她快步走向车站。

就在此时，手机响了。"干什么啊。"京子嘀嘀咕咕地拿起手机，发现来电号码未显示。换作平时，她不会理睬陌生号码，但这次她没多想，就直接接听了。

"你好。"对面传来一个冷静的男声。

"干什么？"

"我想当咨询师。"这个声音很耳熟。

"你早上也打过电话吧？"

"是的，我上午打过电话。我知道这样很打扰你，可我真的想洗心革面。你不觉得这是个好词吗？洗心革面，从头开始。"

"是啊，这个词很适合你。下次到诊所来吧，我们慢慢聊。"

京子一口气说完，挂掉了电话，又很想怒吼"再也别打过来了"。光打座机还不够，甚至要追到手机上来，真不要脸。

嗯？手机？她猛地停下了脚步。

那人为何知道我的手机号码？

京子的家就是诊所，通过电话簿和网络都能轻易查到座机号码，平时接到一些恶作剧电话或奇怪的电话也并不稀奇。可是手机不一样。她从未公开过手机号码，那人又是如何查到的？当然，也并非完全不可能，只要找个认识我的人问问就好。不过，他找的是谁？

身体猛地晃了一下，片刻之后京子才意识到自己被撞了。可能因为站姿毫无防备，她一下子跪倒在地，包也落到了地上。

一名车站保洁员双手抱着空纸箱，大声对她说："对不起！"接着他慌忙放下纸箱，想帮京子拾起提包。

"别碰。"京子站起来，压低声音说。用刚摸过纸箱的手碰Gucci包，这人究竟有多愚蠢？

京子劈手捡起了提包。撞倒她的保洁员是个一脸没出息相的男人，对她反复道歉了好几次。

京子一言不发地转过身，立刻向洗手间走去。开什么玩笑，为什么我这么倒霉。

她很生气。那个想当咨询师的怪人为何给我打电话？搬纸箱的蠢货为何偏偏要撞上我？

她走进洗手间，坐在马桶上，心情依旧很烦躁。

尿液已经排尽，疼痛却没有缓解，同时还残留着一些尿感。这就是膀胱炎的烦人征兆。

从隔间出来，她看着镜子开始补妆。凝视着自己的脸，京子不禁想起了青山的妻子。她需要枪，这次来车站也是为了拿枪。

要是没来车站，就不会被那个蠢货撞倒。

全都是那个女人的错。京子打开提包翻找，却忍不住惊呼一声。旁边的老妇人受到惊吓，转头看向她。

寄物柜的钥匙不见了，应该是掉了。都怪那个女人。

丰田看到前面有条狗。

不是干净的宠物狗，而是反复淋雨、在泥地里滚过，已变成灰色的野狗。就像曾经单纯的少年饱受世事的摧残。

他感到很亲切，甚至觉得那就是自己。

自己在公司的立场，不就像那条狗吗？不，应该也不是。他年轻时也被器重过。为某款饮料设计的包装得到过一定的好评。另外，提议在罐装咖啡上加纯白标签的人也是他，用深褐色做点缀的设计也得到了好评。后来，年轻人的话语渐渐有了分量，指名找他的工作渐渐变少，他不得不改做打杂和辅助的事。丰田被放到顾问这个位置上，却没能提出什么意见，就这么荒废了自己的技术。被裁员前甚至有人说："你的设计很像在模仿别人。"

曾经干净整洁，备受宠爱，如今却浑身泥污，惨被抛弃。是啊，他果然跟那条狗一样。丰田想来想去，最后坦然接受了。仔细一看，狗脖子上还有项圈。莫非它以前也有过家，但是后来被抛弃了吗？可能宠物狗也有裁员制度，而它正好被裁了。

这里是仙台车站一楼通道往北约十米的地方，头顶是人行天桥，挡住了天空。老狗蜷成一团，躺在车站大楼入口附近。

丰田瞥了一眼狗，准备径直离开。他很害怕，因为一直看着那条老狗，仿佛能看透自己的未来。

他发现狗旁边还站着一个奇怪的女人，嘴里念念有词。

丰田有点好奇，便朝那边走去。

老狗蜷成一团，不时舔两口爪子尖。

"分尸。"女人嘀咕着，"我要把你分尸。"

丰田有种不好的预感。这个女人不正常。她看起来三十几岁，虽然不年轻了，但也不算老。她穿着修身的长裤和藏蓝色毛衣，头发缺乏光泽，虽不像烫了卷发，发梢却有点卷翘。

那女人正在手上的提包里翻找，最后拿出一把剪刀。丰田吓了一跳，因为女人手上那把剪刀，是能够轻松剪开布料或瓦楞纸的大号剪刀，此时还被她摆弄得铮铮作响。

"你要对狗做什么？"丰田忍不住开了口。

这女人看起来真的很不正常。她的目光没有焦点，皮肤又很粗糙，恐怕已经无法理智思考了。自己是不是多管闲事了？心中涌起一阵惊惧，那条狗却满不在乎地把头搭在了前爪上。

"你、你别用剪刀吓唬别人的狗好吗！"丰田脱口而出。

"别人的狗？这是你的狗？"

"对，就是我的狗。"

"白痴，这是条野狗，已经在附近晃悠好久了。"

女人手中的剪刀再次发出令人毛骨悚然的声音。那咔嚓咔嚓的金属摩擦声，让丰田不禁觉得这把剪刀真是"裁员"（砍头）[①]的好工具。

"在附近晃悠就是野狗吗？那你不也一样。这是我的狗，我有证据。"

丰田一时兴起说出这句话，马上就后悔了。以前上班时也是

[①] 原文为"首を切る"，有炒鱿鱼的意思，直译的话就是砍头。

这样,总会不顾一切地开口,边说边希望自己能给出个有说服力的方案,但是到最后,一句有用的话都说不出来,被周围的人嘲笑。每次都这样。

女人愉悦地拧起鲜红的嘴唇。"证据?在哪里?"

"它、它很亲我。"丰田有点自暴自弃地回答。

"说什么蠢话呢。"女人尖声反驳道。

"先不说这个了,你拿着剪刀是想干什么?"丰田总算转移了话题。

女人不情不愿地看向自己的手,目光依旧涣散。"想干什么?我拿着一把剪刀,当然是要剪啊。"她跺着脚说,"要剪个稀巴烂。"

丰田开始后悔,看来自己惹到麻烦了。一个没本事的待业中年男人,哪有空闲去管别人做什么呢。

"你知道吗?"女人大叫,"人的身体会变成碎块,然后接在一起。手和脚不知怎地就变成碎块了,不知怎地又会接在一起。变成碎块的东西会接在一起。"

她说的话太奇怪了,听着又不像咒语。她究竟想表达什么?"碎块"和"接在一起"是隐喻吗?

她歇斯底里了一通,又压低声音嘀咕起来。

"像我这样的女人都会变成这个样子吗?"

"没、没错,因为你太坏了。"丰田指着她说。

"肯定还有人遭遇同样的事情。"女人的话听着就像预言,阴郁、语调扁平、语气笃定,"外面还有好多可怕的东西。身体变成碎块,然后接起来。所有人都会变成这样。"

丰田想到了整个仙台都在议论的杀人分尸案。

他想,眼前这个精神错乱的女人会不会是凶手?不过剪刀应该无法分尸。

现在没时间应付这个吓人的女人，丰田决定离开。就算自己没有工作，多得是时间，也没必要插手这个半疯癫的剪刀女的人生。

但他放心不下那条狗。这个嘴里嘀嘀咕咕着"碎块"和"接在一起"的女人手上有把剪刀，丰田很担心那条脏兮兮的老狗早晚被她分尸。

这并非不可能，因为世上到处都在发生难以置信的事情。他自己就过度信任终身雇佣制，还坚信自己给公司作过贡献，坚信自己绝对不可能成为裁员对象。就算可能性并非为零，他也认为绝对不可能。结果，他错了。只要可能性不是零，那就意味着有可能发生。

那条狗有可能被疯女人扎死。就算这个想法很可笑，也并非不可能。

于是，使命感突然从天而降。

丰田抱着尝试的心态转向老狗，拍了拍右侧大腿，叫它过来。

他几乎能听见女人的嘲笑声。说不定再过几秒，她真的会开口嘲笑。

然而，这样的事情并没有发生。因为刚才还一脸淡漠的老狗抬头看向丰田，然后起身走了过来。

丰田甚至比那个女人还要惊讶。老狗走到他的右手边，坐在地上，抬头看着他。

"那就、就这样了。"丰田磕磕巴巴地说完，拔腿朝车站走去。野狗跟在他身后。

背后传来女人歇斯底里的喊叫声。

* * *

丰田很为难，因为他给自己招来了一个包袱。

短短几分钟前，他还很难想象现在这个状态。一个再就业面试四十连败的沮丧男人，竟然带上了一条狗。这是怎么回事？

让他意外的是，他带着狗走进车站，也没有被赶出去。

许多人向丰田和老狗投来了狐疑的目光，但谁也没有叫他们"滚出去"，也没有人指着他们说"一个没出息的男人带着一条脏狗"。既没有车站工作人员一脸嫌弃地过来请他们出去，也没有游手好闲的年轻人围过来叫他们别弄脏了车站。

行人们都露出了怪异的表情，但都没有直接对丰田说什么。

老狗是一条小型杂种犬，看着有点像柴犬，身上的短毛沾满泥污。

虽然它身上很脏，但尚不至于在走过的地方留下脚印，而且它走在人群中，显得格外怡然自得。

老狗一直跟着他，让丰田不禁产生以前养过它的错觉。它虽然没有紧贴着丰田，但即使没有狗绳，依旧紧跟在他脚边。

老狗丝毫没有想跑的样子。丰田想测试一下，就故意停在卖纪念品的地方。老狗往前走了几步，立刻回过头来，一脸不耐烦地折返到丰田脚边。可能因为年纪大了，它做每个动作都很慢。

四十多岁的单身男人本来就难找工作，现在还多了一条又老又脏的狗，状况可谓绝望。假设有公司愿意聘用他，恐怕那里的人事要特别喜欢狗，一看到丰田带着狗去面试就跑过来说："原来你也喜欢狗吗？"或者公司的老板是条狗。

就在此时，老狗换了个方向。"你跟我来。"虽然狗没有说话，但丰田觉得它就是这个意思。它一改原来笔直前进的线路，转而走向车站出口，还把鼻子凑近地面，弓着身子前进。看来是闻到了熟悉的气味。

地上有一把寄物柜钥匙。

通往一楼的自动扶梯附近，丸子店背后的地面上，有一把带有黄色号码牌的钥匙。

丰田拾起钥匙，狗没有什么反应。他拿近一看，果然是寄物柜的钥匙，不会有错。于是他把钥匙塞进口袋，再看看周围，发现没人在看他们。接着，丰田就上了三楼。他记得在那里见到过寄物柜。他没有走自动扶梯，因为狗可能不让上去。

丰田在三楼连接车站大楼的出入口附近找到了钥匙对应的寄物柜。因为柜子上挂着的钥匙跟他手上的差不多，而且这把钥匙对应的"38"号寄物柜上正好没有钥匙。

丰田没有犹豫，也没有罪恶感。当然，他也没指望里面装着一袋子钱。

丰田每天的生活都阴郁无聊，他可能在不知不觉间想寻求刺激。他需要一点不负责任又轻松的娱乐，比如用捡到的钥匙打开柜门。

寄物柜里会不会放着哪个老板的包，包里会不会装满了招聘广告设计师的传单？丰田幻想着——对啊，可能性并不是零，一切皆有可能。

"今天的面试结果也一样。"丰田边走边对老狗说，"所有人都觉得肯定能行，所有人都认为今天这家公司会录用我，都认定不录用的可能性为零。不仅是就业保障处的人，肯定连面试官都有同样的感觉。"

老狗对他的话漠不关心，但仅仅是身边有个说话的对象，丰田就感到获得了救赎。

"38"号寄物柜上有延时费用的标记。一般寄物柜都会注明超过三天无人领取，里面的东西就会被转移到别的地方存放，但是这一片的寄物柜没有这个规定。

此时，丰田开始烦恼。他可以毫不犹豫地用捡来的钥匙打开柜门，但是身为一个无业游民，真的有必要花自己的钱打开别人的寄物柜吗？他有点犹豫了。

他低下头，与老狗对上了目光。"这可能是对我的考验啊。"他说。如果因为区区一点延时费用就放弃，那种人肯定什么都得不到。"你觉得呢？"

老狗歪着头，好像点了点头。丰田心中一阵激动，他已经好几年没有获得过别人的赞同了。

丰田下定决心，从钱包里抽出一张千元钞票，走到旁边的小卖部换了一把百元硬币。

打开寄物柜的瞬间，他的良心被刺痛了一下，但是丰田并没有在意。里面有一包东西，用随处可见的包装纸包着。打开纸包，里面是个塑料袋，塑料袋里还有个小纸包。这东西沉甸甸的。此时他应该产生怀疑才对。

然而丰田没怎么怀疑，哼着小曲打开塑料袋，又拆去另一层包装纸。他有点期待里面是一沓入场券，或是秘密招聘信息。

然而他的期待瞬间落空了。后来他甚至感慨，自己当时竟然没有发出尖叫。

那是一把枪。打开包装纸，里面是一把冰冷的手枪。

他还没反应过来，已经出了一身冷汗。接着，他用指头戳了几下。小塑料袋里还装着几十枚子弹。

他只呆立了一小会儿。看见脚边的狗起身离开，丰田也跟了上去。他表情呆滞，手上还端着那把枪。

现实感突然消失无踪。他小心翼翼地捧着塑料袋，迷迷糊糊地下了楼梯，在一片混乱中拼命思考：究竟出什么事了？

丰田只在电视或电影里见过枪。脑中闪过某部讲述越南战争的电影，被俘虏的士兵拿枪指着太阳穴，在赌俄罗斯轮盘。自己的人生应该跟手枪完全扯不上关系才对。

呆滞感持续了几十分钟，但不到一个小时，丰田的心情就平静了下来。也许除了"恋爱"和"生死"，人在面对其他任何意外时，都只要这么长的时间就能接受事实。

丰田走向伊达政宗雕像旁的出口。

有工作人员向他跑来。丰田慌忙把塑料袋塞进包里。他很紧张，难道被发现了？一个死气沉沉的男人带着狗，还端着手枪到处走动，可能特别引人注目。有多少人会相信待业中年男性说的话呢？他有点担心。就算他说钥匙是捡来的，恐怕也没人相信。他真的以为柜子里塞满了正在招聘的岗位信息，然而这句话肯定也无人相信。各种借口闪过脑海，又消失无踪。

"不好意思，您这条狗要么拴上绳子，要么别带进车站里。"工作人员可能心情不太好，红着眼睛对丰田说。

丰田涨红了脸低下头，慌忙走了出去。老狗依旧跟在后面。

带着一条狗和一把枪，无业人士究竟能干什么？他感到茫然失措。没有工作，却有狗和枪，这究竟是什么情况？

2

黑泽走向车站前的银行。他的上衣内袋里装着刚刚到手的二十万,但是这一刻,那已经不是"偷来的钱",而是"技术性收入"了。

他穿过大学校园。这里没有正在使用的教学楼,因此外部人士也能自由进出。穿过校园后,他又走向拱廊商店街。就在这时,有人叫住了他,声音平静而纤细。

黑泽转头一看,原来是一对老夫妻。丈夫满头白发,戴着眼镜,脸型细长。妻子长着一张圆脸,个子很矮。"请问到仙台车站最近的路怎么走?"老妇人问道。

若是肩膀上有刺青、头发染了色的愣头青,或是脸上留着伤疤的男人,黑泽肯定会心生戒备。

他正忙着说明路线,老头突然走向了建筑物背面。黑泽以为他只是老糊涂了。老太太喊了一声:"老爷子,你到哪儿去?"说完便跟了过去,于是黑泽也紧随其后。应该是这个举动害了他。

追到没有人的后院时,老头突然回过身,面朝着黑泽。他暗道糟糕,但为时已晚。老太太站到老头旁边。老头手上端着一把枪,对黑泽说:"把钱交出来。"

那老头的声音异常平稳,听不出一丝震颤。

黑泽抬头看天,强忍住大笑的冲动。光天化日之下,他被一对老夫妻堵住了去路,用枪威胁交出钱来。如果这不叫滑稽,这不叫诙谐,还能叫什么?

这两人身子还算笔挺,不过看样子都七十多岁了,相比手枪,应该更适合拿拐杖。

黑泽认命地举起双手。"钱给你,但也别太高兴了。我兜里这些钱少得可怜,你们可能会同情我,反倒给我一点呢。"

老太太开口道:"少啰唆,钱包拿出来。"

"请你听从她的命令。"老头说道。莫非这两人还排好了台词吗?

黑泽把手伸进裤子后袋,取出钱包。他瞥了两名劫匪一眼。老头虽然瘦削,但是双手稳稳端着手枪,还扎着马步降低了重心。那副样子虽然不好看,但胜在够稳。老太太一直盯着黑泽的动作。黑泽把钱包扔到地上,老太太走上前拾起来,打开看了看。黑泽不好意思地挠起了头,却被老头警告:"请不要动。"

"请让我多嘴问一句:两位这是缺养老钱吗?政府发的养老金真的这么少,以至于要出来打劫吗?"

"我们不缺钱。"枪口依旧对着黑泽,"虽然不是多得没处花,但也够两个人生活了。"

"而且还有余钱买枪。"

"你真的好穷啊。"老太太检查完钱包,插嘴道,"两张千元钞票,再就是几张小票。"她似乎还有点感慨。

"堪称捉襟见肘对吧?"

"这是啥?"老太太从钱包里抽出一张纸。

那是早上捡到的写了外语的纸片。"应该是外国的护身符吧，具体我也不清楚。那上面写着数字，也有可能是彩票。如果你想要，就拿去吧。"

"我才不要这种怪东西。"老夫妻俩对视一眼，似乎在估算黑泽的价值。

"我能放下手了吗？"

"你好像不怎么怕枪啊。我可告诉你，这是真枪。"老头说。

"我猜也是。不过，开枪的始终是人类。"

"什么意思？"

"你不会朝我开枪的，对不对？我是很怕手枪，但我不怕拿枪的你。"

"这人胆子还挺大。"老太太说完笑了起来。

"这不是胆子大不大的问题，而是人格问题。"

黑泽又问他们是否缺钱，两人再次对视一眼。他们的动作很娴熟，仿佛在漫长的人生中，每次遇到困难和转机，他们都是这样彼此商议过来的。

"我们不是为了钱，而是想让人生更充实。"

"让人生更充实？"黑泽重复道。

"不知不觉就这把年纪了。我跟这家伙一起生活了五十多年，现在看来却像一转眼的事情。"

黑泽默不作声地示意老头说下去。

"就在上个月，我突然意识到，我们迟早也会迎来人生结束的那一天。于是我就想，何不趁最后搞点活动呢？"

"于是你们就临时起意成了劫匪？"

"我们一辈子都在忍耐，做什么事情都考虑别人的感受，也从来不抱怨。总是吃亏，却得不到什么好处。"戴眼镜的老头语气很平和，皱纹随着他的话语微微颤动，"可是，就算我们平平淡淡地离开人世，也没有人会表扬。甘于平凡并不能延长寿命，也得不到奖励。既然如此，倒不如做些以前绝对不敢想的事情，留下一点美好回忆。"

"美好回忆？"黑泽忍不住嗤笑。

"当然，也不是非要做这个。"老太太补充道，"只不过啊，我碰巧得到了这把枪，才跟老头子商量，要不干脆出来打劫吧。"

"结果很讽刺，以前我们一直被视作麻烦，没有人把我们当一回事。可是有了这把枪，对方的态度就完全不一样了。本来嚷嚷着'老头别挡路'，还上脚就踹的人，一看到枪就变得特别安静，缩成一团。"

"看到他们那副样子，你们开心吗？"

"有时候觉得很痛快，有时候觉得也很悲凉。"老头的叹息似乎不是演戏，而是发自真心。

黑泽重新打量这对劫匪。他轮番看着夫妻二人，一言不发地放下了双手，但两个老人并没有说什么。

"不过啊——"老头苦涩地说，"就算有了枪，我们这种老人想跟年轻人平等交谈，也顶多只有五成的机会。你听了可能觉得很奇怪，但这是真的。老年人很难提出自己的主张。我们一直都只能忍耐，但并不意味着理所当然应该这样。"

"你真的不害怕啊。"老太太咧嘴笑道。

"看到老人拿着枪出来打劫，我心里特别感慨，有点顾不上害怕了。"黑泽耸耸肩，"不过外面有真的劫匪，所以你们最好小心，不要太乱来。"

"这是你的建议吗？"

"不，我这是苦口婆心。"

"没关系的，我们的目的只是——"老头说到这里停了下来，又看向旁边的妻子。与此同时，黑泽也开了口。"让人生更充实。"三个人的声音重叠在一起，让黑泽产生了些许快意。

"无论发生什么，都算是充实了人生。"

"其实就在刚才，你记得吗？"老太太想起了什么，抬头看向老头，"发生了一件有意思的事情。"

"哦，那个啊。"老头也咧开掉了几颗牙的嘴笑了，"真的就在刚才，我们打劫的上一个人，他特别奇怪，身上带着莫名其妙的东西。"

"莫名其妙的东西？"

"被拆解的人体。"老夫妻齐声说道。

"怎么会……"黑泽皱起了眉。

"那应该是塑料假人吧。"老太太说，"那人拎着一个带轮子的大旅行袋，还戴着鲜红的帽子。我看啊，那个人本身都不太像活人。"

"红帽子？"

"他把帽檐折弯了，完全挡着脸，也分不清到底是年轻人还是中年人。说不定还挺老呢。我们掏出枪时他可能吓了一跳，把袋子掉地上了。而且袋口开了，从里面蹦出了人的手脚。"

"应该是塑料假人吧。"

"会不会最近流行这个啊？杀人分尸什么的。"

"你们看到凶手了？"黑泽佩服地点点头，"而且，你们还用枪威胁了那个杀人分尸的凶手。"

"那肯定不是正常人，而是戴着帽子的死人。他的脸色特别苍白，恐怕事事不顺的中年人都像他那样吧。"老太太继续说。

"袋子里的真是死人吗?"

"不知道。他慌忙捡起掉落的东西,拖着袋子走了。我们又不好追上去。你想啊,那个人一副死人样,还说什么'从公寓楼上跳下来了'。要是追上去,搞不好我们也要被带到那个世界。"

"但也不能报警。"老头晃了晃手里的枪。

黑泽观察了他们一会儿。这两人不像在说谎,但他告诉自己,说胡话不正是老人的特长吗?

两个老人甚至开起了玩笑,说如果他们当时说出打劫的话,袋子里那节右手说不定会掏出钱包问:"咱们一人一半?"

黑泽把手伸进上衣内袋,飞快地掏出信封,扔到两个老人面前。

"这是啥?"老太太用近乎轻蔑的目光看着脚下的信封,问道。

"你们不是要打劫吗?本来我想藏着,现在改变主意了。"

老太太拾起信封,用皱巴巴的手打开了封口。"挺大一笔钱啊。"

"区区二十万而已。"

"这钱我们不能收。"老太太说。

"你们不是劫匪吗?"黑泽笑道。

"的确。"老头也笑着说。

"而且还是老人家。"黑泽又开了句玩笑。

"正是。"老头又笑了。

黑泽转身离开了。

走出校园后,他回头看了一眼。老夫妻正往相反的方向走,瘦削的背影和低矮的背影渐行渐远。

黑泽弓着身子走向市区，同时挠了挠头，喃喃道："他们是劫匪，我是小偷。"劫匪和小偷、劫匪和小偷，他反复嘀咕了十遍，又换了一句。"他们有养老金，而我没有收入啊。""他们有国民健康保险，我则要全额自费。"接着，他又喃喃道："早知道就不给那二十万了。"至少不应该全给他们。

他正走在拱廊商店街上，手机响了。屏幕上没有显示号码，于是他边走边按了接听，等待对方开口。

"黑泽吗？"

"是你啊。刚才见到你那边的小年轻了。"

"忠司，对吧？"

"是艾萨克·牛顿。"

"什么？"

"没什么。老大您亲自来电，有啥事啊？"

"刚才忠司联系我了，还跟我告状说黑泽先生好冷淡。虽然我也没怎么指望你，可你真的不想合伙干吗？"

"小偷是独角戏，向来都是一个人登场。"

"这活儿还挺大，不是平时的酒铺便利店。"

无非是银行或者公共机构，他能猜到。

"你还是算了吧。"

"谢谢你的忠告。反正不是现在马上行动，只是快了。你真的不掺一脚？"

黑泽的表情不自觉地扭曲了。行动之前不考虑后果，不先做调查研究的人都没有未来。"你听说过定向运动吗？"

"照着地图寻找标记的活动，对吧？这我还是知道的，你可别小看老年人。"

"跟年龄没有关系。说白了，'未来'就是这样的东西，需要人们去寻找。如果只是闷头乱撞，不可能找得到'未来'。必须用脑子。所以你得想清楚。"

"你觉得我没有想吗？"

"要想想将来。不只是你，无论是政治家还是小孩子，所有人都不知道思考，只知道心血来潮地行动。三分钟热度，过后就放弃，哭完就算，骂完就算，搅了局就跑。他们从来不想接下来的事情。这些人习惯了看电视，早已停止了思考。他们只知道感觉，不知道思考。"

"我思考了。"

"那我就不说什么了。我不会跟你搭档的，不是讨厌你，而是不想跟你一起行动。你知道为什么吗？"

"因为你讨厌我？"那个人显然在苦笑。

"因为我思考了。"黑泽回答道。

过了一会儿，对方又一次开了口。"黑泽，我很看好你。"这个比他年长十岁的男人对黑泽来说就像一个值得同情的上司，"你手艺好，又有学问。很多同行都在议论，你到底为什么干这一行。"

"他们讨论不出什么结果。"

"我只想跟你一起做事。"

对方的声音突然变得异常苍老。黑泽拿开手机，眼睛看向前方。"抱歉，我只单干。"他重新把手机放到耳边，"不跟别人合作。"

"是吗？"对方很遗憾地说，"你只偷普通人家吧，那样不是更坏吗？"

"你最好也从小活儿重新开始。无论什么工作，都要注重基础和热身。"

"你在对谁说话呢？"

"少啰唆了，我可以给你情报。"黑泽说完，报了几家自己盯上的公寓和独栋小楼，"这些都是我准备走的场子，也已经完成摸底了。如果你要，就拿去。干大活儿前好好想想。"

"你为什么告诉我这些？"

黑泽说自己也不明白。"我不想让你那个小年轻干危险的事情，没了他可是日本的损失。"

"我还没有落魄到需要你给活儿干。"

"随你怎么说。等你定了工作内容和日期，保险起见先联系我吧。我虽然不参加，但可以给你忠告。"

"你觉得我需要忠告？"年长十岁的盗贼集团管理者突然表现出了毫无根据的自信。

"你首先需要一个忠告，那就是仔细听别人的忠告。"

黑泽挂掉电话，将手机放回口袋。

他察觉到自己还在往银行走，然而准备存的钱已经被突如其来的劫匪抢走了。

他并不后悔自己给了他们二十万。如果因为那两个老人没有特别逼迫就偷偷留下那笔钱，他可能会更难受。他不喜欢骗老人。

又是美学吗？想到这里，黑泽的嘴角有些扭曲。然而这依旧改变不了白干了一场的事实，虽不至于切齿扼腕，但他依旧很郁闷。

他拿出钱包，早上捡到的纸片跑了出来。上面满是看不懂的外国文字。或许这压根儿不是"幸运的护身符"，而是完全相反的东西。他有点想扔掉它，但又有点舍不得。

黑泽想，今晚该不该再干一单？他在脑中列出了好几个已经摸好底的目标。

河原崎跟塚本坐在山上。塚本两只手垫着后脑勺,直接躺在地上。

河原崎抱着膝盖呆呆地坐着,一边俯视刚才走过的山路,一边试着整理思绪。他知道塚本是什么意思,那可能不是什么难事。

"三年前,我父亲死了。"河原崎对自己脱口而出的话语感到很惊讶。塚本默不作声地听着。

"他是跳楼自杀的。我眼看着父亲消失,心情特别低落。"其实,他也说不清父亲的自杀为何会给他如此大的打击。"听别人说,他张开双臂从十七楼跳了下去。父亲用这种可笑的方式抛下我们逃离了。他可能早就忘掉了我们。自杀可能是我们家的遗传病。"

河原崎回想起父亲在棒球击球俱乐部大呼小叫的样子。他忘了当时父亲说的是什么了。

"我祖父也是跳楼自杀的。听说他被查出癌症晚期,就心灰意冷地自杀了。大家都跳楼了。"河原崎自嘲地低下头,"反正我家就是活到一半不想活了、从高楼上跳下来逃避的血统。我手上没有接力棒,所以有时候会突然不知道自己要为什么而活。"

"接力棒?"

"运动会不是有接力比赛嘛。假设生存是一场接力,我家就完全接不上。因为跑者还没把接力棒交给下一个人,就先脱离了赛道。每个人都这样。于是下一个跑者就只能空着手起跑。现在我虽然还能勉强继续,可是迟早有一天也会脱离赛道。一场注定无法传递接力棒的接力赛跑,还有什么意义呢?"

塚本感叹道："这样啊……"

"当时，我在电视上看到了那个人。"

"你是说高桥先生吗？"

河原崎清楚记得当时的事情。仙台接连发生凶杀案，警方没有任何线索，只能看着被害者不断增多。"我一度认为，那个案子跟我的人生一样。当时我看着电视，不受控制地冒出了这个想法。没有人能阻止案件发生，没有人能阻止恶行，形势会变得越来越糟。人们必须生活在那个阴影中，整个仙台都笼罩着看不见前路的阴云。我心中也笼罩着同样的阴云。"

"然后，高桥先生出现了。"

"是的。"河原崎记得很清楚，那是阴云密布的天空透出一线阳光的瞬间。

"那天，我正好看到了电视上的新闻速报。一开始我还不明白那是什么意思，可是认真看了一会儿，我突然感到心跳加速。"

"仙台商务酒店连续杀人案嫌疑人被逮捕"——流动的文字一个接一个地撞进了河原崎眼中。他感到心脏被摇撼，有什么东西似乎要改变了。

"那天晚上，电视上就开始报道那个人的消息。不管转到哪个频道，都有播音员兴奋地说'一位普通市民解决了凶杀案'。"

"媒体简直炸了锅。"河原崎说到这里，塚本也皱着眉点了点头，接过他的话说道："高桥先生也很为难，可能他没预料到媒体的反应会这么大。对了，你知道高桥先生对媒体说的唯一一句话是什么吗？"

"我记得。"他怎么可能忘记。

"高桥"讲话的画面被反复播放了无数次。当时案子已经解决了好几个星期。"有人对我说'干得好，辛苦你了'，可是解决那种案子并不难，更困难的是另一件事。真正重要的东西就存在于我们平凡而无趣的生活中。我想拯救他们。"

"请问'他们'是谁？"记者连忙问道。

"'他们'自己知道他们是谁。"

这句话拯救了河原崎。他瞬间意识到，自己便是"高桥"口中的"他们"。他很激动，这个人会拯救自己。"塚本先生说的神，就是那个人吗？"他不得不鼓起勇气才敢提出这个问题。

"你是说高桥先生？"塚本皱了皱眉，露出苦涩的表情。他的表情有点做作。烦恼了好一会儿，才说："以前的确是。"

"现在不是吗？"

"那个人是天才，但他不是神。"塚本斩钉截铁地说，"我刚才不是给你看了那张彩票吗？"

"是的。"河原崎激动地说，"那、那是真的吗？"

"是真的，真的中奖了，而且是我都不敢说出口的大奖。包括我在内，干部们都激动坏了。"

"可是？"河原崎猜到他的话有后续，便追问道。

"那个人要把奖金用在很俗的事情上。"

"很俗的事情？"

"反正就是很俗。"塚本突然烦躁起来，语速加快，仿佛在掩饰自己的缺陷，"所以我们暂时拿走了那张彩票。"

河原崎很难相信那真的是张中奖彩票。刚才他拿在手上的东西，怎么看都只是一张皱巴巴的纸片。一张纸片能让人得到幸福，或是逼人从高楼上一跃而下吗？

"天才的运气往往也很好。那个人是天才，但他不是神。"

"因为很俗？"

"如果他不在电视上说三道四，倒还好一点。而且他最近什么都不对我们说。"

河原崎也察觉到了,"高桥"虽然会出席演讲,但给信众的信息越来越少。

"如果高桥先生上电视,你会有什么反应?"塚本问。

"上电视?"河原崎试着想象了一下,"应该会很俗气。"

塚本一言不发地皱了皱眉。

河原崎不知何时躺下了,背靠着山坡眺望天空。突然他眼前一暗,继而出现了塚本的脸。塚本俯视着他,面孔与河原崎视线中的天空重叠在一起。

"是内脏。"

"啊?"河原崎慌忙坐了起来,"什、什么?"

"我啊,做了一些关于神的思考。你知道内脏的定义是什么吗?首先,那是'自己无法控制'的东西。举个例子,你只要有意愿,就可以举起自己的右手。如果脑袋痒,马上就能抬起手挠。可是内脏不行。胃肠不断蠕动,把你刚才吃下的面包往下面送。可是,这不是你的意识能够控制的事情。如果你的意识要控制心脏肌肉不断收缩舒张,同时控制肠道蠕动,还要完成眼前的文书工作,大脑就会忙不过来,直接宕机。"

"的确是这样。"河原崎尝试用大脑操纵心跳,但很快就知道自己做不到。如果一切都要靠意识操纵,说不定睡着之后不小心就没了呼吸。

"你想想,这种关系,不是很像人与神的关系吗?"

"什么和什么?"

"我和胃啊。"塚本揉着肚子说,"我基于我的意愿活着,从未想过去死,也从未想过是什么人保障了我的存活。可是,一旦我的胃不好好工作,我就活不下去了。你说对不对?如果胃停止工作，我努力吃下去的东西得不到消化，我的生活也就到此为止了。然而我控制不了我的胃，所以我要避免暴饮暴食，要细嚼慢咽——"他咧嘴露出了牙齿，"并且一直关注胃的状态。它痛不痛，有没有便血，有没有胀气。换言之，胃支撑了我的人生。那么，我能对胃做什么呢？"

"做什么？"

"我能倾听它的声音，尽量对它好，向它祈祷。"

河原崎感到周围的迷雾散开了。"倾听它的声音，尽量对它好，向它祈祷……"他重复道。

"我无法直接看到胃，只能关注胃是否发出了警告。最后，就只剩下祈祷了。内脏基本上都会一路陪伴我直到死亡。它们始终处在我看不见的地方，但从不离我远去，并跟我一同死去。这不就跟神一样吗？如果我干了坏事，就会触怒神明，对我降下灾害。有时可能是巨大的灾害。而且每个人都有胃，这也跟神一样。每个人都坚信自己的神才是真神，别人的神是伪神。只不过，每个人的胃其实都一样，所以每个人信奉的神，说到底也是一样的东西。"

"是有点像啊。"河原崎微微点头，下意识地摸了摸肚子。

他尝试回忆"高桥"的面容，但是想不起来，仿佛有一团炫目的光芒掩盖了"高桥"的身影。河原崎感到自己的心跳越来越快。

塚本再次开口，语气平和舒缓。"如果高桥先生是神，那我们和高桥先生的关系，就像我们和内脏的关系一样了。"

"是啊。"

"胃与我一心同体。如果其中一方死了，另一方也会死。换言之，如果高桥先生真的是神……"

河原崎猜到了塚本想说的话。"如果高桥先生真的是神?"

"只要杀了他,就知道他是不是真的了。"

如果忽略这句话的猖狂与亵渎,河原崎觉得自己被强烈吸引了。只要杀了就知道他是否为神。塚本的想法虽然很乱来,但也简单直白,充满魅力。河原崎有点兴奋了。

"神不会死。而且,如果神死了,我们自身也会灭亡。"

他要考验神明。河原崎发现,尽管心中怀有恐惧,但自己也有同样的想法。他也想考验神明。

两人无声地静坐了几十分钟。地面无比冰冷,山风也无比刺骨。河原崎认为,那都是为了冷却他心中的兴奋。

"你会画画,对吧?"

河原崎闻言,惊讶地转过头去。

"你会画画,这是一件很幸运的事情。我要拆解高桥先生,以验证他是否为神。既然要做,我希望你把那个场景画下来。你觉得呢?我们必须记录下天才的身体,留作证据,对不对?河原崎君,你会写生吗?"

"如果是画画就可以。①"正确来说,他只会画画。

"你要用画笔记录下被拆解的神体。"

"啊?"

"十六世纪,有人创作了一本书叫《人体的构造》。那本书中详细描绘了人的身体结构。进行公开解剖的人名叫维萨里,他的手法无比精细,让人很难想象那是四百年前的解剖。如果你用画笔记录下高桥先生的神体,其价值将远远超过《人体的构造》。"

"我……吗?"

---

①日文中"写生"一词也可用于短歌或俳句的创作。

"维萨里进行公开解剖时应该只有二十八岁,而你比他更年轻。你留下的记录将会成为无比宝贵的财富,甚至可能拯救他人。"

拯救他人。这句话又让河原崎兴奋起来。

"我们被神明包围,大自然就是高于我们的存在。所以,如果我们要为神命名,那有可能是'地震''巨树''雷雨'或'洪水'。所以说,将我们从暗淡无光的道路中拯救出来的,可能不是那个在台上演讲的人,而是……"

"而是?"

"站在高楼上张开双臂一跃而下的,你父亲那样的人。"

抱着双腿的手臂突然绷紧了。那句话在脑中不断回响。

"你父亲的死,或许类似于突发的自然现象。"

河原崎尝试回忆父亲。他是个怪人。有段时间,他每天都要去动物园,甚至深夜潜入其中。有一次,他兴奋地对河原崎说:"每天晚上都有个人在动物园睡觉。你在听吗?那个人啊,其实是动物园的发动机,所以晚上也要待在那里维持动物们的活力。如果他不在,动物园就没有活力了。"[①] 可能从那时起,父亲就不太正常了。

他在儿子眼中是个怪人,而且他的怪异的确有点像反常的自然现象。类似漫长的雨季。

最后,塚本开车送河原崎回了家。他们在车内几乎没有对话,但河原崎有种感觉,他们已经理解了彼此。他甚至觉得自己彻底摆脱了身上的污垢,感到无比爽快。

河原崎下车后,绕到驾驶席想跟塚本道别,可是透过降下

[①] 关于这个动物园的故事,可以去阅读伊坂幸太郎的短篇小说集《一首朋克救地球》(新星出版社,2016年出版)里的《动物园引擎》。

的车窗,他看到塚本眼中现出了泪水。"不,这是……"塚本努力辩解道,"其实我也不想杀了高桥先生啊。就算我心里很清楚……不,不对,我之所以这样,肯定是因为遭到了坚信之人的背叛。"

"啊……"河原崎应了一声。

"傍晚六点,我在大学医院的停车场等你。"最后,塚本笑着对他说,"我们一起证明神的真伪吧。"

河原崎感到脑子里像灌了铅,可能发烧了。他试着回忆"高桥"在台上讲话的样子,但是没有成功。他想不起来,脑子里只有刚刚离开的塚本的身影。那辆渐渐远去的敞篷车,仿佛成了唯一真实的东西。

"我说对了吧?"京子坐在副驾驶席,得意扬扬地说。因为刚才青山一脸苦涩地告诉她:"她不同意离婚。"

"你怎么对她说的?"

"'我们离婚吧。'"

"那女人是不是一开口就问'对方是谁'?"

青山一脸惊讶,仿佛在想你怎么知道。

"那种女人,都想知道自己的敌人是谁。她们格外在意自己的立场和位置。"

"是吗……"青山露出了紧张的神色。此时他可能比天皇杯决赛时没有打进任意球那次更紧张。"她怎么都不答应。"

"那就这么定了。"京子噘起下唇。这件事本来就定了要这样。"我们只能做掉她。"

"做掉?"

"我可不是说做爱,你知道做掉是什么意思吧?"

"嗯,我知道。"青山表情凝重地点点头。

"等会儿到了你家就把那女人杀了。"京子故意漫不经心地说,"然后把她塞进汽车后备厢,拉到别处埋了。"

"嗯。"

"泉岳山背面有一大片人迹罕至的林子。"

这种事情要尽量往简单了想。杀人,埋掉。只要尸体不被发现就好。就这么简单,根本没必要做什么手脚。

幸运的是,那女人的父母已经去世了,没有经常来往的亲戚,也没有关系亲密的邻居。京子忍不住感叹,这简直是最完美的受害者。只要青山不说,没有人会发现那个女人消失了。甚至没有人能证明她曾经存在过。真滑稽。

京子将会跟青山一起生活。说不定——她微笑着想,如果一切顺利,说不定还能拿到那女人的养老金。

"计划只要粗略做一下就好。太过详细的规划反而会影响行动。到我诊所来的人基本都这样,他们太过细致认真,结果反而因为自己的目标而陷入痛苦。"

青山的表情很复杂。他本来也是京子的病人,难免会露出那种表情。踢歪了那个决定胜负的任意球之后,他就罹患了轻度抑郁症。周围人都说他作为一名职业球员,精神实在太脆弱了。可是,青山自己并不愿意承认这个事实。

"啊,对了。我按照京子的吩咐去了一趟车站。"青山说。

"你帮我看了寄物柜吗?"

京子之前打电话让青山去一趟,因为担心有人用了她丢失的寄物柜钥匙。

"柜门还关着。是'38'号没错吧?上面还显示有延时费用呢。"

"哦，那就好。"

"那个寄物柜怎么了？如果京子在用，最好尽快把东西取出来。"

青山并不知道内情，京子也没有理睬他的提问。他有点不高兴，但没有生气。

"你听说过那个故事吗？"过了一会儿，青山换了个话题。

"什么啊？"

"死人复活的故事。"

"蠢死了。"京子皱起眉。青山很喜欢那种不科学的故事，但她不明白他为何要挑这种时候说这个。

"最近大家都在传呢，说死人放的时间长了就会变成碎块。而且变成碎块之后，身体还会动。"

"身体七零八落地动起来？"那一定很滑稽。京子联想到了断尾的壁虎。

"没错。然后啊，那些碎块会一点一点连接起来。"

"连接起来？"京子轻蔑地说，"那不就变成磁石了。"

青山认真地说："破碎的身体真的会连接起来。"

"那又如何？"

"没有，我是昨天在路上等红灯时听旁边的高中女生说的。好像有人到处传播这个怪谈。"

"太无聊了。怪谈的源头不就是现在很多人讨论的杀人分尸案嘛。骗小孩的东西。那跟我们有关系吗？"

"谁也说不准到底会不会有关系。"

最先响起的是刹车声。轮胎在沥青路面上摩擦，尖厉的声音似乎持续了很长时间。京子的身体猛地被抛到了空中。

咚，一声巨响。她毫无办法。保险杠被撞击变形的震动顺着车身传达到身体。

安全带死死勒住肩膀，被抛起的身体猛地反弹，落到了座位上。

只是一瞬间的事情。脑中一片混乱。突如其来的疼痛和惊讶让她瞬间充满怒火。虽不至于失去意识，但京子一时说不出话来。

过了一会儿，她才注意到坐在驾驶席的青山有点奇怪。

只见青山瘫在方向盘上，痛苦地捂着下巴，似乎撞到了什么地方。"完了。"他面无血色地说。

太阳已经西斜。他们本来计划从市区穿过西侧大道，沿着四十八号国道笔直前进，可是京子想上个洗手间，所以中途把车开向了爱子地区。右拐进入小路后，周围的光线就变得非常暗。

太倒霉了，京子烦躁地想。

青山又嘀咕了一声"完了"，接着解开安全带跳了出去。

京子也下了车。她一踏上地面，就感到浑身腾起一股不祥的预感。

这条路很黑。虽说是单向车道，但也太窄了。

她立刻打量周围。右侧是某个零食厂商的仓库，外面围着一圈栅栏。左侧是酒馆和咖啡店，似乎倒闭很久了，玻璃窗已经破碎，大门也歪斜了。

京子转了转脖子，然后舒展身体。刚才撞到的右手上有一道伤痕，除此之外哪儿都不疼。

她开始想，这里又黑又窄，应该是不幸中的万幸吧。我果真很走运。

青山已经完全慌了神。他没有大声哭叫，但那显然不是出于冷静，而是因为头脑过于混乱。

青山从红色轿车的另一头走出来，战战兢兢地确认前方的情况。

京子已经猜到刚才的冲击是怎么回事了。那个沉闷的声响至今仍在她的身体中震荡。撞到东西了。

周围没有别人。

青山蹲下身，过了许久才抬起头，用颤抖的声音说："京子，是人。"

"冷静点。"京子走到青山旁边，同时飞快地思索。快想，快想啊，她催促自己。

即使光线昏暗，她也能看出那人已经死了。那是个年轻男子，可能跟青山差不多大，姿势奇怪地倒在汽车前方，可能骨折了。

京子并没有见惯尸体，但她也不害怕。因为眼前的光景太缺乏现实感了。那人就像坏掉的塑料小兵，姿势扭曲地倒在地上。

青山拼命做着深呼吸，肩膀剧烈起伏，仿佛刚才忘了吸入空气。如果让他再重复一次那个失败的任意球，他肯定会露出同样的表情。

"怎么办？"

"小声点。"京子提醒了一声，但是青山还未恢复冷静，他再次大声说道："完了。"

这人为什么不会动脑子呢？京子无奈地想。他们在一条没有人的昏暗道路上，这不正适合悄无声息地解决问题吗？

"京子，你快看看，他真的死了吗？我是个外行，但京子是医生对吧？你怎么什么也没干呢？"

他的说法让京子气不打一处来，连表情都僵硬了。青山噘着嘴，像个愤愤不平的孩子。

"我是精神科医生。车祸尸体跟精神异常有关系吗？难道还有患者到诊所来说'我被车撞了，很抑郁'吗？"

"我也不懂啊。"

"是吗？足球运队员不是跟交通事故更有关系吗？"

"那怎么可能。"

"怎么不可能？你这个现役后卫不就撞了人。"京子毫不客气地说道。

青山无言以对，只能颤抖着回了一句毫无意义的话："现在不是赛季。"

麻烦的是，京子又感受到了尿意。"怎么又来了。"她啧了一声，暗自嘀咕道。

青山虽然害怕，但还是蹲下身去，鼓起勇气碰了碰尸体。

"这里有厕所吗？"

"这种时候？"

"我想去，你管得着吗？"京子咬紧牙关，瞪着青山。

"你、你等一下啊。我们得先把这件事解决吧？稍微忍忍。"

京子忍住了火气，忍住了怒吼的冲动。要是憋尿导致膀胱炎恶化，搞坏了肾脏你来负责吗？她烦躁地抖起了右腿。

"这人凉了。京子，他真的死了。"

青山蹲在地上摸了摸尸体的下颚，一直闭着眼睛。就算是被撞死的，身体也不可能这么快变凉。京子露出苦笑。青山可能把冬天北风吹冷的体表温度误会成了尸体的温度。然而这无法让她会心一笑，反倒更烦躁了。这个除了高大一无是处的年轻人，没了我恐怕活不下去吧？真是的，如果我不在旁边，他连一场车祸都处理不了。"

"最好别摸。"京子厉声做出了指示。乱摸尸体很不明智，而且不卫生。接着，她叫了青山一声，道："你过来，我们商量商量该怎么办。"

丰田走在拱廊商店街上。他一开始还有点担心狗会四处乱逛，然而那条老狗可能受过严格的训练，始终没有远离丰田。这有点像年轻时在军队受过训练的老人，即使记忆力衰退了，依旧不会忘记行军的纪律。

商店街上有一家比较大的宠物店，他在那里买了散步用的牵引绳。

"蓝色可以吧？"他拐进小路，蹲在电线杆下，把牵引绳扣在狗的项圈上。与脏兮兮的身体相比，项圈和牵引绳都格外崭新，显得很突兀。

他牵着狗走出拱廊街，又走了十五分钟。穿过人行天桥就是公园，他顺着宽敞的台阶斜着走下去。桥下繁忙的车流就像另一个世界的光景。公园很宽敞，不知是否有人管理。赏花的季节，这里挂满了灯笼；夏天时，这里又会挤满观看烟花表演的人群。不过冬天寒冷的白昼这里就没什么人，只有几个孩子在玩飞盘。

丰田找到一张长椅坐下来，老狗蜷着身子躺在他脚边。

"怎么，你不想玩吗？"他指着空中的飞盘，老狗却丝毫不感兴趣。

丰田很累，于是闭上了眼睛。

他又想起了今早通知他没被录用的公司。这家公司给的工资只有他上一份工作的六成不到，没有奖金。他应聘的岗位既不是管理岗也不是设计师，而是杂务工。可以说，这是极大的妥协。他已经放弃了高要求，决定随便找个工作稳定下来。尽管如此，还是没有被录用。据说那个岗位只招两个人，却有三十个人应聘。其中是否有两个人接到了录用通知呢？如果连那种公司都不录用他，那他的前路究竟何在？

"无能！"

不知从哪里传来的声音让丰田抬起了头。周围没有人，他只是听错了那几个孩子的欢叫声。

丰田再次垂下头，闭起眼睛。

"败类！"

这回，他意识到声音来自自己内心。

他很担心，不知道将来该怎么办。太悲惨了。唯一被他紧紧握在手中的只有牵引绳，另一端则是一条老狗。他有点害怕，泪水不知不觉涌了出来。

"我想工作。"丰田发出了声音。只有找到工作，让生活稳定下来，才能彻底消除这种不安。他抱住自己的身体，害怕得几乎要颤抖起来。他有点自嘲地想：如果因为害怕而冻死了，会不会变成新闻啊。

坐着一动不动，他又渐渐感到烦躁。莫非不安与饥饿一样，也会让人感到烦躁？我该怎么办？他问自己。就算坚持找工作，既然今天这家不行，恐怕也没有别的机会了。

他很绝望，眼前是一面绝望的峭壁。不，是真的很绝望吗？丰田拼命让自己冷静下来。

"我想工作。"

他又说了一遍,打开手提包,拿出随身听,戴上耳机,慌忙点开了披头士的曲子。*Here Comes the Sun*。"It's all right."他在心中唱道,"不会有事的,不会有事的。"

老狗抬头看了丰田一眼,但并没有瞧不起他的样子。

"这句话真好……"丰田再次感慨道,"太阳将会升起,It's all right,不会有事的。"他年轻时从不听音乐,甚至瞧不起音乐。他曾经很鄙视披头士乐队,万万没想到人到中年了,竟会需要他们的安慰。他听了两遍,然后摘掉耳机,关掉电源,站了起来。

丰田穿出地下通道,与几名女学生擦肩而过时突然冒出了一个想法。

可能是受到了响亮脚步声的刺激,他突然想到了那个主意。不知为什么,听到年轻女性的脚步声,丰田突然决定去打劫。

只能靠打劫了。这个想法一闪而过。

手枪。

我不是有手枪吗?现在只能靠它了。他又重复了一遍,仿佛报出自己的姓名。"我有手枪。"

他碰巧捡到了一把寄物柜钥匙,碰巧找到了那个寄物柜,碰巧在里面发现了一支手枪。人的幸运大多是"碰巧"得来的,不是吗?

这支手枪的出现是为了拯救我。这是侥幸,就像心血来潮落在干旱田地上的雨水。那把寄物柜钥匙的掉落是必然,一定是这样的。对啊,连续四十次应聘失败,不就相当于复杂的祈雨仪式吗?

我要用这支枪杀了他。丰田首先想到了这个。舟木。他要用这支枪杀了那个解雇他的上司。

不可思议的是，一旦做出决定，他整个人就平静下来了。这几个月来从未体验过的平静笼罩了全身。杀了那个上司，这主意不坏。

可是，他很快就恢复了冷静。不能忽略了重点。丰田做了个深呼吸，重新开始思考。他喃喃道："我想工作。"他想要的难道不是工作吗？换句话说，他想要的是工资。

杀了那个人并不能解决问题。

他应该先去赚钱。为何一直想不通如此简单的事情呢？如果找不到工作，那就自己创造工作。

一名失业者在开始派发"我的工作是失业"的名片的瞬间，就不再算是失业者了。不，对啊，只要把劫匪当成职业就好了，丰田兴奋地想。

最好的目标是邮局，小邮局即可。在这个问题上他没有过多地烦恼。

只要拿枪威胁工作人员，对方肯定会立刻拿钱出来。听说日本的邮储存款高达三百兆亿日元。他们有那么多钱，自己拿走一点应该不会产生影响，就像从沙丘掬起一捧沙子带回家一样。

他对老狗说："我有工作了，太阳升起来了。"

老狗没有反应，但也没有反抗他的步伐。

站在邮局门口，丰田的决心依旧没有动摇。他惊讶地发现自己并没有颤抖。相比罪恶感和对自己这个鲁莽行为的担忧，他更在意藏枪的地方。

他把手枪揣在西裤口袋里，却很担心会不会走着走着掉出来。电影里的警官不都把枪塞在皮带里吗？他试了一下，又很害怕手枪走火，把他的下半身毁掉。

他不由自主地想象到自己鲜血淋漓的性器，顿时毛骨悚然，赶紧把手枪卡在了腰上。由于卡得很深，腰部勒得有点紧。

他只装了一发子弹，只要让邮局的人知道这是真枪就够了。

丰田把老狗拴在门口的电线杆上，狗觉得他要扔下自己，似乎想叫，但他很快说了一声"没关系的"。听到他的话，狗露出了放心的表情，沉默下来。

他在街对面的百元店买了副廉价的墨镜和医用口罩。

接着，丰田戴上墨镜，握住手枪，手忙脚乱地拿起耳机塞进耳朵里，又听了一遍披头士。最后，他做了三次深呼吸，关掉电源，走进邮局。

"举起手来！"邮局自动门打开的瞬间，他就扯下口罩，大喊一声。接着，他平举手枪，放低了重心。

邮局里一片死寂，什么声音都没有，丰田甚至觉得自己紧张得耳朵出了毛病。四周如同死水般静寂。

过了一会儿，他发现了问题所在。这里没有客人。

他的心跳宛如轰鸣。

他把枪口对准柜台。

他向前走了一步，看见三个身穿制服的男人。于是，他拉起口罩盖住了嘴。

丰田强忍住慌张，不断告诉自己保持冷静，轮番看了看那几个穿制服的男人。

两个中年人，一个年轻人，全都惊讶地张大了嘴。

不知为何，他突然犯起了恶心。丰田很快就明白过来了，因为与好几个人隔着一段距离面对面的场景让他联想到了不堪回首的面试。他们是选择与被选择的人。

等他反应过来时已经开了一枪。他不记得自己何时给枪上了膛,也不记得何时扣了扳机。他只想打破四十连败的现实。

他本想对着天花板开枪,但是动作没有跟上。子弹击中了前方鼓励存款的条幅。

"这是真枪!"丰田喊了一声,但是声音被口罩挡住,显得有点模糊。于是他扯下口罩,又喊了一声:"我要开枪了!"

丰田想象的场景是工作人员如同青蛙见到蛇,害怕地高举双手向后退。或者他们丝毫不害怕丰田,反而向他逼近过来。

可是,柜台里的三个男人并没有采取任何他预想的行动。

首先,最年轻的那个人说了一句:"警察?"其他两人则目不转睛地盯着丰田。"举起手来"确实像警察的台词。

年轻人看向另外两名同事,他们又打量起彼此身上的制服。

下一个瞬间,年轻人竟拔腿朝着柜台后面的门跑。没等丰田反应过来,那人就消失在了门外。

其他两个人也一样。他们显然是刚才逃走的那个年轻人的上司,但并没有感叹或责怪下属的行为,而是跟着跑了出去。

"啊?"反倒是丰田惊呼了一声。

这不是玩忽职守吗?他举着手枪,脑子陷入混乱。

莫非全国的邮局都教育工作人员,见到劫匪要转身逃走?

看到劫匪出现,务必趁其不备转头就跑,这真的算是一种应对方案吗?然而,他的确目睹了这样的一幕。

他们瞬间逃离了工作岗位,既没有老实配合,也没有奋起反击。

这意想不到的情况让丰田不知该怎么办。"怎么回事?"过了好一会儿,他才放下了手枪。

他被扔在没有面试官的面试会场了。

丰田缓缓走向柜台。

他双手撑着台面坐了上去,然后转过身,翻到柜台另一侧。这里不再是客人活动的区域,而是邮局工作人员办公的地方。

他有点奇怪,这里应该有女性工作人员吧。那几个男人竟然都是胆小鬼,一见到他举起手枪就放弃了责任。

柜台内侧摆着好几捆钞票,仿佛早就等着丰田过来。

金额不多,共有三捆万元钞票。

三百万。他不清楚这算多大的数额,是否值得他做这件事。

他抬起头,一眼就看见了监控摄像头,慌忙又低下了头。然后,他调整好口罩和墨镜,慢慢转过脸,又看了一眼摄像头。

这一刻,他还不怎么害怕。鲁莽地决定打劫,被摄像头拍到,最后被警察逮捕,也比失去工作饿死要好。

丰田把钱装进口袋里。

接着,他再次翻过柜台,走向出口。可能因为内心动摇,他加快了脚步。这显然是个错误的决定,因为等他回过神来时自己已经被绊倒,肩膀狠狠地砸在地面上。

丰田瞬间恢复了理智。跌倒的那一刻,压抑在心中的恐惧爆发出来,他突然很害怕。自己究竟做了什么?

他拼命挣扎着要站起来,无奈双膝发软,很难站直。

刚才塞进口袋里的钞票滚落在地上,墨镜也飞到了一边。

好不容易站起身,他又低头去捡钞票。就在此时,他发现门口有个人影。

一个学生模样的男人正在操作取款机。他是什么时候出现的?那人拿起机器吐出的存折,瞥了丰田一眼,但好像没有察觉邮局里正在上演抢劫戏码。

丰田认为时机已经错过，决定不要钱了。他得逃离这里。丰田走到门外，首先摘下了口罩。

他迅速跑向电线杆，解下老狗的牵引绳。

他拼命转动焦急的大脑思考，牵着狗或许能巧妙地隐藏身份。没人会觉得一个牵着狗散步的人就是冲进邮局打劫的匪徒。

"我行动了，可是在最关键的时刻跌倒了。"丰田用颤抖的声音向老狗汇报，"你说可笑不可笑。"

终于拐进了看不见邮局的道路，丰田悄无声息地长叹一声，心中暗想，自己鼓起勇气做出的行动能写进简历吗？老狗吠了一声，仿佛在告诉他：当然不能写。

a life

时速一千三百七十四公里,太阳开始西斜,故事总算有了发展。

3

　　志奈子先是凝视着窗外的日落,然后转头看向户田,握着刀叉的手停在那里。店里的挂钟显示现在已经过了六点。
　　"你怎么了?"户田漠不关心地问了一声,头也不抬地看着眼前的鸭肉。
　　"因为我很疑惑,户田先生为何选了我。"
　　她实在忍不住想问。本来餐桌上就弥漫着尴尬的静默,现在又多了个沉重的话题。
　　户田叉起肉块送进嘴里,细细咀嚼了好一会儿,又拿起腿上的餐巾擦了擦嘴。
　　"你问这个干什么?"
　　"没什么,只是我这个籍籍无名的小辈突然被看中,实在有些不知如何是好。我还以为户田先生只跟更出名的大画家直接打交道。"
　　"没错,我对籍籍无名的人没有兴趣。"户田理直气壮地说,"我也没有那个闲工夫给无名的新人浇水施肥,照顾她成长。"
　　志奈子听着他的话,心情沉闷。户田肯定对画家的才能和魅力毫无兴趣。他从来瞧不起凭着一腔热情培养画家的小画商,等到那些画家终于含苞待放了,他再从高处伸手,强行摘取。

"我们那里不是有个佐佐冈嘛？那家伙最喜欢干这种没用的事情，数他最没事找事了，整天想着发掘新人画家，辛辛苦苦栽培他们。"

志奈子想起佐佐冈第一次找到她的光景。那天，他走进了志奈子借朋友画廊举办的小小画展，还拿出名片说："你的画很不错，如果有意合作，请给我打个电话。"

志奈子从未得到过如此令人高兴的礼物。

"那个佐佐冈还背叛了我，想独立出去。最后呢？他失败了。"

"他应该不是想背叛户田先生。"志奈子低声说，"佐佐冈先生只是想亲手栽培画家。"

那时，户田的行动很彻底。他挨个儿联系了与佐佐冈关系亲密的画家，必要时甚至亲自上门说服。他先用大幅提升合约金额的方法收买画家，如果这招行不通，就直接威胁："这个圈子很小，你不想好好混了吗？"就这样，他按住了每一个人。

志奈子没有屈服于金钱，反倒被他那句无比老套的"你的画一定能走向世界"给说服了。

最后的最后，佐佐冈联系到志奈子时，已经难以掩饰声音的颤抖。他说："你也被户田先生拉拢了吗？"志奈子回答："是的。"于是他拼命忍住崩溃，低声喃喃道："是吗……是吗……是吗……"

志奈子向他道了歉，但她必须选择能够提升自己的舞台。她告诉自己，这是必要的过程。

可是，她无法忘记佐佐冈挂电话前说的最后一句话。"你的画今后还会变得更好。"

"你知道那个人如今在干什么吗？"户田问。

"不知道。"志奈子摇摇头。她不可能知道。

户田没有告诉她,只是愉快地叉起了鸭肉。

志奈子的座位正对着餐厅大门。那是一扇沉重的大门,店员必须非常用力才能打开。可是,那扇门突然自己开了,与此同时,门口传来了怪叫。

一个中年男人走进店内。他穿着墨绿色的西装,没有系领带,满是泥泞的运动鞋已经严重磨损。只消看上一眼,就知道这人不应该出现在这种档次的餐厅里。他脸上有一片明显没有刮干净的胡楂,眼圈通红,看上去有四十出头。

"啊。"志奈子之所以发出惊叫,是因为那个人朝他们的座位走了过来。

男人看见户田的背影,猛地逼近过来。他虽然没有奔跑,但气势非同寻常。

户田毫不在意店里的骚动,只顾着享受眼前的美食。

男人手上有一把刀。

一声惨叫。志奈子甚至没有发现那是她自己发出的惨叫。她双手捂着嘴,猛地站起来,撞倒了椅子。

周围的人也发出了惨叫,几位客人慌忙躲闪时跌倒在地。

店里的服务生面无血色,冲着持刀的男人大声喊叫。

户田要被刺中了。志奈子双腿一软,坐倒在地。

她实在太害怕,怎么都站不起来。她忍不住想象户田背部中刀,鲜血直流的样子。鲜血就像鸭肉上的橙子酱汁,流淌得到处都是……她太害怕了。

等她好不容易撑起身子,却看到了意想不到的光景。

户田面不改色,甚至露出了愉快的表情,拿起红酒喝了一口。他看见志奈子站起来,便眯着眼睛指了指身后。"你看着吧。"

持刀的男人在户田身后叫嚷着,拼命挣扎。两个穿西装的男人将他牢牢地按在地上。

那两个人刚才就在旁边的座位上吃饭。

看他们的动作,似乎早已习惯了这种情况。

户田似乎看透了她的想法,傲然说道:"我不是说了,没有钱买不到的东西。包括安全也能买到。"他又喝了一口红酒,继续说,"我雇用那两个人,就是为了在这种时候派上用场。"

"什……什么时候开始的?"

"不知道,很久了。我不关心这个,只要能保障我的安全就好,这就是他们的工作。"

志奈子再次看向户田身后的人。因为有西装遮盖,看不到肌肉结实的体格,可是他们面无表情的动作的确很像专业人士。实在太熟练了。

户田对身后的情况毫无兴趣。那不像装样子,是真的毫无兴趣。志奈子觉得这一切都太不真实,头晕目眩地坐了下来。

周围的人还在骚动,目光全都集中在志奈子和户田身上。

户田露出苦涩的表情,仿佛在想他们为何不老老实实坐下来吃饭。

暴徒被两名保镖押送出去了。志奈子看到了他的脸,一张软弱的脸。他看起来不太聪明,但也不像心怀不轨,靠伤害他人获利的人。

"户田!"那人已经被保镖收缴了刀子,被一路拖向门口。"你对我老婆做了什么!"被拖出店门的那一刻,他大喊道。

户田不再面无表情。他面露微笑,拿起餐巾胡乱擦了一下嘴角。志奈子不知他为什么笑,因为鸭肉好吃,还是男人喊的话好笑?

"听声音我就知道那人是谁了。"他心满意足地点点头。

"是谁?"

"某个演艺事务所的社长。事务所不算大,不过是经济好的时候乘势开起来的公司。一个月前,他因为缺钱来找我了。"

"找你借钱?"

"跟别人一样,都是来求我的。不知为什么,他们明明有求于我,却要说成我不出钱就会吃亏。太愚蠢了。我又不想利用别人的公司赚钱。我一路走过来,靠的只是远见和果断。"

"你没借钱给他?"因为没借到钱,所以拿着刀子来泄愤了?这的确有点夸张。

"不是啊。"户田勾起了嘴角,"他提了个奇怪的交易方式,说我可以跟事务所的年轻女孩,或者他们那儿的偶像女明星共度良宵。也就是他给我安排女人,我给他出钱。"

"哦……"志奈子含糊地点点头。她觉得这是个陈腐而蛮横的策略。

"于是我就产生了一个想法。"户田愉快地拿起了酒杯,"既然有钱什么都能买到,不如就买那个人最宝贵的东西吧。"

"最宝贵的东西?"

"那家伙特别爱老婆,你说好笑不好笑。我派人查了,那家伙对事务所的女人蛮横得很,却对自己上了年纪的老婆关爱有加。于是我就用金钱当诱饵对他说:'让我跟你老婆睡一夜,我就借钱给你。'"

志奈子惊呆了。就算不问,她也能猜到结果。那个人肯定再三烦恼,最后答应了。

他一定真的急需用钱，说了很多大道理劝服妻子和自己。

志奈子想起来，电影里好像也有过类似的故事。一个美国大富翁用金钱作为交换，得到了与年轻人的妻子共度一夜的权利。然而，那个大富翁是帅气的罗伯特·雷德福，一个绅士。跟眼前这个毫不掩饰狂妄自大的老男人不一样。

"你、你做了什么？"志奈子突然感到口渴，伸手拿起酒杯。

"哦？"户田挑起了粗大的眉毛，"你看他刚才的反应还猜不到吗？机会这么难得，我当然把能想到的事情都做了。还没到晚饭时间就让她脱光衣服，给她下药，带她体验了一辈子都没体验过的性爱。"

他说这些话的时候表情淡然。志奈子一时无言以对，过了好一会儿才问："是……户田先生吗？"

"你觉得我有这么好的精力吗？外面多得是只要给钱就愿意做这种事的男人。我一开始参加了，然后就在旁边观赏。一晚上很短的，一瞬间就过去了。"

志奈子眼中现出泪水。不知为何，她很不甘心。

户田愉快地问："你觉得我很过分吗？"

"呃……嗯。"

"不过，我是否真的做了这件事，就是另外一回事了。那个人倒是坚信我做了。"

"啊？"

"你无法确定我是否真的对他老婆做了那种事，但是可以确定那个人认为我做了。他老婆什么都不记得了，只觉得有人对自己做了那种事。因为她醒来时是赤身裸体躺在床上的。"

"什么意思？户田先生究竟做了什么？"又没做什么？

"有人对妻子做了什么，妻子又主动做了什么，那个人一定被自己的妄想或想象搞得心神不宁。因为人的想象力会渐渐往坏的方向偏移。你说好玩不好玩？问老婆吧，老婆什么都不记得。太蠢了。我不过是以他的愚蠢为乐罢了。操纵人的想象力，是一件令人愉悦的事情。"

结果，那个人陷入了半疯癫状态，拿着刀朝户田冲了过来。

"他一定是从什么人那里打听到我会到这里来，这就意味着有人泄露了消息。这个问题很棘手，不过那家伙也太不要脸了。找我借钱，还要对我行凶，究竟谁更坏？"

志奈子已经忘了罗伯特·雷德福的电影结局是什么了。那对年轻夫妻获得了大团圆结局吗？"刚才你说的那些，都是那个人的妄想吗？"

"不，也无法否定我真的做过那些事的可能。"

"究竟有没有做？"

"我为什么要告诉你？就算我真的让好几个男人轮奸了他老婆，也跟你没关系吧。"

"可是，究竟有没有做？"

"有与没有都不重要。"户田大大咧咧地说，"没有钱买不到的东西，仅此而已。我只要有心，就能买到任何东西。看见想买的，我就买。别人的人生、爱情、想象力和安稳的生活，我都能买到。"

说完，户田转头叫来服务生，让他上甜点。

黑泽没听见走廊上的脚步声。他皱着眉，暗斥自己的失态。

屋里没有亮灯，黑泽已经拉出衣箱，正熟练地翻找着，房间里的荧光灯突然亮了起来。

"你、你在干什么!"敞开的房门外传来了声音。

黑泽转过头,看见一个男人。那人与他年龄相仿,是个正值事业高峰的白领。

男人腋下夹着公文包,站在房间门口。

走廊亮灯时,怎么就没意识到有人进来了呢?黑泽暗自咋舌。这简直有辱职业小偷的名声。他缓缓站起来,眨眨眼睛适应灯光,看向走进门来的人。

细看一眼,是他眼熟的面孔。黑泽略有点夸张地举起双手,表示自己无意抵抗。

"你在干什么?在我家干什么?"男人一直逼问,却不走近。他肯定也一时反应不过来,打开门走进来,却看到不速之客在黑漆漆的房间里翻箱子,换作是谁都会惊慌。

黑泽举着手,仔细观察那个人,忍不住笑了起来。

今天怎么总在做这个动作。白天被一对老夫妻持枪打劫,勒令他"不准动"。晚上又被公寓里的男人逮个正着,逼问不停。看来有的日子真是事事不顺啊。

可能他就不该把钱交给老夫妻,然后又想再干一票找补回来。

黑泽凝视着对方,暗自反省。不对,这不应该叫反省,更像是客观地审视自己所处的状况。

身穿藏青色两件套西装的男人在强装镇定,实际已经慌了手脚。他目光游移,双脚不断挪动,应该很想逃跑。黑泽努力忍住笑意。

"你、你是谁?"男人说。

"小偷。"黑泽举着双手,露出不羁的微笑。

他仔细观察男人的表情,不放过任何一丝细微的变化。"你是这家的主人吗？"黑泽明知故问道。

那人显然被他光明正大的态度震住了，而且心里可能在想：你不是小偷吗？入室行窃被屋主撞个正着，为何还能如此光明磊落？

该怎么办呢？黑泽动起了脑筋。

"你偷了什么？"男人压低声音，像是要展示威严。

"我还没开工呢。"

黑泽在脑中总结了眼前这个人的信息。

"给我滚。"

"你不报警吗？"黑泽已经料到这个人不会报警。

"可以放你一马。"男人回答。

黑泽缓缓放下双手。他没觉得慌张，反倒很冷静。这种事偶尔发生一次也不错。好在对方没有因为突如其来的事态失控而朝他扑过来。

"我们聊聊吧。"黑泽提议道。

"你说什么呢？"

"小偷喜欢聊天。"

男人胆怯了。他应该谴责黑泽"搞清楚自己的立场"，或是找到电话威胁他："再不走我就报警了"。

一阵沉默。黑泽有点乐在其中。

"对了。"黑泽竖起食指，看向男人的脸，"我们来玩人类观察游戏吧。"

男人的表情阴沉下来。

"小偷最重要的是手巧，第二重要的是观察力。关键就在于观察能力。如果不能看一眼就推测出一个人的身份、性格和经历过的人生，那就是小偷的失职。"

"那又如何？"男人明显沉不住气了。

"我接下来会对你进行分析，说出你的人生经历。很好玩吧？这是余兴节目。你大可以听完了再报警。我不会伤害你的，这是我的职业道德。不过，既然给堂堂白领人士添了这么多麻烦，我应该说点什么逗你开心才对。"

"你……你在胡说什么？"男人反驳的声音越来越小。

"你是家中老二，对吧？"黑泽并不理睬他，而是继续道，"你是家中老二，现年三十多岁，跟我差不多大。家乡在宫城县。"

男人眨眼的频率开始变高。"那又如何？"他逞强地说，"这种信息看看驾照或者什么文件就知道了。"

"我还没说完呢。"黑泽高兴地笑了，"你不抽烟，对吧？"

"不抽。"男人毫不惊讶地点了点头，仿佛想说屋里没有烟灰缸，一看就知道。

"最高学历是国立大学毕业。"

"这也是一查就能查到的信息。"男人的脸色有些苍白。

"文科，经济学专业。"

"没、没错。"

"学习态度认真，从来不翘课，哪怕整间教室只有你一个人，也会认真记笔记。"

"可能吧。"

"如果感冒了不得不请假，你就会很慌张，忍不住四处奔走打探，想得到那天课程的笔记。完美主义者和胆小鬼的综合体。"

男人咬紧牙关，并不说话。

黑泽看着他，露出了笑容。"跟女人交往时也一样。好不容易约到同学，就会在日程本上制订详细的计划，比如开车带她兜风。当日必须按照前一天制订的计划进行，否则你就会心神不宁。碰头时间、出发时间、车里谈论的话题、中途休息的咖啡厅和店里的菜单，必须全部符合计划，否则你就受不了。"说完，他又问了一句，"对吧？"

男人的脸上现出了焦虑。

黑泽没有停下来。"还有呢。我虽然不是算命婆，但只要看着你，就能分析出各种各样的过去。"

"你能看出来？"对方露出了面对灵媒师的表情。

"当然能看出来。"黑泽愉快地回答，"你跟女生去一处名山旅游地约会过，对不对？是藏王吧？本来想去观景，但是那天山上起雾了，能见度不足十米。计划这种东西基本都会因为一些小事而失败。那天根本无法观景，所以你急了，最后开着车在浓雾中满山乱跑，开到了一个不认识的地方。你女朋友坐在副驾席，直接被绕晕车了。谁让你在山路上来回跑呢。她忍着恶心，心情自然好不到哪里去。可能怕弄脏了租来的车吧，她突然开门跳了出去，在弯道上连续滚了好几圈。"黑泽笑了起来，"不好意思，我不该笑的。好在你开车速度很慢，所以她跳车之后只受了一点轻伤。可是那一刻你肯定急疯了吧？因为你的计划里并没有'女朋友跳车'这一项。"

"你、你胡说。"男人磕磕巴巴地反驳道。

"难道我说错了？"

"你怎么知道的？"

"我就是知道。只要仔细观察，就能清楚看到一个人过去的经历。我还知道你毕业典礼的事情。"

"毕业典礼？"

"大学毕业典礼。你没有参加，对不对？"

男人皱起了眉。

"肯定没有参加，因为那天你去看斯坦利·库布里克的《2001太空漫游》了。"

他几乎能听见对方心中的惨叫声。

黑泽继续道："那天是重映的最后一天。你在仙台某个小影院看了整整一天。你早就看过《2001太空漫游》了，但那天还是去了电影院。你想去看看库布里克是否真的出演了那部电影，对不对？"

"那、那是……"男人忍不住要反驳，然后捂住了嘴，"你怎么知道的？"

"因为你听同学说'库布里克在里面客串了一个小角色'。"黑泽越说越想笑，"你盯着银幕不敢眨眼，就是为了等库布里克出来。坐在电影院里看了一整天如此无聊的电影，肯定特别有意义吧？连毕业典礼都顾不上参加。"

男人欲言又止，可能在想是否真的应该放任这个小偷滔滔不绝。

"你跟同学打赌了吧？等到二十一世纪，人类肯定会像电影里一样，到木星旅行。"

男人的表情突然变了。胆怯的目光里生出疑虑，他眯起眼，仿佛在调整焦点，重新打量黑泽的脸。

黑泽温柔地凝视着他。"你一开始还坚信'等到了二十一世纪，人类一定能到宇宙旅行'。所以我告诉你：'等你看了库布里克的电影，就会意识到宇宙只是催人昏睡的无聊地方，再也不想去了。电影里的人只知道在飞船里跑步，没有什么电影比这更无聊了。'"

"啊。"男人终于发出了声音。

他似乎唤醒了早已尘封的记忆。"黑泽？"隔了一会儿，他又问道，"你是黑泽？"

男人瞬间露出了笑容，就像坚如磐石的面孔找回了久违几十年的笑意。

黑泽很高兴，叫出了男人的名字。"好久不见了，佐佐冈。"

意想不到的重逢让男人惊呆了。他既没有跑过来拥抱黑泽，也没有与黑泽握手。他只是看着黑泽，露出了羞怯的笑容。两个三十几岁的男人欢喜重逢，不适合用苦笑来应对。

又过了一会儿，佐佐冈才开口。"别说库布里克，我早就忘了电影讲的是什么了。对了，那是骗人的吗？库布里克其实没出场吗？"

"过去的事就让它过去吧。"黑泽说。

河原崎沿着早已被夜色笼罩的道路一味向西行走。

他感到坐立难安，无法一个人待在家里，就跑了出来。

他一言不发地顺着四十八号国道的狭窄人行道走。弯弯曲曲的道路就像他前途黯淡的人生，平缓的下坡更让他感慨万千。

此时他才发现自己正在往哪里走。

葛冈的墓园。父亲的墓地。

前方有一个大拐弯，每次对面突然开来一辆车，他都会被吓得毛骨悚然。

他穿过了住宅区。

一只黑猫横穿过去。他听见铃铛的响声，可能来自猫的项圈。黑猫在站定的瞬间与河原崎对上了目光。"三花！"一个女孩子高喊着跑过来。他想，怎么管一只黑猫叫三花呢？

黑猫一溜烟跑上车道，边跑边四下张望，仿佛在找什么人。河原崎又想，它那个样子，就像在拼命寻找自己的救命恩人。

他可能走了四十分钟，道路逐渐变直，民宅越来越稀疏，风景变得单调起来。走上右侧的山路，前方就是墓园。

三年前父亲的葬礼规模很小，仅仅是走个形式。这固然是因为父亲死因特殊，母亲最在意的是不能让太多人看见父亲的脸。

河原崎看到化妆师的技术时心中甚为惊讶。没想到他们竟能把一张从十七楼跳下来、摔得支离破碎的脸恢复得如此完美。尽管如此，母亲还是不愿意看到父亲，甚至说那不是他父亲。

墓地并没有想象中那般荒芜，河原崎松了一口气。

墓碑上有些泥点，周围的沙地上长了一些杂草，但还不至于让他感到对不起父亲。因为周围有很多类似的墓地。

河原崎献上一束花，是在墓园门口的花店花五百日元买的花束。父亲喜欢花吗？

他在墓碑前站了一会儿。黝黑发亮的坚硬石碑丝毫没有父亲的影子，可他还是凝视了一会儿。

"说几句话吧。"一个声音响起。

正确来说，是他好像听到了一个声音。河原崎惊讶地环视四周。那个声音并不清楚，听着有些沙哑。周围没有人。他又看了一圈，还后退一步，仔细打量了墓碑。他似乎看见了父亲模糊的身影。河原崎反复眨眼，脑中一片混乱。说不定他潜意识里想跟父亲对话。

"爸爸？"河原崎决定开口。如果只是幻听，那就更好了。"最近我听说，发生大地震或龙卷风这种自然灾害时，只要父母保持冷静，孩子就不会产生心理阴影。反过来，如果父母慌乱失措，就算最后得救，还是会给孩子造成精神上的伤害。"

"你想说什么？"父亲的声音问道。声音里似乎还带着笑意。

"只要父母情绪稳定，孩子就能快乐成长。"

"你在责怪我选择了逃避吗？"

"嗯，是的。"

"你又不是小孩子了。"

为了掩饰自己的懦弱而对亲密之人恶语相向，父亲还是生前的性格。

河原崎沉默了。他叹了口气，自己到这里来，难道就是为了听父亲说这种话吗？

"肯定会逃向宗教。"那个声音断言道，"像你这种人，基本都会逃避到宗教里。"

"我没有。"河原崎有点气愤地说。

"你不是很崇拜那个叫'高桥'的人吗？还是个你根本不了解的人。你瞧，这不就是逃避到宗教里吗？"

河原崎吓了一跳。

自己的确不了解"高桥"。自己竟然为一个身份不明的陌生人醉心不已吗？自己竟然在盲目崇拜这个人吗？明明什么都不知道，还要这样做吗？那不就像英年早逝的创作型歌手的狂热粉丝，还有聚集在教祖周围的新兴宗教信徒一样了吗？"那不是宗教。"他强行撇开心中的疑惑，反驳道。

"说什么傻话呢。"那个声音笑道，"你就是个典型的愚蠢信徒，盲目信奉那些莫名其妙的宗教。"

"我没有。"河原崎小声反驳，"那不是宗教团体。"他的声音有点尖厉。周围的人，包括媒体和评论者，都异口同声地说"高桥"是"教祖"，把聚集起来聆听演讲的河原崎他们称作"新兴宗教的信徒"。虽然他从没有站出来反驳过，但总有种异样的感觉。他对"信徒"这个称呼没有什么抵抗情绪，因为他的确是"相信这个的人"。然而，那不是新兴宗教，他总是对此心怀不满，不希望别人将他们与新兴宗教混为一谈。

"你把一个普通人类奉为神明，那不是邪教是什么？"

"照你的说法，人就不能相信神明了。"

一阵笑声。

"我看见了。"

"什么？"

那个声音很得意。"是我从十七楼跳下去的时候。下落的过程中，地面离我越来越近，自行车停车场锈蚀的顶棚、聚集在垃圾站的乌鸦的鸟喙，这些我都看得一清二楚。你知道当时我眼前闪过了什么吗？"

"什么？"

"蚊子。"

"蚊子？"

"不是有那种腿很长的蚊子吗？那东西从我眼前闪过。"

"你想说那是神明吗？"河原崎嗤之以鼻。

"我心里清楚。"

"为什么蚊子是神明？"

"死前的一刻我看见了，所以心里清楚。那才是神明，其他全是假的。你现在相信的东西，都是谎言。"

"我相信什么了？"

"我换个说法吧。你现在怀疑的东西，全都是谎言。"

"这跟蚊子没关系吧。"

"蚊子会吸食草汁或血液，对不对？'啾啾'地吸。而'啾不是跟亲吻一样吗？神明的作用，本来就是亲吻所有人类。"

河原崎无言以对。这种半疯癫的歪理邪说的确很符合父亲生前的性格。

"人类总是见到蚊子就一巴掌拍扁，然而神明其实近在咫尺，就在我们身边。人类完全没有察觉神明的存在，满不在乎地将其击杀。可是啊，神明依旧不会生气，因为那是神明啊。它们甚至会在被击杀的瞬间笑着说：'怎么这样？'我们可以在日常生活中满不在乎地杀死的东西，往往就是神明。"

河原崎觉得父亲的声音越来越真实，甚至怀疑他就戴着那顶红色棒球帽躲在什么地方。

"你想说什么？"

"睁开你的眼睛。"

他睁开眼睛，发现自己回到了四十八号国道。

已经过去了一段时间，河原崎搞不清墓园的经历是否真实。真的跟父亲说话了吗？他甚至不知道自己究竟有没有走到墓园。

会不会没有走到墓园，而是在四十八号国道上随便找了个地方掉头？河原崎茫然思索着，顺着原路返回。

不知不觉间，他已经下定了决心。

他走向大学医院，等回过神来，已经在寻找停车场了。他四处走动，寻找车辆开出的方向，没费多少工夫就找到了那辆银色敞篷车。

塚本看到河原崎后低头看了一眼手表，然后露出了笑容。

"我答应你。"河原崎说。

塚本一脸严肃地点了点头，指着副驾驶席那边的车门说："好了，上车吧。"

"高桥先生死了。"塚本在引擎发动的轰鸣中说,"可我们还活着。"他表情扭曲,似乎很痛苦,"神明死了,我们却没死。你知道这意味着什么吧?证明完成了。"

听了塚本的话,河原崎毫不慌乱,这让他自己都有点惊讶。他只是凝重地咽了口唾沫。

"就是刚才的蚊子。"他喃喃道。汽车加速,盖过了他的声音。

"你说什么?"

"没什么。"

河原崎已经决定了。父亲说的话究竟是真是假,只要把"神明"——"高桥"解体,就会知道。

为了平复心情,他在副驾驶席上闭起了眼睛。他想,这是要去哪儿?接下来会发生什么?他抬手按住胸口。

"到了。"

一开始,他还以为那是父亲的声音。他不清楚自己在车上坐了多久,甚至感觉是一瞬间便移动到了这里。

他被带进一座公寓,走出电梯,他发现公寓旁有一片树林。等待塚本开门时,河原崎的心跳越来越快,就像远处传来的警钟。

"进去吧。"塚本说。河原崎在玄关脱掉鞋子,走了进去。他首先注意到房间里传出了声音,是钢琴声。从门口通往起居室的走廊显得无比的长。

塚本走到起居室门前,拉开房门,一言不发地走了进去。那是个将近三十平方米的大房间,内部连接厨房。

房间里只有电视机和音响,显得空空荡荡。遥控器落在地上,整个屋子都铺着透明塑料膜。河原崎脚下也踩着塑料膜。他看见了房间中央的东西,一个赤裸的男人姿势端正地躺在地上,注视着天花板。

河原崎与塚本相对而立,两人中间就是那具皮肤惨白的尸体。神死了,河原崎想。

"名侦探""神""天才",无论罗列多少陈腐的词汇,都绝不会掩饰其光芒的完美之人,如今赤裸地躺在地上,死了。

河原崎一时无法动弹。

"我们要拆解神明。"塚本说。

"好好整理一下。"京子说话时,依旧能感到下腹传来明显的尿意,让她心神不宁,"你开车撞到人了,这点绝对没错。死者是个男人,就躺在那里。"

"嗯。"青山绷着脸,表情凝重,"好像是个年轻男人,大概三十出头,正值事业上升期。"

"我们有几个选择。第一,扔着尸体不管,我们离开,杀了你的妻子。第二,报警。现在我们还没杀人,只要自首就还有救。这条路那么窄,光线又暗。啊,可是为什么会变成这样?你开车难道没有看前面吗?你没发现那个男的吗?"

"没发现。不对,我一直看着前面,虽然在想事情,但也不至于看不见行人。说不定是那个男的突然冲了出来。没错,嗯,很有可能。是他朝着我的车冲了出来,我只是被连累了而已。"

他的解释虽然只对自己有利,但京子无法否定这个可能性。

"自杀或者事故,的确有可能。"

"我是无辜的。"

"就算不是完全无辜……"京子对青山的单纯想法感到无言以对,"那个人应该也要负一定责任。就算我们去自首,肯定也不会得到很坏的结果。"

青山想了一会儿，然后才开口。"可是，如果我去自首……"

"罪名一定很轻。"

"不，不是说那个。"他罕见地提高了音量，"如果我去自首，肯定要被球队开除了吧？"

这时，京子总算明白青山在想什么了。他一点都不在乎罪行的轻重、责任的比例，以及死者的家人。他只在乎自己还能不能继续踢球。因为他下一季度的合约已经快定下来了。

京子愉快地看着深陷烦恼的青山。这人虽然体格健壮，却有点孩子气，而且胆小又无知。正因为这样，京子才觉得他很可爱。享受他的肉体，鄙夷他的无知，让他对自己言听计从，这是一种无上的快乐。

"那当然了。"京子满不在乎地回答道，"媒体肯定会特别兴奋地报道这个消息。虽说只是乙级选手，但你毕竟是足球运动员，正好适合做一篇小小的文章。到时候，你的球队肯定会撕毁合约，甚至一点都不会犹豫。"

"真的吗？"

"可能性很高。"

"那我该怎么办？"

京子已经有了答案。其实早在撞击发生、安全带紧紧勒住身体时，她就已经做了决定。

"那还用说吗？当然是隐瞒啊。隐瞒事故，藏匿尸体。"

"真的吗？"青山一脸惊恐，仿佛听到了自己最害怕的话。

"其实你也想这样吧？"

"我……"

"告诉你吧，你从刚才到现在就没有说过一句觉得对不起

'他'的话，满口都是'我该怎么办'和'踢球'。"

"那是……"

"那个人也有父母，可能还有兄弟姐妹，说不定结婚了，家里孩子还小。这一切都因为你的一时分神而被毁了。你知道自己做了什么吗？他老婆今后可能不得不出去干自己不适应的工作赚钱养家，他孩子再也见不到父亲了。"京子故意用了谴责的语气。

青山可能总算产生了罪恶感，伸手抚摸着被撞坏的保险杠，痛苦地皱起了眉。这孩子真的好单纯。京子忍住了嗤笑的冲动。

"那我该怎么办？"

"还能怎么办？你一瞬间毁掉了好几个人的幸福。"

"那、那我自首吧！"青山大喊一声，京子一下就慌了，担心被别人听见。

"说什么蠢话呢？我是见你只想着自己，才会那样说。"

"京子想怎么办？"

"你仔细想想，假设你自首了，好处在哪里？能让谁得到幸福？"

"他的家人？"

"家人怎么了？家人难道会高兴吗？他们得知父亲或者丈夫是被撞死的，难道会喝彩吗？看到你这个加害者，他们可能会心生憎恶，绝不会感谢。"

"那我到底该怎么办？"青山明显慌了手脚，"扔下尸体逃走也不会有人得到幸福，对不对？家人甚至可能因为找不到肇事者，而无处发泄心里的怒火。"

"假设发生了事故，但撞人的不是你。这样如何？"

"什么意思？"

"你不需要自首，而是把那边那位放到车上，拉到海边扔掉。"

"啊？"

"听好了。"京子强调道，"我们不是要杀了你老婆吗，何不干脆伪装成这个男的跟你老婆殉情呢，对不对？我们把他们俩放到红车上，扔到海里。只要假装两人在偷情就好了。溺死的尸体不会轻易浮上来，等他们浮上来了，已经很难辨别死因是车祸了。"

青山惊讶地张开了嘴。

"我再说一遍。把他伪装成跟你老婆殉情。"

京子反复思索着自己临时制订的计划，还不错。

"真、真能这么顺利吗？"

"没问题的。这具尸体身上只有被车撞到的伤痕，完全可以解释为落到海里时形成的啊。"

"可是，借用京子刚才的说法，做这种事能让谁得到幸福呢？"

京子露出了兴奋的目光。"几乎所有人啊。你听好了，首先，我和你可以摆脱肇事逃逸的罪名，这算得到幸福对吧？然后，死人的家人也能得到幸福。因为他不是不明不白被撞死，而是跟女人殉情。若他有老婆，那就是婚外恋。"

"其实不是。"

"就算不是，我们也要伪装成是。在他老婆看来，这是背叛行为。他背叛自己，跟别的女人殉情了。谁会对那种老公念念不忘啊？谁也不会。只是事情来得太突然，可能会有点伤心，但她很快就会走出来，对不对？她没必要为一个跟陌生女人殉情的男人久久沉浸在悲伤中。"

青山滴溜溜地转了转眼睛，一言不发。

"反正人死不能复生，倒不如想办法让活着的人能够更积极地面对接下来的人生，你说是吧？而且，这样我们也能一并处理掉你老婆的尸体了。"

"可是这个人很惨啊，先被撞死了，还要被冤枉成跟不认识的女人殉情。"

"如果还要考虑一个死人的幸福，只会没完没了。"

青山想要反驳，但说不出话来。

"我们必须得到幸福，知道吗？"

青山极不情愿地低下了头。

"既然决定了，那就赶紧行动吧。把他塞进后备厢。"

"后备厢？"青山面露难色。

"行李就该放后备厢啊。那个死人就是件'行李'。你之前不是跟我吹嘘这辆车的后备厢很大嘛，那不是正好。还是你想让他躺在后座上？"

京子忍着尿意，飞快地催促道："赶紧去啊。"

青山不情不愿地答应了。他弯下腰，双手塞到尸体身下，一口气将死者抱了起来。

"一股酒臭味。"

"应该是喝醉了。"

把尸体塞进后备厢是一项特别艰难的工作，因为无法直接放进去。当然，京子不会帮忙，因为体力劳动就是男人的工作。

青山先把尸体放在地上，用力折起他的双腿，边折边说："骨头都折断了，身体软绵绵的。"接着又问，"京子不害怕吗？"

"害怕什么？"

"尸体啊。我看你好像没什么反应，因为你是精神科医生吗？"

"跟那个没关系。"京子没好气地回答。她最讨厌那种看到尸体就浑身颤抖,甚至双腿发软坐在地上的软弱女人。见血就晕不是男人的事情吗?从这个意义上说,青山抱着尸体还能保持冷静,她对这点非常满意。

青山换了好几个角度,总算把尸体放进了后备厢。接着,京子听见他对着后备厢说了一句:"对不起。"

"你道歉干什么?"

"我、我觉得挺对不起他。"青山安静地合上后备厢盖,这样说道。

"对不起尸体?说什么蠢话呢。"

京子马上回到了副驾驶席。青山坐进来时,脸色十分苍白。"我第一次碰尸体,原来是那种感觉啊。"

"这能帮助你提升自信。世界上有那么多职业足球运动员,只有你处理过尸体。"

车子缓缓向前开,途中,后备厢里好像传出了声音。京子疑惑地皱起眉,往后看了一眼。"你听见声音没?"

"声音?"

"他会不会还没死啊。要不停车检查检查?"

"不,那人明显死透了。这么说可能不太对劲,但我可以肯定,他真的死透了。"青山可能很不愿意再看尸体,回答的语气异常强硬,连方向盘都随着他的话语左右摇晃。

突然,他踩下了刹车。一阵尖厉的响声之后,汽车猛然停下。

京子再次感到安全带勒住身体,惊讶地说:"不会吧?"难道十分钟前刚刚经历过的事情,又发生了一次?

可是,她没听到保险杠或是车身遭到撞击的响动,也没有震动感。

"怎么了？"京子瞪了一眼旁边的青山。他死死盯着后视镜，啧了一声。

"怎么了啊？"她加强语气又问了一遍。青山总算回过神来，回答道："糟糕，尸体掉出去了。"

京子一时没有反应过来，她不明白青山在说什么。青山一言不发，左手放在挡杆上，慌张地切换倒挡，但是一直切不过去，连踩了好几下离合器。

车子开始后退。

后方没有车，无须担心追尾。车子一路后退了数十米，才停下来。

"尸体掉出去了。"

"怎么回事啊？"

"后备厢打开了。"

京子慌忙回头，后备厢的确开了。

"为什么？你没关好？"

"不是啊，我关好了。京子没听到吗？我特别使劲，发出好大的声音。"

"才没有，你刚才关后备厢时就像摸了它一下。"虽然没有仔细看，但京子还是断言道。

"尸体只是弹出去了，就在旁边。"

"那就赶紧捡起来啊，万一有车开过来怎么办。"

"太麻烦了。"青山说着，解开门锁，正要下车，却回过头来说，"对了。"

"干什么啊？"

"不如让后面的车撞到尸体吧。"青山两眼放光，似乎觉得自己想到了好主意。

"让后面的车?"

"对啊,上行下行都可以,把尸体放在地上,等别的车开过来撞到,就变成那边的责任了。只要一撞,就不知道是谁先撞了他。"

看来青山真的很想抛下尸体逃走。"这不就跟糊两遍墙一样吗?只要不知情的人再撞一遍,就看不出我们先撞过了。"

"肯定会露馅的。只要仔细检查,管你糊两遍还是三遍,肯定都会露馅。"京子无情地打消了他的想法。不过,她的确很羡慕青山的单纯性格。"要是后面的车开过来,发现地上躺着个人怎么办?万一对方报警,我们岂不是更危险。你以为每个人都像你一样不小心吗?"

"那就趁车子开过来时把尸体推出去,那样后面的车就避不开了。"

"那我们要躲在哪里?不可能的,太不自然了。你就是因为这样,才被人嘲笑是给不出指令的后卫。"

"那你说要怎么办嘛。"青山噘起了嘴。

京子深吸一口气,飞快地说:"现在立刻下车,把尸体抱起来放进后备厢,仔仔细细关好车门,然后回到车上,对我低头道歉说'让你久等了',最后开车。"说到这里,她顿了顿,然后强调道,"你该做的事情就是这个。"

青山无言以对,只能用力抿着嘴,一副可爱的模样。最后,他没有说话,直接开门走了出去。

京子没有下车,而是转过身子盯着后视镜。外面光线很暗,但她能依稀看见青山壮硕的身体。他蹲下身,一口气抱起尸体,片刻之后,后备厢传来一声闷响,车身跟着摇晃了几下。接着是后备厢关闭的声音。

"这回关好了吗？"

"刚才也关好了。他身上好冷啊，人死了都会变成那样吗？"

"怎么可能一下就变冷。"京子嘲笑了他的无知。

青山想了一会儿，突然发动引擎，把车开了出去。

后面出现了车灯的亮光，显然有车开过来了。好险，京子不禁感叹。若是再晚一点，可能就要被人发现尸体了。

尸体连续两次从关好的后备厢里掉出来，这就有点不可思议了。

大约过了二十分钟，尸体第二次掉了出来，就像刚才的场景重现。急刹车，车胎尖厉的摩擦声，车身猛然停下，安全带紧紧勒住身体，所有事情按照同样的顺序又发生了一次。

京子看向后视镜，发现尸体落在了几十米开外的地方。

她转头准备痛骂青山，却发现他的表情很复杂。他面无血色，但不像是出于恐惧，反倒像沉浸在痛苦中。那是他在禁区内撞倒了对方选手时的表情。他弓着身子，额头顶在方向盘上。

京子立刻回头，看见后备厢又打开了。"是不是坏了呀？"

青山没有回答，默不作声地挂上倒挡，猛踩油门，然后急刹，开门走了出去。

后面传来尸体被放进后备厢的声音，车身随之摇晃了几下。接着，青山回到了驾驶席。

"怎么回事？"

"尸体又飞出去了。"

"肯定是后备厢盖坏了，你去看看啊。"

"后备厢盖没坏。"

"那为什么连续掉了两次？"

青山用力握住方向盘，显然非常烦躁。本来要去杀死妻子已经让他精神紧张，现在又撞死了陌生人，那具尸体还一直往外掉，这种情况的确很容易令人崩溃。

"对了，后面有车吗？刚才我看见车灯了。会不会有人看见尸体掉出去了啊？"

青山没有回答。过了一会儿他才开口道："说不定是尸体自己跳出去的。"

"你知道我最讨厌听这种话，对吧？"

京子看向后视镜，镜子里映出了后车的灯光，就像凭空冒出来的一样。"后面来车了。"

青山一言不发地点点头。他神情严肃地轮番看着前方和后视镜，就在此时，对向车道开来一辆卡车，与他们擦过。

"啊。"青山叫了一声。

"怎么了？"又出什么事了？京子想。

"没什么，刚才我借着卡车的车灯看到了后面那辆车的司机。"青山有点为难地挠了挠脸。

"你认识那个人？"

"不认识。不过那人戴着一顶帽子，红色的帽子。京子有印象吗？"

青山报了一个巴西队中锋的姓名。"那是他经常戴的帽子，有段时间特别流行，很难买到。"

又一辆卡车开了过去。京子也回头看了看。"啊，我也看见了。他戴着红色帽子，帽檐还折了一下。"

"因为那段时间很流行这样戴。把红帽子的帽檐折一下，戴到遮住脸的位置。"

"那又如何?"京子有点生气。后面那辆车的司机戴什么颜色的帽子跟他们有何关系?"不过那个司机的脸色好苍白,像鬼一样,真恶心。"

"让鬼戴那顶帽子太浪费了。"青山低声说。

丰田感叹,失业人士跟公园长椅为何如此相称呢。如果还是一个连打劫邮局都失败的男人,就更合适了。

公园里没什么人,几个小时前还在玩飞盘的孩子也走了。寒风贴着地面吹过,落叶随之起舞。

他呆滞地坐在长椅上,反复叹息。

刚逃出邮局时他还很兴奋。紧张、恐惧和微弱的成就感让他呼吸急促,甚至不断地对老狗说:"我做到了,我做到了。"

但是短短十分钟后,"忧郁"就笼罩了他,渐渐渗透他的身心。丰田为自己的罪行感到后悔,牵着狗绳的手开始微微颤抖。他坐立难安,觉得自己必须带着枪去警察局自首。

又过了三十分钟,他已经不在乎警察了。独自一人带着手枪,勇敢地闯进了邮局,这让丰田十分骄傲。他想随便找个人,最好是就业保障办公室的负责人,向对方高声宣称自己只要有想法就能做到。

兴奋与不安此起彼落,形成连绵不绝的躁郁。丰田坐在长椅上,心却一刻也无法安分。

那到底是怎么回事?丰田看着蜷在脚边的老狗,默默思索。闯进邮局,掏出手枪,这都还算正常。可是,邮局职员突然跑光了,那不是玩忽职守吗?他们竟如此胆小,这也太奇怪了。甚至有点奇幻。他不禁怀疑，那真的是现实吗？

丰田高喊"举起手来"的瞬间，那几个职员就像大海退潮一样跑了个精光。这真的有可能吗？不是光一个人，而是三个人同时跑了。他们如此不负责任，如此胆小，倒不如换自己来干这份工作，反倒更能负起责任。

就在这时，丰田听见了警笛声。好几辆警车高声呼啸着穿过了街道，红色警灯在夜色中不断回旋。

他不认为是自己那场失败的打劫引来了这些警车，有可能是别的案子。而且，警车行驶的方向似乎与邮局相反。

我连打劫邮局都做不好吗？

他很后悔扔下了那三百万。心中的阴云不断扩散，他突然很害怕。

丰田感到体内充满了失业者的忧愁。他又叹了一口气，叹息仿佛印证了他的无能。如果叹息能够堆积在地面上，那他恐怕早就被埋没其中，窒息而亡了。

"大叔，大叔。"一个声音喊道。

眼前站着一个人。由于光线太暗，丰田一开始还看不太清楚，但这个人顶多只有十几岁。他跟丰田差不多高，满脸都是青春痘，还大大咧咧地开口道："借点钱花花吧。"

丰田很快意识到，这是年轻人专门针对中年公司职员的"狩猎"。

他感到背后有人，回头一看，只见另外两个年轻人也笑眯眯地走了过来。一个人满头金发，嘴里嚼着口香糖，另一个人头戴黑色棒球帽，朝地面吐了一口唾沫。丰田看向脚边的老狗，它好像不知道发生了什么，呆呆地坐在地上。

"大叔，你身上有钱吧？"痘痘脸青年对他说。

"那肯定啊，因为你是支撑日本经济的白领精英嘛。"戴帽子的青年越走越近。

相比遭到勒索这件事，这些年轻人的话语反倒更有杀伤力。身为失业者的不安让丰田感到胸口抽痛。

不，现在的我不一样了。丰田想起插在腰上的"那东西"。他手上不是有一支字面意义上的武器吗？

"不、不好意思，我不是白领精英。"没等他反应过来，话语已脱口而出。丰田双手绕到背后，握住插在皮带里的手枪，抽出来对准了戴帽子的青年。这些不出去工作，只靠恐吓获得金钱的年轻人，怎么会懂失业者的痛苦。怒火上涌，他失去了冷静。

那几个青年瞬间不动了。

丰田用颤抖的右手握住手枪，对准面前那个人的鼻尖。血液猛地涌向脑袋。老狗在他脚边，抬头看着丰田和包围他的三个青年。它先看看丰田，然后看看枪口，最后瞥了一眼戴帽子的青年，扬起了鼻子。

"别小看失业者！"丰田喊道。

青年们一开始还面露怯色，一点点往后退，可是听到丰田那句"失业者"，他们好像得到了什么信号，突然改变了行动。他们似乎都觉得"失业者不足为惧"。

绕到他背后的痘痘脸青年伸手抱住了他。

丰田被控制了行动后，戴帽子的青年趁机抓住他的右手。手臂被拧成了奇怪的角度，等他回过神来，手枪已经被夺走了。

转瞬之间，形势就发生了逆转。

嚼口香糖的金发青年照着丰田的肚子来了一拳。剧痛让他弓起了身体。

"一个老头带这东西干什么。"夺走手枪的戴帽子的青年可能过度兴奋,露出了扭曲的笑容。痘痘脸青年松开了手。

恢复自由后,丰田失去平衡,仰面倒了下去。

三个青年大笑着把他围在中间,其中一人举枪对准了他。

"大叔,大叔,快拿钱出来呀。"举枪的人咽了口唾沫,然后对他说。

旁边的痘痘脸青年笑容更灿烂了。"你带这东西干什么呀,不如送给我们吧。"

"等、等一下。"丰田伸长了左手,"等一下。"

"好想开枪试试啊。"戴帽的青年说道。那不像是威胁的话语,更像扭曲的欲望。

"开枪,开枪!"旁边响起冰冷的催促声,是嚼口香糖的青年在起哄。

"别、别开枪……"丰田坐在地上向后退缩,还很没出息地开始颤抖。

以失业者的身份被枪杀,这并没有让他感到恐惧。但是他很害怕,害怕他们枪杀自己只是嚼口香糖之余的消遣。

就在这时,发生了意想不到的事情。

旁边的老狗突然低吼一声,咬住了持枪青年的脚踝。

所有人突然僵住不动。

被咬的青年大叫一声,拼命踹开老狗,但是老狗死死咬住没有松口。另外两人也想上脚去踹,但都踹不到。丰田呆滞地看着老狗,觉得自己遭到了当头一棒。这条狗竟然在保护我吗?

它已经如此衰老,体型差距又这么大,明知道没有胜算,还是扑了过去。这是对刚刚得到的饲主表示忠心吗?还是上古时代群居的祖先流传下来的规矩？抑或老狗特有的痴呆症状？总之，老狗就是死死咬住敌人，不愿松口。

勇猛，果敢，这些词汇闪过脑海，同时丰田也意识到了自己有多么丢人，仿佛听到了斥责。

那条老狗都在勇敢战斗，你凭什么坐在地上瑟瑟发抖？丰田不断鼓励自己。他伸手抓住颤抖的双脚，用力握紧。你这没用的东西！他听见自己的怒吼，慌忙想要站起来。再这样下去，那条老狗若是骂他"丧家犬"，他也无法反驳了。

正在左右踌躇之时，他听到了狗的惨叫。

戴帽子的青年甩开了脚上的老狗。

接下来事情发展得很快，就像观看一部减帧的电影。嚼口香糖的青年拦腰抱住老狗，大声喊道："快开枪，先干掉这条狗。"

不知是已经认命，还是体力用尽，老狗并没有过多挣扎，任凭自己被人抱着，凝视黑洞洞的枪口。

丰田连忙站了起来，由于脚下沙砾打滑，站成了奇怪的姿势。

只因好玩就能杀狗吗？丰田脑中闪过疑问。当然不能。但是，他的身体无法动弹，恐惧控制了双腿，一步都迈不出去。

"你把狗放下，我要开枪了。"戴帽子的青年说。

金发青年依言放下了狗，老狗并没有逃跑，而是坐在了原地。

"准备好啦。"戴帽子的青年说道。他好像已经把这儿当成了游戏厅。

丰田站直了身体，大喊一声："快跑！"他觉得自己喊了出来，但不确定是否真的发出了声音。

戴帽子的青年闭起一只眼，对准目标，勾起撞针。

枪口正对着老狗。

"快跑！"这次，丰田真的喊出了声音。

老狗没有动弹,而是满不在乎地看着枪口。你这笨狗。丰田突然无比绝望。

另外两人可能担心子弹打偏,都后退了好几步。

丰田看见青年的手指扣动扳机,还听见了金属碰撞的声音。

但是,他没有听到最害怕的枪声。丰田疑惑了片刻,随即想起来了。枪里没有子弹,唯一的子弹已经在邮局里射出来了。他竟忘了这件事。

戴帽子的青年没有意识到子弹的问题,露出了疑惑的神情。

只有那条老狗无比淡定,坐在地上抬头看着丰田。

它一脸"我早就知道"的表情,似乎知道枪里没有子弹。

此时,丰田的身体总算能动了。虽然有点晚,但还来得及。

他扑向戴帽子的青年,用力将其撞倒。

青年还在疑惑手枪为何不起作用,毫无防备地倒在了地上。丰田猛地跨坐上去,一拳砸向倒地的青年。青年奋力抵抗,但丰田还是不管不顾地继续殴打,一顿乱拳砸向青年的头部。过了好久,他才感觉到拳头生疼。

"这老头干啥啊?"另外两人搞不清楚状况,愣愣地看着同伴被揍了好一会儿,才慌忙跑过来。

丰田的动作很快。他一把抄起掉落在地上的手枪,从西装外套的口袋里掏出两颗子弹,奋力用笨拙的动作填进弹槽,颤抖的双手死死绷紧。

勾起撞针,好了。千钧一发。

他把枪口对准了正要朝他扑过来的痘痘脸青年。

"我、我要开枪了!"丰田好不容易挤出一句话,但是效果显著。痘痘脸青年和金发青年面面相觑,双双神情惊恐地点了点头,转身就跑。

现场只剩下被丰田坐在身下的戴帽子的青年。他的脸已经被揍得又红又肿，但丝毫没有反省的样子，也不见胆怯，只是不服气地看着丰田。

仿佛年轻人的肉体全部由不服气组成。

丰田端着枪站了起来。

"老头，你知道自己在干什么吗？"青年按着地面撑起身子，大言不惭地说，"竟然敢揍我。"

丰田呼吸急促，老狗走到他脚边，又坐了下来。

"白痴，举着那个玩具有什么用，你不就是个老头吗？"

青年拾起掉落的帽子，拍掉上面的沙土，坐起身来。

丰田把枪口对准青年，他已经豁出去了，说不定只有这种夸张的暴力才能让他的人生发生戏剧性的转变。他握紧了手枪。

"你敢开枪吗？白痴。失业中年。"青年咧开牙齿脱落的嘴，继续说道。

听到这句话，丰田扣动了扳机。短促的枪声过后，他自己也吃了一惊。青年惨叫一声，子弹击中了他的右腿，激起一串口齿不清的呻吟。

丰田惊讶地看着手枪。青年还在叫唤。丰田咽下一口唾沫。"我真的开枪了。"

怎么办？该怎么办？青年的叫唤声已经完全传不进他的耳中。

丰田转身要走，突然看见老狗，不由得愣住了。

老狗抬头看着夕阳没入地平线，表情平静。

他停下了脚步。看到老狗的瞬间，心中的恐惧突然变轻了。被焦虑、惊恐和不安笼罩的大脑突然云开雾散，青年的惨叫声渐渐远去。

丰田凝视着老狗，不禁着迷。

脏兮兮的老狗的脸上，竟是早已接纳了一切的神情。

他突然想起大学时读过的小说。痴呆女主人公有一句台词："别害怕，别离开我。"

眼前这条老狗虽然没有说话，但好像对丰田表达了同样的意思。他只是被裁员了，就失去冷静，变得如此手足无措。而这条狗，反倒淡定自若。

它不害怕手枪，不害怕活着，勇敢而淡然地面对一切。

丰田用力抱住了老狗。"你真棒。"

老狗的表情似乎在说：你这老头，说什么呢？

4

远处好像传来了枪声。黑泽看向窗外,那也可能是汽车回火的声音。

"怎么了?"佐佐冈说。

"没什么。"黑泽搪塞道。面对十几年不见的朋友,汽车回火这种事不值一提。

佐佐冈有点慌乱,他肯定没想到老同学会出现在这里。黑泽忍住笑意,但是心情十分愉悦。原来小偷当久了,还会遇到这种事。

两人都站着没动,中间隔着长方形的客厅茶几。

"我能坐下吗?"黑泽指了指背后的沙发。

"啊,嗯。"佐佐冈点点头。

黑泽坐了下来,随即笑着说:"你也坐吧。"佐佐冈的动作显得异常尴尬。

"我们多久没见了?"

"毕业典礼以后就没见过吧?"黑泽立即回答,"准确来说,应该是前一天。因为你没来参加毕业典礼。"

"还不是因为你说库布里克在电影里登场了。"

"库布里克也早就死了啊。"黑泽没有告诉他,自己看到这则新闻时,立刻就想起了他。

"最近我都没怎么看电影,原来库布里克的水平变得那么差了吗?"

"喂。"黑泽惊讶地说,"我说'死了'不是比喻,是真的死了。"

"骗人的吧?"

黑泽见他表情严肃,更是吃了一惊。"你都不看新闻的吗?死了好几年了。"

"我工作太忙了,对那些没兴趣。"

"你就这么虚度人生真的好吗?"黑泽认真地问。

佐佐冈笑了起来。"你上学时也经常这样说。"他苦笑道,"不过说真的,斯坦利·库布里克死了?"

"也有可能是库布里克装死。"

"骗别人说自己死了?"

"他有可能想象过二十一世纪会是什么样子,然后感到厌倦了。因为无论藏在哪里,媒体都能找到他,然后不厌其烦地问他最无聊的问题,比如:'现在已经二〇〇一年了,你有什么感想?'他不想接受那种采访,就决定装死。"

"真的吗?"

"我瞎编的。"

"现在去看他的电影,肯定也很棒吧。"

"即使到了二十一世纪,库布里克的电影也是毫无疑问的无聊。"

"他好像说过'无聊是最大的罪恶'啊。"佐佐冈忍不住笑了。

黑泽也咧嘴笑了。"那他肯定没有检讨自己的行为。"

"这么说可能有点厚脸皮,不过难得见一面,能给我来点喝的吗？不是酒也行，饮料就可以。"

黑泽坐在沙发上，摊开双手。

佐佐冈突然露出疲惫的表情，站起身说："嗯，好啊。"黑泽目不转睛地看着他。这个老朋友时隔这么多年还是一副死板认真的模样，丝毫不懂得拐弯抹角，这让黑泽紧咬的牙关几乎拦不住窃笑。"你现在做什么工作？"

佐佐冈在起居室里漫无目的地走来走去。"你知道画商吗？"

"卖画的？"

"嗯，差不多。"

"悬疑电视剧里经常能看到。那些人四处倒卖外国知名画家的作品，基本上都长了一张恶人脸。"

佐佐冈笑着说："我所在的画廊很大，可以说是全日本最大吧。同事们的确个个长着恶人面孔。"

黑泽记得佐佐冈大学毕业后入职的公司，虽然称不上超一流，但也是个比较有名的上市企业。他以为佐佐冈一直在那里工作。

虽然不清楚他为何改行到了美术界，但也没必要专门打听。如果自己不当小偷，而是像个正经人那样生活，或许也会遇到很多转折。

"画廊在仙台吗？"

"没有，在东京。不知为什么，画廊基本都集中在银座。"

"大城市会毁掉一个人。"黑泽严肃地说，转而又问，"那你怎么住在仙台？"

"因为我妻子在这边工作，所以在这里住一段时间。"

"原来这是你夫人的公寓？"黑泽问道。佐佐冈有点害羞地低下头，然后换了个话题。"黑泽，你真的是小偷吗？"

"说这个之前,你能先把饮料给我吗,当家的?"黑泽调侃道,"我跟你不一样,早就脱离了正轨。"

"人生还有正轨吗?"

"有。"

"那你怎么当上小偷了?"

"一言难尽啊。"

"我想起你毕业前说的话了。"佐佐冈高声说道,"你对我说:'人不可能有独特的生活方式。'"

"我说过吗?"

"你还说,世界上充斥着各种轨道。人生的道路上随处可见路标和地图,连偏离正轨的道路都备好了。哪怕走进深山野林,也能看见路标。若是想通过旅行寻找自我,照样能找到参考书。甚至还有成为流浪汉的轨道。"

"我说过这么深刻的话?"黑泽挠挠头。

"我当时特别感慨,是带着这番话开始工作的。那时我对进入普通企业工作抱有疑问,觉得'我一辈子就这样了吗?',听了你说的话,我就释然了,发现其实往哪里走都一样。"

"我现在也能给你一个建议。"

"什么?"

"废话少说,赶紧去拿饮料。"

佐佐冈闻言大笑起来,好像突然想起了应该怎么笑。他的行动很奇怪,迟迟迈不开步子,一直左顾右盼,先往右边走了一步,马上又停下来,身体转向左边。

"等等。"黑泽竖起食指,"你怎么这么奇怪,难道因为过劳发生了记忆障碍?"

"记忆障碍?"佐佐冈一脸不安地呆站着。

"人的记忆都保存在颞叶还是海马体之类的地方,可以记录和读取。你因为过劳,连日常记忆都读取失败了。"

"什么意思?"

"你这不是忘了自己家的布局吗?"

佐佐冈毫不掩饰困惑,像孩子一样涨红了脸。"什、什么意思啊?"

"我叫你拿饮料,你却连厨房都找不到,也不知道坐在沙发上。这里明明是你家,你怎么比我还坐立不安?"

"因为家里平时都是妻子在打理。"他的声音小得几乎听不清。

"你们什么时候结的婚?"

"五年前。"

"肯定关系不太好吧?"

"好厉害。"佐佐冈又露出了惊讶的表情,"你怎么知道的?"

"瞎猜的。"黑泽摊开双手,"这句话无论对谁说,基本都能说中。"

"我跟妻子是在某个奖项的派对上,由另一个画商介绍认识的。"

"她很年轻,对吧?像你这种死板的人,每天活着就很拼命了,见到年轻一点的女人就会马上动情,就像刚从矿洞里爬出来见到日光的人一样。"

佐佐冈自嘲地笑了。

"你在东京,你老婆在仙台,相当于分居吧。"

"倒也不是。"佐佐冈摇摇头,"我因为工作要到处出差,本来就不怎么着家。妻子又有自己的工作,我们彼此很独立。"

"这也能叫夫妻吗?"

"根据我的定义,可以。"

"再也别在我面前提起'定义'这两个字。"黑泽说完,两人齐声大笑起来。因为那是黑泽上大学时经常挂在嘴边的词。

"对了。"黑泽再次打量佐佐冈,"你夫人今天回来吗?我待在这里没问题吧?"

"你是我朋友,又不是小偷。而且我妻子不会来这里。"

黑泽看着这个词不达意的朋友,一股熟悉的感觉油然而生。无论经过多少年,人的本质都不会改变。佐佐冈还是跟以前一样不会撒谎。

"你怎么样?真的以当小偷过活吗?"

"对,我一直在当小偷,从来没有正经工作过。"

"这样过充实吗?"

黑泽想起那对号称人生充实的劫匪夫妇。"这不是什么好活法,全靠溜进别人家里偷钱,自己一分钱不赚,而是霸占别人的劳动成果。"黑泽耸耸肩说。

佐佐冈沉默不语,可能不知说什么好。

"我从小到大都在逃避。"黑泽笑着说,"而且已经放弃抵抗了。"

"抵抗?"

"抵抗自己的人生。世上有一股大的潮流,即使努力逆流而上,最后也会被击垮。一旦意识到自己活在巨大的不可抗力之下,就不会感到害怕了,也没必要继续逃避。哪怕我们觉得自己是凭自身意志选择了人生,实际也是'被动地活着',难道不是吗?"

"这不就是你读书时最讨厌的'宗教'吗?"

"不是。我只是认为,人生并非道路。"

"并非道路?"

"人生是一片大海。"黑泽又耸耸肩,"没有轨道,也没有路标,而是一片茫茫大海。我们只能紧紧依附在大鱼身上,任凭自己随波逐流。"

"我们都靠依附大鱼生存吗?"

"大鱼和大海。"

"那真是个奇怪的宗教。"

黑泽笑了。"宗教、信仰,我很不喜欢这种徒有形式的东西。最近不是有个号称解决了杀人案的家伙吗?有一群人特别崇拜他。"

"你说什么呢?"看佐佐冈的样子,不像在装傻。

"你还真是不谙世事啊。有个普通市民,解决了好几年前发生在仙台的杀人案。"

"发生在仙台?"

"对。有的人把他推崇为福尔摩斯,对他顶礼膜拜,还搞起了集会。"

"现在也在搞?"

"对,现在也在搞。就是一种新兴宗教,'名侦探万岁'。"

"那可真辛苦。"佐佐冈想了想,这样说道。

"为什么?"

"因为名侦探必须不断解决各种事件。"

"一点没错。"黑泽点点头。

"我想说的跟宗教完全不一样,更加单纯。你听好了,我们人类原本也是阿米巴原虫或者单细胞生物,后来花了很长时间,才进化成现在这样。"

"我想起库布里克电影里的黑石板了。"

"现在我们已经进化成了非常复杂的生物，拥有感情，还可以操纵记忆。我们会说谎，会乘人之危，会渴望名誉，还会演奏爵士乐。"

"那又如何？"

"光是这样就足够厉害了。我们无须言及宗教，只须感叹生命本身。"

"你说话真有意思。"

两人沉默了片刻，黑泽享受着短暂的宁静。

过了一会儿，佐佐冈开口道："对了，我的画廊里也有个怪人。他在画框店打工，经常到店里来。那人的履历很可疑，过去当过系统工程师，听说还被警察逮捕过。画框店老板很喜欢他，所以雇了他。小伙子年纪轻轻，脑子很好使，说话思路特别清晰，让他卖画框有点大材小用了。不过那个人经常说起'稻草人'。"

"稻草人？"

"他说他见过会说话的稻草人。[1]"

黑泽愉快地笑了几声。"是比喻吗？"

"可能是比喻。他还说，那个会说话的稻草人知晓一切，一直守护着大家。我觉得很有道理。就算不是会说话的稻草人，只要有个能让人放心的存在看着我，我可能就不会如此不安了。他总说'神明的配方决定未来'，他口中的'神明'，可能是指某种普遍的存在吧。"

"'神明的配方'？这说法真奇怪。"

"你不觉得这比命运更好吗？对了，他的意思可能跟你刚才

---

[1] 关于会说话的稻草人和这个怪人的故事，可以去阅读伊坂幸太郎的小说《奥杜邦的祈祷》（新星出版社，2017年出版）。

说的'鱼'差不多。我们都按照配方而活，随着大鱼的行动生存。"佐佐冈说着，露出了笑容，然后转头看向厨房方向，"我得去拿饮料了。"

黑泽凝视着佐佐冈。"我们今天在这里重逢，说不定也是'神明的配方'。"

"是啊。"

"算了吧。"黑泽低声说着，站了起来。他看着朋友，平静地说："你说说这里的地址，还有电话号码吧。"

对方愣了片刻，然后低声回答："我不记得了。"

"你不记得这里是什么地方？"黑泽说，"那你还记得我们上学时一起去高档餐厅时我对你说过什么吗？"

佐佐冈的表情一下亮了起来。"你叫我'学你的动作吃饭'，然后你就拿起餐后咖啡用的小勺子挖米饭了。"

"是吗？"黑泽装傻道。

"有过那次教训，我就再也不轻易模仿别人了。"

"我们可以从别人身上学到很多东西。"黑泽举起双手，"今天可能就是这样的日子。"

"啊？"

"你就别装傻了。我倒是想问你，今后准备怎样？"

佐佐冈微微涨红了脸，一时不知说什么好。

"别看我这样，多少也是个有经验的小偷，每次行动前都会先做调查。房子主人是谁，在哪里工作，有没有家人，有没有养狗，什么时间段不在家。"黑泽顿了顿，继续说道，"这里不是你家。"

佐佐冈害羞地低下了头。这个反应还是跟以前一样。

"你一出现我就知道了。"

"你早就知道了?"

"你一直说什么画商画廊,这套房子里却一幅画都没有。"

"哦,也对。"佐佐冈越发不好意思了。

"这里不是你家,你也是小偷,对不对?"

真是太好玩了。黑泽看向天花板。

神死了——河原崎感到愕然。世界尚未终结,神却已经死了,这不就像商店卷帘门还没关闭,店员却已经离开了一样吗?他双腿发颤,但不知是因为恐惧还是兴奋。

立体声音响里传出安静的钢琴曲。

"这是什么曲子?"河原崎问塚本。

"凯斯·杰瑞的独奏。"

钢琴奏出的旋律在安静的室内淡淡流淌,听起来的确美妙。河原崎想起父亲经常皱着眉说:"好听的音乐往往可疑,你要小心。"

这个回荡着钢琴曲的房间给人一种奇怪的感觉。雪白的墙壁,铺满整个地板的透明塑料膜,还有孤零零的电视机。浑身赤裸的男人躺在中央,散发着神圣的光辉。河原崎甚至有些感动。

他只见过集会讲台上的"高桥",因此记不清祂[①]的面孔。不过,眼前这具尸体的脸,的确像是"高桥"。

这光景太过缺乏现实感,河原崎突然觉得视野蒙上了一层雾气。"祂个子不高啊。"尸体比他想象中的矮小。

"因为他不像平时那样站在高台上。一旦褪去光环,人就显

[①] 河原崎坚信高桥是神,一直用尊称,因此用了称呼神明的"祂"。也与已不再相信的塚本有所区别。

得小了。"

"但是，很美。"河原崎靠近了一些。塑料膜沙沙作响，穿着袜子踩在上面有点打滑。他站在尸体旁边，凝神俯视。尸体头部对着窗户。"怎么弄的？"河原崎头也不抬地问道，"你们是怎么杀死祂的？"

"跟安乐死一样。"

"安乐死？"河原崎脑中闪过父亲坠落的模样。死亡固然可能是为了安乐，但世上真的存在安乐的死法吗？

塚本语气平淡地解释了在水杯里混入安眠药和注射肌肉松弛剂的做法，但河原崎无法理解。塚本还说："全国药店失窃的助眠药海洛欣足有好几万片呢。"

"这么说来祂是被毒死的呢。"河原崎俯视着房间中央的尸体说道。尸体白皙而美丽，连阴毛都没有丝毫污浊之感。

"神会被毒死吗？"塚本在旁边说，"这不是神的尸体，因为神不会死。"他的声音有点无力，"果然不对，他不是神。"莫非塚本希望"高桥"被注射了肌肉松弛剂也不会死吗？

"那祂究竟是什么？躺在这里的究竟是什么？"

"你把那个包拿过来。"塚本指着放在窗帘下方的包对他说。那是个褐色的厚重皮包。河原崎踩着塑料膜走过去，提起皮包。包没有想象得那样重，但是里面发出了响动，是金属碰撞的声音。

"打开吧。"

河原崎闻言，跪在塑料膜上，打开了皮包。

"那是我们要用的工具。"

他先看到了一把小钢锯，然后是剪刀和裁纸刀。包里还有大约十把手术刀和好几块毛巾。

"这、这是……"河原崎惴惴不安地看向塚本。对方告诉他："别看我这样，以前也是个医学院的学生。"

此时，河原崎才真正意识到他们马上要做的事情。拆解，塚本是这样说的。他再次看向地上的塑料膜。尸体也会出血吧。拆解肯定就是这样。他看了一眼手术刀，跟西餐厅里的餐刀尺寸不一样。

"旁边还有素描本。"

窗帘布后面的确还藏着一本线环装订的素描本。翻开封面，里面什么都没有，还是新的。

他想起自己的任务，看向塚本。

"你把过程画下来。"

河原崎拿起包和素描本，回到刚才的地方。

"你要用素描记录天才为何是天才。"

"塚本先生呢？"

"我要配合你的写生速度进行拆解。你先把拆解前的样子画下来吧。"

河原崎被自己咽唾沫的声音吓了一跳。他又真实地感受到自己正处在神明拆解的现场。

河原崎依旧认为"高桥"一定没死，哪怕拆解了也不会死。他的大脑已经麻木了。

他坐下来，缓缓呼气，从自己的包里拿出了铅笔。

他凝视着尸体。

无意识间，手已经开始移动，铅笔划过白色的画纸。先勾勒出身体的轮廓，然后开始描绘细节。他没有罪恶感，而且异常冷静，耳边只有甜美的钢琴旋律。

* * *

一旦集中精神，房间里便只剩下他和尸体。河原崎轮流注视着躺在地上的"祂"和手上的素描本，在白色纸面上留下黑色线条。

　　画到现在，纸面上还没有一根无用的线条。这是个好征兆。有时他状态不好，会不断重新勾线，最后只剩下一团漆黑。根据河原崎的经验，写生的线条越少越好。写生就像人生，从头再来的次数以少为佳。

　　"你啊，将来去当画家吧。"河原崎想起父亲经常这样说。

　　早在上小学时，河原崎就很擅长绘画，也很喜欢欣赏绘画作品。那天，他在教科书上看到《麦田群鸦》，兴奋得一晚上都没睡着觉。由于睡不着，他拿着教科书走进了父亲的房间。父亲告诉他："哦，这是梵·高啊。"还很高兴地称赞他："你能看出这幅画非同寻常，证明你也非同寻常。"

　　父亲还煞有介事地对他说："所有颜色都由红色、黄色和绿色组成，所以你一定要遵守信号灯的指示。"

　　父亲总是对他说："你将来当画家吧。"那就像在告诫河原崎："你千万别变得像我一样。"这让他难以忍受。河原崎希望父亲别再寄希望于孩子替他挽回平庸的人生。

　　"你到底知不知道自己有绘画才能？"父亲经常用难以分辨是愤怒还是哀叹的语气对他说。可是，河原崎只为自己作画。停在窗户上的飞虫，倒映在水面的自己的脸，他看到什么日常风景，都会忍不住描绘下来。仅此而已。光是这样就够了。他没有考美术大学，心里一直抗拒所有会让父亲高兴的选择。

　　"你听过那个吗？"

　　塚本的声音把他拉回了现实。他转头看向塚本，没有停下手上的动作。

　　"什、什么？"

"名侦探啊。那些人都把高桥先生说成是解决杀人案的英雄。"

光是从塚本口中听到"高桥"的名字，河原崎就心惊肉跳。对他来说，直呼其名是一种亵渎。

"难道不是吗？"

"不，其实一点没错，他的确说过'下次的案发现场是仙台花园酒店三楼'。高桥先生是个天才，他预测到了凶手的下一次行动。然而，并非只有那一次。"

"啊？"

"几年前不是发生过一起市长被杀害的案子吗？"

河原崎很快就想了起来，便点了点头。他记得父亲当时听到那起案子也很兴奋。现任市长突然失踪，最后被人发现死在了公共厕所里。

"当时高桥先生也展露出了天才的本领。"

"真、真的吗？祂那次也说中了真凶吗？"好像没在新闻上看到过。

"不，他没有说出凶手的姓名。而且他也没说出商务酒店那个案子的凶手的姓名。简单来说，他只不过是看穿了背后的法则和原理罢了。"

"法则？"

"天才发现的通常都是法则。高桥先生知道'世界是这样构成的''人是这样构成的'。对于案子也一样，他发现了凶手和犯罪的法则。"

然后，塚本又列举了几个被"高桥"说中真相的案件。

其中包括横滨的电影院爆炸未遂案。河原崎也记得那个案子。①塚本告诉他,安装炸弹的座位遵循了一定的规律。

"但是,高桥先生并没有公开发言。他只要发现了法则,就不会再去理会。但不知为何,到了商务酒店的案子,他突然公布了自己的发现。然后,他就成了公众人物。"

河原崎坚信,"高桥"一定是为了他这样的人,才站了出来。一定是这样。

如果没有商务酒店一案,河原崎就永远不会知道"高桥"。光是想想,他就感到浑身冰冷。那不就像赤身裸体走在风暴中,却浑然不知五十米之外就有避雨的屋檐吗?"高桥"一定是为了在暴风雨中赤裸前行的人,一定是为了他这样的人,才主动走了出来。

"高桥先生能看见法则。"塚本重复道,"就像我们都处在二维世界,只有他能看到三维构图。如果站在俯瞰的角度,一切就都会变得清楚明了,宛如在空中俯视纳斯卡巨画。高桥先生处在不同的维度,可以看清人的悲痛与辛酸。"

"但是,那都是过去了吧?塚本先生不是说,祂已经变了,变得不再善解人意。"

"对,没错。"塚本突然提高了音量,整个人有些慌乱。他猛地抬手指着尸体说:"就是这样。高桥先生变了,他不再善解人意了。他明明看透了一切,却不愿救赎。就像气象学家明知道第二天有台风,却要嘲笑为远足做准备的孩子。"

"现在发生在仙台的杀人分尸案究竟是怎么回事?"

"你白天也提起过这件事吧。报社和电视台每天都来找高桥先生。"塚本皱起了眉。

仙台的杀人分尸案惊动了媒体,媒体又煽动了市民。他们最

---

①关于这起爆炸案,可以去阅读伊坂幸太郎的小说《阳光劫匪倒转地球》(南海出版公司,2018年出版)。

擅长炒作话题,因此纷纷找到"高桥",希望他发表见解。

"所有人都在起哄:'你不是名侦探吗?快说凶手是谁啊。'对他们来说,高桥先生和被外星人绑架的人没有两样。"

河原崎看向仰躺的尸体。其实他也暗自期待"高桥"说出分尸杀人案的凶手。其他信徒一定也有同样的想法,他们都希望"高桥"能一语惊人,让所有媒体为之震惊,希望"高桥"证明自己的非凡。

名侦探必须不断解决事件。

"可是,祂再也不会开口了。"河原崎注视着眼前的尸体。他还没有感到失落。尸体脸上微小的汗毛清晰可见,全身毛发并不旺盛,这或许就是祂显得无比神圣的原因。

"就算高桥先生还活着,也不一定会开口。他好像已经变成了普通人。其实,我亲口问过高桥先生对杀人分尸案的想法。"

"真、真的吗?"

"结果他什么都没说,只叫我别理睬那种事情。我很无奈。最近高桥先生做过的事情,也就是猜中中奖彩票而已。"

塚本又从上衣口袋里拿出那张彩票,让河原崎看了一眼。

"选择六个数字,只要跟开奖号码完全一致,就能拿到奖金。"

"祂说中了所有号码吗?"

"那个人能看到法则,人生的法则。这种数字罗列的法则自然轻易就能看穿。可是,他现在只在这些方面动用力量。"

"有、有多少?"

"至少过亿。"

河原崎惊呼一声,浑身僵硬。"至少过亿",他不知该说些什么。

"就这么一张小纸片,简直太蠢了。"塚本说着,又收起了彩票。他虽然将其斥为"小纸片",动作却异常小心。"被这种东西左右人生,真的太蠢了。"塚本脸上的笑容一瞬间显得无比粗俗。

河原崎目瞪口呆。他试着想象过亿的金钱。如果有那些钱,父亲还会在高层公寓的十七层扮演蝴蝶吗?

他又看向尸体。高挺的鼻梁朝着天花板。他忍不住想问,人生真的很蠢吗?他很难相信"高桥"已经死了。你不是应该救赎我吗?

眼泪突然涌了出来。

并非出于悲伤或罪恶感,他只是觉得自己被抛下了,永远等不到迎接的船只。他很想问为什么?因为我没有立志成为画家吗?我该如何重新开始?

泪水滴落在画纸上,握着铅笔的手颤抖不止。塚本似乎没发现他的变化。

河原崎扭过头,偷偷用袖子擦拭眼角,重新看向尸体。

什么都不要想,继续写生,不知从何处传来了声音。他感到,描绘"高桥"的同时,自己也在创造与"高桥"的联系。

你是神吗?

河原崎没有问出来,而是专心致志地写生。他开始觉得,自己能做的事情归根结底只有这一样。

一路上,京子不断提出休息,她要求青山见到便利店就停车。"我想上厕所。"

青山双手紧握方向盘,盯着前方,漫不经心地应了一声。

"你听见了吗?"

青山平时都是单手握方向盘，瘫在座椅上开车，此时却一脸严肃地看着前方，显得无比滑稽。京子不耐烦地想，连刚从驾校出来的新手都不会这样。"没出息。"她忍不住脱口而出。

尽管如此，青山还是没有移动目光。他一脸谨慎，仿佛在极力避免尸体再从后备厢掉落。

"好了，给我停车。"京子烦躁地提高了音量。这是一条没有路灯和信号灯的林间小道，看起来不像有便利店的地方。

她一直在忍耐尿意，但她已经无法承受忍耐这个行为了。

太气人了。她哼了一声。

青山似乎放弃了坚持，先是点点头，然后点亮转向灯。前方没有车开过来。车子一停，京子就下去了。

她径直走向树林。青山从驾驶席出来，问了一句："你要在林子里解决？"

"没关系，很快就好。"京子说完，继续向前走。道路两旁是一片橡树林。青山看了一眼后备厢。

"你过来陪我啊，太黑了，我害怕。"

"我还是有点在意后备厢。"青山说，"我先看一眼，马上就过去。"

京子很不满意他的反应，但还是没有停下脚步。周围没有明显的道路，但是杂草只到脚踝，不会阻碍行走。

她想找个尽量隐蔽的地方，往前走了一会儿，然后回头看去。高大的橡树遮挡了视线，看不见停在路边的车。路上闪过一道车灯，她吓了一跳。虽然从路上应该看不见林子里的光景，但她还是不太放心在野外上厕所。

她找到一个杂草比较密的地方，脱下裤子上了厕所。果然，虽然有憋尿的感觉，尿量却没有多少，而且结束后还有残留感。

虽说早已见怪不怪，但这还是很烦人。

她还在系裤子，青山就走了过来，笑着对她说："你胆子真大。"

"什么啊？"

"在树林里上厕所啊。"此时此刻，青山忘却了被自己撞死的青年，也忘却了掉出后备厢的尸体，露出一脸猥琐的表情。

男人真是单纯。京子连生气的心情都没有。但凡跟性有关，他们就极易受到影响，沉醉在诱惑和窃喜中。那些到诊所找她的男患者，他们的问题归根结底都是性欲得不到满足。性快感无非就是本能的需求，再说简单一点，就是尿道痉挛罢了。因此，京子很难理解他们的问题。

不过她想，简单总比复杂好。她想到了提出离婚的丈夫。那种男人总是把事情复杂化，整天板着面孔，极力回避做与性有关的思考。跟他相比，京子反倒更喜欢青山这样单纯而好懂的男人。

"管它是树林还是公路，无论在哪儿上厕所，还不都是从体内出来。"

"嗯。"

"你那可爱的尸体又从后备厢跳出来了？"

这句话好像瞬间把青山拉回到了现实世界。"尸体乖乖地躺在里面呢。可是……"他若有所思地看了看周围，"要不我们还是在这儿埋了他吧。"

"你胡说什么呢？"

就在这时，公路那边传来滑轮滚动的声音。京子吃了一惊，转头向那边张望。青山好像也听到了响动，朝同一个方向看去。但是那阵响动一闪而逝，再也没有出现。难道是错觉？

"你不觉得这里正好吗?"青山回过神来,再次说道,"这里不会有人经过,现在挖坑也来得及。就算我们把尸体拖过来,也不会被人看到。"

京子发现青山说得很兴奋,顿时觉得有点好笑。"你就这么想把尸体埋掉吗?"

青山脸上闪过怒容,但马上说:"你不觉得这样更好吗?"

"怎么好了?我们要把被你撞死的人还有那个女人一块儿处理掉,伪造成殉情也好,强迫殉情也好,总之要连车一起弄进海里。不是都说好了吗?"

"可是那个男的跟我老婆什么关系都没有。他们都不认识。"

"马上就认识了,死后相识,多浪漫啊。"京子烦躁地反驳道。她觉得每跟青山多说一句话,膀胱炎就会恶化一些。青山这种优柔寡断的态度跟残尿感差不多。

"可我还是觉得应该在这里埋了。"

"埋在这里,过不了多久就会被人发现。"

"被人发现了也无所谓,他已经跟我们没有关系了。"

"那你要怎么解释车上的凹痕?"京子发现自己提高了音量,赶紧看看四周。

两人沉默了片刻。

附近突然传来枯枝折断的声音,京子吓了一跳,连忙看向青山,问:"刚才是不是有声音?"

"这里怎么可能有人?"

京子没有回话,再次环视四周。她缓缓移动视线,仔细凝视黑暗,但是什么都没看到。"回去吧,赶紧离开这里。"

青山没再坚持把尸体埋在这里,转身走向公路。

* * *

回到公路上，前后都没有汽车的灯光，他们完全被黑暗笼罩。周围能见度很差，但这是一条笔直的道路，只要有一点灯光，肯定马上就会发现。

京子正要打开副驾驶席那边的车门，突然停下了动作。"后备厢情况怎么样？不会再掉出来了吧？"如果尸体再掉出来，那肯定是车子本身就设计成这样了。

"没问题。"青山顿了顿，又补充道，"大概……"

"你听好了。"京子加重语气，"这不是我的问题，人是你撞死的，跟我没有关系。所以你才更应该检查清楚。"她继续说道，"下一个赛季还能不能踢球，现在就看你的态度了。靠谱一点。"

"那当然了。"青山倾身，愠怒地点点头。一阵风吹过，头顶的树枝仿佛在喃喃细语。落光了叶子和橡果的树木随风轻轻摇晃。

"我再帮你检查一次，看后备厢是不是关紧了。"

京子说完，松开车门把手，走向后备厢。

"没问题的，我刚才检查过了，还上了锁。"

"好了，把钥匙给我。你这车盖可能松了。"

"不用你操心了。"

"别说了。"京子站在后备厢前，打断了他。

青山一脸不情愿地走了过去。"每次都是京子拉着我做事情。"

"你不喜欢吗？好了，快把钥匙给我。"她伸出手。

青山摆摆手。"里面是尸体，京子不想看到那种东西吧。"

"世上哪会有人爱看尸体，连吸血鬼都对尸体不感兴趣。"

"你最好退后一点，怕吓着你。"

"有什么好吓的，刚才都看过了。你觉得一具尸体能吓着我吗？刚才你开车撞倒那个人的瞬间才真正吓着我了。"

"你刚才看着尸体的表情就很难受啊。"

"都跟你说了……"京子已经说累了,"我不会受到惊吓,但也不享受那个过程。你理解不了吗？"

青山不服气地噘起了嘴。"我要打开了。"

"赶紧开吧。"京子说着,后退了一步。她突然有种不祥的预感,忍不住检查前后是否有来车。周围没有汽车的灯光。

"我要打开了。"青山又说了一遍,才把钥匙插进锁孔,小心翼翼地拧开。

后备厢盖开启,车身微微震动了一下。

里面太黑,看不清楚有什么东西。于是京子眯起了眼睛。

"嗯？"青山皱着眉,把脸凑过去。

京子上前一步,仔细打量后备厢内部。

又一阵风吹过,头上的枝叶发出诡异的响动。

她瞪大眼睛,盯着后备厢内。

"啊。"由于过度震惊,京子一时说不出话来。

她旁边的青山倒抽一口凉气。两人大张着嘴,全身颤抖,仿佛忘记了如何呼吸,也发不出声音。

后备厢里的确有一具尸体。可是,那已经不是刚才京子看过的年轻人的尸体。

后备厢里的尸体变得七零八落。

双手和双腿交叉在一起,躯干部分滚落在一旁,都已被完全切断。她没看见脑袋,可能滚到后备厢深处了。

刚才还四肢完整的尸体,短短几分钟后就变成了尸块。京子一屁股跌坐在柏油马路上。

"京子,你还好吧？"

青山的声音变得异常尖厉。

"还、还好。"她想逞强，但是失败了。

我怎么会这么软弱，她心里虽然这么想，但还是感到全身冰冷。可能因为无法理解眼前的事情，也可能因为突然目睹了尸身上的断面，京子感到一阵恶心。

男人才会被吓得贫血，她在脑中呵斥自己，身体却完全使不上力气。这到底是怎么回事啊？恐惧与恶心交杂在一起，京子的意识渐渐模糊。

丰田快步离开了公园。虽然是那几个年轻人先挑事，但他不能肯定对方一定不会报警。年轻人最擅长把自己的所作所为高高挂起，而且一旦挂起，就再也不会放下来。

他把手枪放回包里。虽然无处可去，但他决定先回市区。人多的地方更安全。若是独自走在没有人的路上，更容易成为警察询问的目标。他应该混进商店街的人群里。

直到他想走上人行天桥，才发现双腿在颤抖。他使不上力气，膝盖一软，险些跪倒在地。慌忙抓住扶手，但仍无法支撑体重，最后还是一屁股坐在了台阶上。

手也在抖，肯定是因为对人开了枪。这是恐惧，还是罪恶感，抑或是单纯的兴奋？他无法分辨自己的情绪，但可以肯定的是，自己的确开枪打了人。就像自己现在没有工作那样肯定。

过了许久，他才挣扎着站了起来，然后尝试深呼吸。尽管还是无处可去，但他迈开了脚步。凝视着四条腿有规律地运动着的老狗，他渐渐恢复了平静。

还好有狗在,他想。别害怕,他想起那句台词,对啊,别害怕。

丰田沿着广濑大道一直向前走,前方就是拱廊商店街。路上有几个牵狗散步的人,他顿时松了口气。混在人群中的自己并不显眼。

他侧耳倾听,暂时还听不到疑似警车的鸣笛声。对了,刚才打劫邮局的事情怎么样了?他有点想过去看看,但预感到可能会有刑警把他揪出来,罪犯会再次回到现场,就不太敢往那里走。肯定是离得越远越好。

左边有一所小学。丰田在人行道上停下脚步,狗也停了下来。

狗似乎提高了警惕,不断四下张望。它是在留意周围的警察吗?还是担心刚才的年轻人回来报复?或许又会有什么人跳出来嘲笑失业的男人,也有可能是想起了自己曾经是条看门狗。

"这不是丰田君嘛。"一个声音突然响起。

丰田发现左边冒出一个跟他年龄相仿的男人,头上已经长出了白发,体型瘦小。

"哦!"丰田想起了这个人,"井口。"

这人是跟他同期入职的。丰田不禁感叹,事情怎么这么凑巧。那天上司要求他自愿离职时,提到的人就是井口。

如果你不辞职,别的员工就要辞职了。那天上司表情凝重地说出了一个人名,就是井口。

井口正推着轮椅走在路上,轮椅上坐着一名少年。丰田看不透,这个轮椅上的少年究竟是井口的不幸,还是他无可替代的幸福。

"听说你辞职了。"井口平淡地说。

"受不了了。"丰田强装平静,用力绷紧腹部,不让自己的声音颤抖。一旦放松下来,他就有可能把手伸进包里,又一次拿出手枪。他很想怒吼,究竟是谁害我变成这样的?

你一脸平静地推着轮椅,我却为你受了这么多苦。

"那是你的狗吗?"井口指着丰田脚边的老狗问。

"自己跟过来的。"

井口含糊地笑了笑,可能不确定丰田是否在说笑,又觉得这条狗身上这么脏,有可能是真的。"这个人以前跟爸爸是同事,而且是同一年进公司的。"井口转而对轮椅上的儿子解释道,"你现在在做什么工作?"

这个问题深深刺中了丰田。"还没定下来。"他小声说,"现在我只是个上了年纪的失业人士。"他控制不住谴责的语气。

"经济真是太糟糕了。我也暂时找不到工作,只能住在老婆娘家。说起来真是愧疚,但也没办法。现在正帮丈母娘和老丈人打理生意呢。"

井口的语气有点自嘲,但非常干脆,像是完全整理好了心情,正在积极前进的人。

"啊?"丰田一时说不上话来,"你也辞职了?"

"是 Restructuring 啦。"井口故意慢吞吞地念出了裁员的英语单词。

"等等,我也是被公司裁员的。"

"我知道。不只是你,我们那一辈的员工全都被裁了。包括我。"

"可我当时听说不会裁你啊。"丰田没有说自己当了他的替身,看来那天就算他不同意,最后肯定也要被上司裁掉。

"你是第一拨。传出你被裁员的消息后没多久,就找到我了。"

那到底是为什么演那出戏啊！他很想原地坐下。老狗看着丰田的脸。"我还以为你能保住工作。"丰田好不容易挤出话来。

"结果还是没保住。"井口的语气有点自虐。

"什么时候找到你的？"

"你说要我辞职的事吗？"井口说完，稍微想了想，然后报了个大概日期。那跟上司找到丰田的时间几乎相同，间隔不超过一个月。

老狗坐在地上，看着丰田，似乎在说："你被骗了。你以为自己辞职是为了保住一个关系并不算好的同事，其实一切都是谎言。你还沉浸在自我牺牲的感觉中，事实上根本没有这种事。一切都是幻觉。"

就算狗不说，丰田心里也清楚。那个眼镜猴一样的上司其实在戏弄他。上司肯定欺骗了丰田，而且几乎可以肯定，也戏弄了他。

"丰田君，你怎么了？"

"没什么，只是我以为你能留下。我记得那家伙是这样说的。"

丰田道出了那个上司的姓名。

"哦，就是那个人负责裁员一事，听说他升官了呢。毕竟他帮公司干了脏活，也难怪。"

"我还以为你会没事。"丰田还是放不下，又重复了一遍。

"世上哪有绝对的安稳。"井口的语气还是那么平淡。

"不，我不是说这个。"丰田勉强挤出一句话。他的确不是说这个。眼前闪过舟木的脸，他闭上眼睛，想甩开那张脸，但是没有成功。舟木竟然升官了，难以置信。

后来，他与井口道了别。他们没有对彼此倒苦水，也没有咒骂公司的行为。井口给了丰田一张餐馆的传单，说这是他老婆娘家开的店。

丰田答应他"下次会去"，其实井口可能也知道丰田绝对不会去，但还是说："我等你来。"

丰田注视着井口的背影，那人自豪地推着儿子的轮椅渐渐走远了。接着，丰田叹了口气，还是不知道该对此事作何反应。

丰田走进设在地铁入口旁的大号电话亭。他好久没进电话亭了，只觉得有点喘不过气来。老狗的表情似乎也有点苦闷。

可能很少有带着狗走进电话亭的，周围的行人都忍不住看向他们。想笑就笑吧，丰田挺起了胸膛。随便你们怎么指指点点，我都无所谓。因为他知道，一个没有工作的男人跟一条脏兮兮的老狗待在狭小的箱子里，的确显得滑稽可笑又令人厌恶。

他插入电话卡，有点担心自己记不起号码，但是实际操作之后，他很快就想起来了。

会是谁接电话？他惴惴不安地握着听筒。

铃声响了几次，接着有人报出了熟悉的公司名称，电话里的女人的声音很陌生。丰田报了假名，请她转接比他晚几年入职的设计师。

对方接了电话。这名设计师是男性，声音很尖，三十多岁了还像个孩子。

丰田跟这个人在同一个组工作了将近四年。他给人的印象有些肤浅，工作却很扎实。刚入职时是丰田负责带他，然后丰田看中了他的能力，把他调到了自己的团队。当时周围的人都不太愿意让刚进公司两年的人参与大项目，但是丰田坚称"这是为了让他有机会学习"。丰田很看好这个人，而这个人也表现出了超出丰田预料的活跃，不断推出让人眼前一亮的设计，很快就得到了客户的好评。

丰田咽了口唾沫，表明身份。

他很紧张。一起工作时，这个人对他很殷勤，也很尊敬他。然而，那时他们是职场上的前辈和后辈，完全有可能只是表面功夫。现在，他已经是个被裁员的中年男人，不再是前辈，更像是反面教材，所以这个人就算瞧不起他、不理睬他，甚至忘记他的名字，也完全正常。

"丰田先生，最近怎么样，还好吧？"对方的声音很开朗。

"啊，嗯，我很好。你呢？"

"你打电话来就是为了问这个？"对方笑了起来。他并没有表现出丰田担心的距离感和冷漠，这让丰田安心了不少。

"我想问问舟木先生的情况。"丰田说出了前上司的名字。

"哦。"他的音调变了，说不定还四下看了一会儿。

一提到"舟木"，对方可能就猜到了打电话的用意。丰田已经做好了后辈劝他不要记仇的心理准备。

然而，那个后辈说出了意想不到的话。"你别说什么舟木先生了，直呼其名就好。"

"嗯？什么意思？"

"大家都知道丰田先生是被迫辞职的。听说舟木有权决定裁员对象，所以他就把容易威胁到自己的或是他看不顺眼的人都辞退了。"

"喂……"丰田慌了，因为后辈没给舟木加上尊称，"你在那边说这种话不会有事吧？"

"没关系的。"对方的回答游刃有余。是因为周围没人，还是公司内部已经可以随便说这种话了，要么就是所有人都默许了说舟木的坏话。

"好多比丰田先生更应该辞职的人都留下了。"

丰田不禁苦笑。后辈是在安慰他吗，还是单纯的客套？

"你想问什么？"

"听说舟木升职了，真的吗？"

"应该说，干脏活的人得到奖励了吧。虽然我很不服气，不过那个人现在当上常务了。"

握住听筒的手不禁加重了力道。

"谁叫他干了脏活呢。"对方咬紧牙关，挤出一句深谙事理的话语。

"舟木现在在哪儿？"

"还在这座办公楼里，不过再过不久就要调回总部了。拿着仙台离职人员的名单回去报到。"

要回总部了？丰田满怀怨恨地想道。让他陷入这种困境的人竟然出人头地，荣升到总部去了。"哦，是嘛。"他握紧拳头，强忍怒火，保持平静的语调。现在不能让任何人看穿自己的心思。

不过，这是个机会。只要舟木还在仙台，就有机会。

"丰田先生，你现在在干什么工作？"后辈漫不经心地问了一句。

心脏开始刺痛，胃部也随之缩紧。"嗯，就随便干干。"丰田再次挤出声音。

片刻的沉默。这个后辈很机灵，可能已经猜到他现在没有工作，而且对现状极不满意。

"丰田先生，回头出来喝一杯吧。"

"啊？"

"挺久没见你了。"这个后辈跟最近的年轻人不一样，并不喜欢聚餐。虽然公司举办的活动会参加，但很少跟同事去居酒屋闲聊。

"你用不着关心我。"丰田笑着说。

"我可是丰田先生一手带上来的啊。"

"你本来就有才华。"

"一开始我都是在模仿丰田先生。"他用开玩笑的语气说道。

丰田一时说不出话来。

老狗无奈地抬头看着他，似乎在说："你这家伙怎么哭了？"丰田抬手抹了一下眼角。

他放下听筒，连续做了几个深呼吸，然后发现自己忘了对后辈说"谢谢"。

"我要杀了他。"丰田说着，走出了电话亭。

我要报仇，他想。说是找借口也好，迁怒也罢，他都无所谓。为了整日疲于找工作、整日提心吊胆的自己，也为了耷拉着肩膀推动轮椅的井口，他一定要报仇。丰田握紧拳头，感到这是自己的使命。

私愤有什么不对，私怨又有何不可。

这不是比冠冕堂皇的战争和内讧更正常吗？蜂和蚂蚁会为了维护集体的巢穴而战斗，但不会为了个人的怨恨打击对手。私人的复仇才更像人类所为啊。

人类就这么伟大吗？我最讨厌人道主义了。老狗似乎在这样说。

5

"原来你早就知道了。"佐佐冈平静地说着,还露出了释然的表情。

"坐下吧,没必要再装成这家的主人了,也没必要再骗我。你我同是小偷,何必再对彼此客气。"

佐佐冈略显犹豫地看了一眼背后的房门,坐到沙发上,面向黑泽。"你怎么知道的?"

"你一进来我就知道了。那一瞬间的表情,堪称经典。"黑泽忍住笑意。

佐佐冈静静地吐了一口气。

"刚才说了,我是职业小偷,从来不怠慢背景调查。这是工作的一部分,也是跟业余小偷的决定性差别。所以我当然知道这里不是你家。"

"你早就记住这家的主人了?"

"那当然。"黑泽愉快地说,"我知道这家主人的姓名和外貌,还知道他的人生经历,喜欢什么样的女人,有什么癖好。"

"我是外行。"

"你这么蹑手蹑脚地走进别人家,能做好工作吗?要冷静。只要保持冷静,人基本上无所不能。就拿入室盗窃来说吧,到达玄关大门之前，必须克制住兴奋和紧张。"黑泽竖起一根手指说道，"还有，进门之前必须充分确定屋里没人。对这件事不上心的人，就像在战场上举枪乱射，贸然暴露自己所在地的士兵。一旦察觉到屋里有人，就要马上撤退。"

"老实说，我连自己怎么进来的都不记得了。"

"说来听听吧。"黑泽靠在沙发上，摊开双臂。

佐佐冈心神不宁地看了一眼房间，又看了一眼手表。

"别担心，这家的主人暂时不会回来。"

佐佐冈愣住了，随后惊讶地问："你怎么能肯定？"

"因为我已经调查过那个人了。"黑泽笑道，"只是没想到还有你这样的角色登场。"

佐佐冈无力地笑了笑，他似乎在思索如何开口。

"不如我来提问，你来回答吧。你现在肯定也不知道该从何说起。"

"你提问？哦，也好。这样更好。"

"你缺钱吗？"

"钱？"

"当小偷能有什么大不了的理由，还不是钱？"

"不。"佐佐冈一开口又沉默了。他看着黑泽，表情很凝重，脸上的皱纹显得格外深邃。

"我失败了。"过了一会儿，他说道。

"失败？做什么失败了？"

"我原本在一个叫户田的人开的画廊工作。"

黑泽仔细回忆这个名字。"户田，户田画廊？我听说过。"

"你听说过也不奇怪，因为他很出名。他还是全日本户田大厦的房东，是个大款。"

"'大款'？你这说法好幼稚啊。"

"他真的很有钱，只能这么说。"

"你在他的画廊里工作过？"

"我在那里待了十年，学到很多东西。有好的，也有坏的。他的画廊很厉害，签了不少有潜力的画家，就像投资炒股一样。他把画买回来存着，静候价值上涨，然后卖出去赚取差价。"

"绘画交易不就是投资吗？"

佐佐冈露出困扰的表情。"我喜欢画，也喜欢画家。尤其是为自己创作的画家。他们丝毫不认为自己在往股票上涂颜色，即使有野心也不会丢掉最重要的东西。这就是画家。就像深藏在洞窟里创作巨人的画作，却不为展示给任何人的戈雅，我喜欢那样的画家。真正的画家创作的画作，跟祈祷非常相似。"

"画家也会祈祷？"

"绘画可能就是刻印在纸面上的祈祷。"佐佐冈说，"虽然我工作了十年，但极其痛恨把绘画当成投资的素材。"

"你都工作十年了，确实不该说这种话。"黑泽调侃道。

佐佐冈自嘲地笑了笑，又一次满怀热情地说："毕加索的画商叫康维勒。毕加索还年轻时，康维勒就发现了他的才华，跟他签订了合约。后来，康维勒就成了人们口中的'毕加索的画商'。我也想创造像他们那样彼此信任的关系，也想培养尚未发芽的画家，实际感受绘画真正的力量。"

"可是培养画家很花钱吧？"

"是的。"佐佐冈的肩膀耷拉了下来，"黑泽，你说世人为什么只看重金钱呢？"

"很遗憾，这个世界就是金钱至上。或者应该说很庆幸？"

"你说得对，是我太天真了。"

黑泽满意地点点头。"很好，再说说吧。有些话说出来会舒服些。"

"你怎么像我的心理医生一样。"

"我不知道心理咨询要怎么做，但那可能跟偷东西有点像。在屋子里物色现金，跟在这里搜寻想法差不多。"黑泽指着自己的脑袋说。

"不愧是你，竟然没有指着胸口。"

"不甘和痛苦全都塞在脑子里。"黑泽理所当然地回答，"言归正传，你后来从画廊辞职了，对吧？然后尝试独立，结果失败了？"

"你怎么知道？"

"你刚才说你失败了。更何况，成功人士会顶着苦瓜脸出来当小偷吗？"

佐佐冈听完，垂下了头。"我对自己看好的所有画家都发出了邀请，让他们跟我一起干。其实我手头没多少资金，他们就是我的全部。画家人脉就是我的财产。但是我有自信，认为他们都愿意跟着我。我坚信，这些艺术家真正需要的，是能够与之分享悲欢的小画廊，而不是把绘画当成投资对象的大款。"

"你错了。这是个幼稚的错误。"黑泽马上指出。

"你很懂啊。"

"不用想也知道。艺术家需要的是资助者，从古至今皆如此。艺术家缺乏的是生存能力。除了才华和努力，画家真正需要的不是理解和建议，只是钱罢了。"

"你说的可能一点没错。"

"你的画廊后来怎么样了？"

"哪有怎么样，还没开就倒了。"

"那可真是厉害了，前菜还没上就上了甜点。"

"当时离开店已经不远了。我转了好多中介，最后租了一栋楼。虽然没有对着大路，但地点也不差，连内部装修都开始了。就在那时，一个老画家打电话告诉我：'我不打算跟佐佐冈先生合作。'我一句话都说不出来。就在一个月前，我还跟他一起喝酒聊天，握手约定今后要合作。结果呢，他一个电话就推掉了原来的约定。再后来，所有画家都离开了我，就像海水退潮一样。现在说起来，甚至可谓爽快。"

"因为那个叫户田的出手了？"

"那人一得知我要独立，马上展开了行动，用金钱甚至恐吓圈住了所有画家，禁止他们跟我合作。"

"真不成熟。"

"那个人绝不原谅任何会威胁到自己的人。从他店里出去的人竟敢自己开店，他怎么可能容忍呢。"

"你开店是为了对抗他吗？"

"怎么会。刚才我也说了，户田画廊实力惊人，我想开的店跟他一比，只是不起眼的咖啡馆罢了。我丝毫不打算对抗户田，因为两者的规模相差太大了，就像职业棒球队和儿童棒球队一样。"

"然而，你还是激怒了户田。"

"我也很吃惊。"佐佐冈道出了自己的震惊。

"他明知道你是螳臂当车，也没有手下留情啊。"

"螳臂？"

"就是螳螂举起前臂试图挡住疾驰的车轮，对抗绝对不可能战胜的敌人。"

"没错，就算我有心对抗，也是螳臂当车。但他并没有手下留情,就是要把螳螂踩死才舒服。"

"这算是傲慢,还是彻底?这人挺有意思,我不讨厌他。"

"他觉得世上没有他得不到的东西。"佐佐冈严肃地说,"事实上,他想要的东西的确都得到了。而且他还绝不原谅小看自己的人。"

"但是你小看了那位户田老爷,下场就是所有信任的画家都背叛了你。"

"真的是眼前一黑。"佐佐冈抬起双手做了个摸索的动作,仿佛想重现当时的心情,"我和户田的差别就在金钱和地位。那些画家之所以离我而去,可能正因为我缺少了这两样东西吧。"

"原来如此。"

"于是,我就被金钱击垮了。"他的话语无比悲凉,"这个世界只看重金钱。"

黑泽满不在乎地说道:"没有东西能胜过金钱。"

"果然是这样吗?"

"如果你是输给了钱,那完全不需要感到羞耻,更没必要伤心。"

"我真不知道你哪些话是真心的。"

"我是小偷,单纯以金钱为目标的职业小偷。世上最具力量的东西就是金钱,金钱的多寡决定了人生的走向。为了尽量减少那个差距,我就摸进别人家里偷走金钱。"

"对了,我想起来了。"佐佐冈说,"我知道画廊要倒闭后,还去画框店说明了情况。当时在那里打工的年轻人对我说:'未来写在神明的配方上。'在他看来,我遭到的背叛可能一开始就注定了。"

"你知道涡虫实验的故事吗?"黑泽突然问。

"涡虫是什么？"

"大约两厘米长，连大脑都没有的原始生物。"

"拿它做实验？"

"涡虫没有水就活不了。先把涡虫装进一个容器里，然后抽掉里面的水，只留下一小片积水。然后，把灯光打在积水上。涡虫当然会朝着水移动，对吧？然后一直重复这个实验，最后会发现涡虫开始跟着灯光移动，即使那里没有水也会移动。"

"原来它们有学习能力。"

"没错。它们记得有灯的地方就有水。但是你猜，再重复几次同样的实验会怎么样？"

"从此涡虫过上了幸福的生活？"佐佐冈用开玩笑的语气说。

黑泽摇摇头。"突然，涡虫就不再移动了。无论怎么打灯，它们都不再移动，任凭自己干死。"

"为什么？"

"不知道。我猜啊，那些涡虫应该是'厌倦'了同样的行动。因为只要改变容器内侧的材质，或是改变环境，它们又会继续学习。总而言之，连那种原始生物，面对不断重复的生活，都会选择自杀。"

"那是真的吗？"

"是真的也不奇怪吧？人类更是如此。几十年来不断重复同样的生活和同样的工作，连原始生物都会厌倦，人又如何受得了这种漫长的无聊呢？告诉你吧，人会对自己说：'人生就是如此。'然后他们就释然了。你说奇不奇怪？我反正不明白，他们到底有多了解人生，能这样断言呢？"

"明明都趴在大鱼身上。"佐佐冈轻笑道。

"你离开户田去开画廊一定是对的。每天待在自己不喜欢的地方做同样的工作,很容易疯掉,就像不断重复同一个实验的涡虫一样。"

"也就是说?"

"也就是说,你没有做错。你创业失败,欠了一些钱,还遭到了别人的背叛。那也比一直待在原地,每天茫然重复同样的生活更正确。"

"听了你的话,我还真觉得有点道理。太不可思议了。"

"我也有同感。跟你说话时,我觉得自己的胡说八道跟真的一样。"

"我妻子坚信地位和金钱决定了一切。"过了一会儿,佐佐冈继续道。

"真的吗?"黑泽高兴地反问。

"她之所以跟我结婚,可能也是因为我在大画廊工作。而且画廊本身就自带一定的光环,她可能误以为我一年到头总往巴黎跑。"

黑泽插嘴道:"人们觉得巴黎很时尚,一定是因为国旗设计得好。"

"她很喜欢用每年出国旅行的目的地、包包的牌子这类东西来判断事物的优劣。"

"我也一样。"黑泽说,"其实我也喜欢金钱、外观和姿态这种一目了然的东西,还有表象和地位。也许事物的本质就在这里。看不见的爱情和团队精神,跟可疑的宗教没什么两样。"

"你这是在嘲讽吗?"

"小偷走进别人家,就是为了钱。除了物质,别无他求。"

"她特别生气。"

"因为你辞掉了大画廊的工作，还创业失败，她肯定无法接受。"

"她想跟我离婚。"佐佐冈的语气极其凝重，黑泽险些笑出声来。

"那就离婚啊。"

"离婚……"佐佐冈惊讶地抬起头，仿佛第一次听到这样的建议，"我做不到。"

"为什么？"

"她是我的妻子，我们应该共度人生，怎么能轻易分开呢？"

"离婚很简单。"

"我不是说手续是否简单。"佐佐冈死死盯着在膝头紧握的双手，似乎在说真心话，"夫妻怎么能轻易分开呢？人与人的关系可不是单纯用细线连接起来的啊。"

这家伙没救了，黑泽看着佐佐冈想。与此同时，他也想起佐佐冈的父母在佐佐冈年少时就离了婚，或许这种经历导致佐佐冈更加执着于人与人的联系。但他很快又想，这样解释太单纯了。

"遭到画家的背叛后，你学到了什么？人与人的关系不是轻易就会断裂吗？金钱的维系才更牢固。从东京回到仙台时，你妻子热情迎接你了吗？"

佐佐冈没有说话。

"她可能很烦你吧。"

"没有我，她一个人过不下去。"

黑泽无语了。

仅仅根据他的描述，黑泽就能看出佐佐冈的妻子可能比他更强悍。相比对别人坚信不疑，最后却遭到背叛的死板男人，那个重视金钱和地位的现实女人更坚强。佐佐冈就像个行走在云端的男人,而那个在意别人脚上的鞋子、手上的提包是什么牌子的白领女性,反倒强悍百倍。佐佐冈才是那个什么都不懂的人。

黑泽沉默了一会儿,思索该对朋友说些什么。他应该斥责,还是应该劝对方看清事实,抑或夸奖"你是个理想型的丈夫"?他也不清楚。

"我的人生失败了。"佐佐冈又说了一遍。他可能想起了种种往事,最后才得出这个结论。只见他瘫倒在沙发上,露出了身负重担的表情。"我遭到了背叛,背负着债务。我的人生失败了。我真的不知道该怎么办。"

"你知道有一首曲子叫 Lush Life 吗?"黑泽说。

"没听过。"

"Lush 是醉汉的意思,所以曲名可以解释为醉汉自暴自弃的人生。现在你需要的,就是那种放下一切的生活。"

"我不喝酒,也不会自暴自弃。"

"你回答得太认真了。"黑泽苦笑道,"放轻松点,任凭自己悠然地随着大鱼游动。"

佐佐冈还是一脸复杂。

"刚才不是说我是职业小偷吗?"

"的确。"

"可是面对人生,每个人都是外行。你说对不对?"

佐佐冈闻言,瞪大了眼睛。

"每个人都是新手。人生不可能有职业人士。有的人可能会时常摆出一副人生专家的样子,但实际上,每个人都是新手,都是外行。"

"都是外行啊……"佐佐冈嘀咕道。

黑泽凝视着朋友,想知道自己的话有没有说到对方心里。然后他说:"你也是第一次参赛的新手,不要为失败感到沮丧。"

佐佐冈目不转睛地看着黑泽。

"看什么看,恶心死了。"

"跟你聊了这么多,我感到心里所有的恐惧都消失了。"

"上回电视上有个棒球解说员这样说过:'希望他能拿出新人的气势,不惧失败,大胆发挥。'"

"你怎么当上小偷了?没有被警察逮到过吗?"

黑泽伸出食指挠了挠鬓角,回答道:"嗯,我很幸运,没有被逮到过。当然一开始也经历过不少失败,但还是成功熬到了现在。你知道为什么吗?"

"因为你跑得快。"这一刻,佐佐冈的表情仿佛回到了学生时代。

"没错。只要我有意,就可以移动到任何地方。神出鬼没,自由自在,忽隐忽现。"

佐佐冈笑了起来。黑泽换上严肃的面孔对他说:"这是真的。我完全可以趁你闭上眼睛的空隙,到别人家再干一趟。"

他想起白天那个年轻人口中的"瞬移"。

"你已经待在这里了,还能到别的地方去吗?"

"只要我愿意,就能做到。我可以再到舟木的房间去,把抽屉里剩下的钱都拿走。"

"舟木是谁?"

听到佐佐冈的话,黑泽才发现自己无意中说出了那个名字。

"一位新客户。"

"你还是那么有意思。"

黑泽露出笑容,指了指房间一角的音响。"要不要放张CD?

刚才我看了看，这里有鲍勃·迪伦的碟。深夜里听听那个毫不浪漫的声音，也不失为一种享受。"

然后，黑泽站起来，表示要上厕所。

"你来别人家偷东西，还要用别人家的厕所吗？"

"上厕所不算偷，而是借。"黑泽说道，"说不定……"

"说不定？"

"我会像刚才说的那样，借口上厕所，然后消失。"

黑泽说完，心中暗想：再走一趟舟木的家倒也不坏。

听到彬彬有礼的掌声，河原崎回过神来。他的目光离开了素描本上的脸，左右张望。

正在播放的爵士乐钢琴演奏似乎是现场盘，每次乐曲结束，都能听到观众的掌声。一时间，他把掌声理解成了对自己写生的喝彩。

河原崎看向挂钟，已经过了三十分钟。

不知不觉，他已经翻过了三页画纸。

第一页画了躺在地上的尸体全貌，从朝向天花板的鼻尖到微微分开的脚尖，全都被他描绘了下来。那具身体修长纤细，就像一个颀长的男子正优雅地安睡。第二张描绘了双目紧闭的面部特写，那张脸宛如精雕细琢的艺术品。没有表情的美丽面容和仿佛失去了血液的白色纸张呈现出奇妙的平衡。第三张描绘了颈部以下的躯干部位。

"怎么样？"塚本没有凑过来，坐在原地问了一句。

"不知不觉已经画了三十分钟了。"

"你的集中力真强。对着一具尸体,你不会害怕吗?"

"我没有感到害怕。"

"因为你只把他视作一个物品?"

"怎么说呢……"河原崎想了想,然后回答,"即使变成这样,祂还是像艺术品。"

"艺术品?"塚本似乎在强忍笑意,"高桥先生是艺术品?说得好。"

"祂真的不是神吗?"河原崎想说,如果不是神,那这张侧脸为何如此完美?

"高桥先生不是神。难道不对吗?神是彻底的他者,是无限,不可能如此简单地死去。死亡与神是矛盾的。"

两人沉默了片刻。曲子结束,钢琴声也静止了,听见了隔壁传来的声音。

"你听见声音了吗?"

"可能隔壁开了窗吧,是那边的音响声。"

河原崎继续倾听。一个沙哑而慵懒的声音在吟唱,他不太认得出声音的主人。"是鲍勃·迪伦。"塚本听出来了,表情平淡地说,"乡村摇滚之神。我们隔壁也有神。"

河原崎张开嘴,却想不到合适的回应。

塚本站起来,踩着塑料膜缓缓走向河原崎背后。

河原崎条件反射地想盖住素描本,但又觉得不太礼貌,于是控制住了。

"很逼真啊。"塚本的话语从头顶飘落,"我没想到你这么厉害。能看看前面的吗?"

河原崎没有理由拒绝,便翻开了膝头的素描本。

"这是第一张。"他展示了全身像,塚本发出感叹。

"很厉害，太厉害了。真没想到啊。"

塚本的夸奖不像客套，河原崎有点害羞。他解释说自己每天都写生，突然被人夸奖，心情难免有些奇怪。

"如此一来，他也安心了。"塚本说。

"他？"河原崎对这个称呼有点抵触。真的可以如此轻蔑地称呼"高桥"吗？

他重新翻到刚才那一页。

"好。"河原崎听见了塚本的声音。但不是耳朵听见，而像是来自脑中。每当他集中精神绘画，周围的声音就都是这种感觉。

他的余光看到塚本在移动。塚本手上拿着一把小锯子，不知何时还穿上了透明雨衣。

"你、你要干什么？"

"先从手臂开始？"塚本表情严肃。他既没有舔嘴唇，也没有嫌恶地皱眉，而是一脸平静。河原崎没有回答。被人问到是否先从手臂开始，有哪个人能马上回答"好，那就先从手臂开始"呢？

此时此刻，河原崎终于真正意识到，他们真的要拆解了。那果然不是谎言，也不是吹嘘，更不是夸张的表达或比喻。他们真的要拆解那个天才了。

"已经僵直了，好难放。"塚本嘀咕道。

"什么？"

"你听说过尸僵吧？"塚本抓住尸体的手臂说道。河原崎一直没抬起头。

"这具尸体已经硬得跟木头一样了。并非关节无法弯曲，而是关节周围的肌肉已经僵硬，无法伸缩。"

塚本在话尾突然加重了语气。河原崎奇怪地抬起头，发现他已经趴在尸体的手臂上，压上了全部体重。

河原崎强忍住突然涌上喉头的尖叫。他在对神做什么？河原崎几乎要晕厥了。

"不过只要用力，倒也不是不能弯曲。"

的确，尸体的肘部比刚才弯了一些。

"只要人为扳动几下，就能解除尸僵。不过也可以放着不管，等肌肉开始腐化。"

接着，塚本又用同样的动作折弯了另一只手臂。随后，他拿起锯子仔细检查了锯齿，继而抬起尸体右臂，架在了扁平的纸箱上。

塚本抄起了锯子。河原崎立刻低头看向素描本。他没有看清全部动作，只觉得塚本好像把锯齿对准了尸体的肩部下方。

"高桥先生以前说过，神明不会烦恼那些琐碎的事情，而是观望整体。"

"整体吗？"河原崎想，这有点像写生的方法。

此时，塚本毫无征兆地拉起了锯子。

河原崎条件反射地闭上眼，他还很想捂住耳朵。房间里响起锯木头的声音，虽然并不刺耳，但他还是很害怕。他本以为现场会像外国恐怖电影里那样鲜血飞溅，但事实上并没有。

过了一会儿，他睁开眼。

塚本像业余木工一样专注地拉动锯子，他身上的雨衣发出了哗啦哗啦的声响。"拆解还真费劲。"

河原崎重新看向素描本，准备动笔描绘。

"别画这个！"塚本厉声阻止。

河原崎本想画下塚本操作钢锯的情景，听到声音吓了一跳，忍不住松开了手上的铅笔。铅笔落在膝盖上，滚到了尸体的手臂下方。

"不、不可以吗？"

塚本似乎有点后悔没控制住声音，马上压低了音量。"不是不可以，但是不合适吧。画下拆解的场景，就跟本来的目的不相符了。"

河原崎愣愣地应了一声，但是不明白他的意思。

"我们只需要把高桥先生这个天才的身体作为零件保留下来，不需要记录拆解的过程，对不对？"

"不需要吗？"

"不需要。你觉得我出现在神的画作中合适吗？"

河原崎呆滞的大脑中产生了一些疑惑。塚本说起"高桥"时，有时称其为神，有时又说不是神，这让他不禁怀疑，塚本自己可能也无法判断"高桥"究竟是不是神。

倒也不是不能理解。

每当思考超出自身理解范围的事物时，人总会尝试给出自己能够认同的假说，可是归根结底，无法理解的还是无法理解。

比如河原崎，他心中依然存在"'高桥'可能不是神"的想法。河原崎不禁想，人面对神这样的存在时，只会陷入混乱和困惑。

"怎么了？"塚本叫了他一声。

"没什么，我想捡铅笔。"他飞快地搪塞过去，贴着地上的塑料膜伸出手，在尸体下方摸索铅笔。

指尖触碰到尸体，冰冷得毫无现实感。河原崎慌忙缩回了手。并非因为无意中触碰到了尸体，而是产生了亵渎神明的恐惧。

"你没事吧？"塚本问道。

河原崎表示没问题，再次捧起了素描本。

啊,他险些发出惊呼。不,可能真的发出了声音。铅笔尖端猛地戳进了纸面。

河原崎注视着尸体的腿。可能经过刚才的操作,尸体的位置发生了改变,让他看到了方才没注意到的东西。

他感到眼前一黑,一阵眩晕之后,视觉才渐渐恢复。

尸体的左边大腿根部有一道痕迹,是条长约五厘米的手术疤痕。

短短五厘米的伤疤让河原崎失去了一切话语。极端可怕的感觉向身体袭来,仿佛看见了不详的纹样。脑中涌出记忆,反复回放,一个声音问他:你还记得那张传单吗?

那张寻人的传单。寻找失踪的儿子,底下还注明了"大腿根部有手术痕迹"。

他眼前的尸体的腿上就有疑似手术的痕迹。

这是什么意思?脑中又浮现出"失踪"二字。河原崎看向尸体,两者几乎要联系在一起了。他感到恐惧。

他拼命打消那些想法。这怎么可能?

他强迫自己摆好素描本,握笔的手加重了力道。

这太奇怪了——一个声音在呐喊。

要小心,要小心,世上布满奇怪的圈套,一不小心就会落入陷阱。对他发出忠告的,可能就是他自己。

脑子里仿佛装满了飞虫。那是蚊子飞舞的声音。

京子挣扎着站起来,走到青山旁边。

从尸体身上脱去的衣服堆在后备厢的角落。

她无法凝视，恐惧让她几乎无法站立。

京子平时可以时刻保持冷静，不畏惧任何事物。她不允许自己害怕一具尸体。

"全都切断了。双手和双脚都被切断了。"

"怎么回事啊？"京子拼命寻找发泄怒气的出口。

面对这一毫不现实的事态，她没有感到惊讶，反倒异常愤怒。"为什么啊？刚才还好好的尸体，怎么就变得稀碎了？不可能！啊，我知道了，你撞死的那个年轻人其实是塑料模特吧？装在后备厢里被震开了对不对？太搞笑了。"

"怎么可能啊！"青山也陷入了混乱，语气绷得很紧。

"是谁干的？"

"你问我？"青山无言以对。

"我们就是上厕所离开了几分钟，肯定是有人趁机打开了后备厢。等等，后备厢的钥匙不是在你身上吗？"

"啊，嗯。"青山还没恢复过来，"一直在我身上。我去树林里找你时，也一直在我身上。"

"那你知道这意味着什么吗？"

京子忍住自暴自弃的冲动，竖起食指。那你知道这意味着什么吗？其实这句话也是对她自己说的。青山的表情扭曲了。

"我们走进林子的短短几分钟内，有人打开了上锁的后备厢，把里面的尸体切断，重新上锁，然后离开了。"

"应、应该是吧。"

"你觉得这有可能吗？"

"不可能。"

"然而，事实就摆在我们面前。"

"不可能。"青山说，"除非发生奇迹。"

"假设这是奇迹,那到底是为了谁发生的?"京子说。

"奇迹不会再出现了。"青山愣愣地说道。对他来说,那场零比三的大逆转之后,奇迹就不会再出现。

京子发现自己原地兜起了圈子,便开口道:"我们冷静点。"这话是对她自己说的。

"还是找地方埋起来吧。这太奇怪了,尸体不可能突然变得七零八落。"

青山轮流看着后备厢和京子。

京子很想挠头。

"总之先把后备厢关起来。"她握紧拳头,强忍歇斯底里的冲动,指着青山说。事情必须一样一样来。

青山走向后备厢,手搭在箱盖上,注视着破碎的尸体,表情越发扭曲。

"赶紧关上啊。"京子烦躁地说。

后备厢关上了。

"先上车吧。"京子又说。现在必须冷静思考,如果不保持冷静,就什么事都做不了。

坐上车后,青山一拳砸向方向盘。"京子,这到底是怎么回事?尸体什么时候被切碎了?"可能因为车内空间狭小,加剧了他心中的恐惧。他想把所有的不安都倾吐出来。

"冷静点。"下腹部残留的尿意让京子极端焦躁,但她不停抖脚的原因却不在这里。

"这太奇怪了,怎么可能呢?我们离开车的时间,只有京子去上厕所的短短几分钟啊。"

"好了,你冷静点。"京子挠起了头。青山的提问让她更加烦躁，因为她也搞不清楚状况。"尸体已经变得稀碎了，能有什么办法？"

"但怎么会变成这样呢？"

京子闭上眼，双手按着头拼命思考。只要冷静地分析时间线，应该就能得到答案。她开始调整呼吸，缓缓吐出一口气。

"我再去看看后备厢。"青山突然打开车门，显然他无法忍受一直待在车里的压力。

京子没有回答。她觉得一开口说话，就又会陷入慌张。

"京子，你在听吗？"

京子抬头看着青山，问道："是不是你干的？"她没有证据，可能只是觉得青山太烦了。

青山骤然变了脸，同时关上车门。

"你什么意思？"

京子并不害怕，而是笔直地看着他。

"你听好了。我想上厕所，于是走进了树林。当时你拖延了一会儿，没有马上跟过来，对不对？"

"我只是打开后备厢看了一眼尸体。"

"你无法证明这一点。你刚才真的只是打开后备厢，看了一眼尸体吗？"

"你到底想说什么？"

"其实你还切碎了尸体吧？"京子用不容置疑的语气平淡地说。

"怎么可能？！"青山立刻反驳，"我跟京子前后只分开了很短的时间，细算下来顶多几分钟而已。"

"当时尸体的确在后备厢里吗？"

"没错，在里面，而且很完整，没有被切开。要是被切开，我能发现不了吗？"

若是尸体被脱光了衣服，还被切成碎块，就算晚上一片漆黑，青山也不可能发现不了。

"那就是说，尸体是在你查看之后到再次打开后备厢之前那段时间被切开的。"

"只有五到十分钟。"

"没有十分钟。"

"比十分钟短。"

"十分钟能做到吗？"京子说了一句，继续挠头，"问这个根本没有意义。"

青山开车撞了人，这应该是事实。京子认为那是一场毫无疑问的事故，不可能是谁的阴谋诡计。

然后，京子提出把尸体放进后备厢带走，还提出等到杀了青山的妻子，将两具尸体一并处理掉。整件事除了京子的意愿，不可能混入他人的企图。

下一次停车，就是在这处树林边缘，而且这也是京子提出来的。她很想上厕所，于是让青山停了车，这不可能是他人的安排。

接下来，后备厢里的尸体就发生了变化，被切碎了。就像发生在仙台的连环碎尸案，尸体转眼之间就成了碎块。

其间不存在碎尸的时间，这点应该可以肯定。京子想，这应该是找到正确答案的线索。她感觉自己仿佛在黑暗中摸索，尽管看不见前方，还是产生了几步之外就是墙壁的预感。

"我还是再去看看后备厢。"青山实在忍不住，发出了奇怪的声音，开门走到外面。

京子没有跟过去，而是坐在车里继续思考。

后备厢上了锁，钥匙在青山手上。也就是说，碎尸的人必须也有一把钥匙。也有可能凶手受过开锁的训练，或是后备厢变形，无法正常上锁。

尸体会不会一开始就被切断了？

京子试着思考。如果是这样，那时间就不是问题了，无须担心没时间切断尸体。难道是调包了？她灵光一闪。

被撞死的是个四肢健全的男人，可是，尸体现在变成了难以分辨的碎块。有人把被撞死的尸体和碎尸的尸体调包了。是谁？根本不用思考，只可能是青山。跟这起事件有关的人只有京子、青山和那个被撞死的男人，只需运用排除法，就知道是青山。

她连忙看向后视镜，想知道青山在干什么，可是角度不对。他可能在搬动后备厢里的尸体，车后传来了阵阵碰撞声。

京子又猜测：青山可能是仙台碎尸案的凶手。想到这里，她不禁感到兴奋。自己的恋人有可能是震惊世人的杀人犯，她忍不住觉得他特别可爱。

车门突然打开，青山坐了进来。京子用与刚才截然不同的目光看着他。"怎么样？"

"一个样，尸体还是七零八落的。"

"为什么呢？"

"我要是知道，就不用发愁了。"

青山发动引擎，握住方向盘，似乎做出了决定。

"你打算怎么办？"

"能怎么办？按照计划，到我家去。"

京子看了他一会儿，想猜测青山的真实想法。

"我也这么想。万恶的根源都在你老婆身上，我们早点把她解决掉吧。"

你是杀人犯吗？她努力咽下了这个疑问。

现在应该按照计划行事。但是京子转念一想，稀碎的尸体有可能就是青山的老婆。

她刚才看到碎尸时，尸体的躯干呈俯伏状态，很难分辨是男是女。被撞死的男人身材瘦削，就算被调包成女性尸块，也看不出异样。而且，京子并没有看清尸体的头部。

没错，的确有可能。青山可能已经杀了老婆，将她分尸，放在后备厢里。撞到那个男人虽然是一场事故，但他还是有可能把尸块跟尸体调包了。

京子完全沉浸在臆想中，甚至觉得自己受到惊吓跌坐在地的行为十分愚蠢。今后不能再发生这种事了。

她知道自己已经没问题了，刚才只是过度震惊而已。散碎的尸体算什么？京子慢慢冷静下来。尸体会自行断开吗？怎么可能？她想起各种怀抱妄想走进诊所的患者。有人想开枪射杀众议院议员，有人觉得稻草人给自己下了命令。开什么玩笑？我才不要变成那种人。

"说不定……"青山开口道，"会不会是那个啊？我白天不是说，听见几个高中女生在聊天吗？"

"你说什么呢？"

"就是今天在外面听到的话，你不记得啦？她们说，尸体会自己变碎。"

"哦，你说那个啊。"京子漫不经心地应了一声。青山的确提到过这件事，她还记得自己当时想象尸体自动断开，碎块像壁虎的尾巴一样蠕动的样子，忍不住笑了。

"变成碎块的尸体会重新连接。"

"外面多得是这种无聊的鬼故事，而且粗制滥造。你觉得尸体有可能重新接起来吗?"

"肯定什么地方正在发生很不好的事情。"青山突然说。

"你能说得清楚一点吗?"

"有人正在做让神明震怒的事情,所以才会发生不可能发生的事情。"

"让神明震怒的事情是什么啊?"

"比如有人杀死了神明,甚至拆解了神明。"

"你竟然信神?"

"只要陷入困境,所有人就都能看见神明。"

青山的语气似乎有了一点余裕。京子更加确信自己的结论了。青山对我隐瞒了什么,有可能是令我惊喜的事情。

汽车穿过夜色中的道路,青山笔直地看着前方。树木在黑暗中不断闪过,京子沉浸在激动的心情中,想起了要跟她离婚的丈夫,她很想告诉他:人生远比你想象的更有戏剧性。

丰田抬头凝视着自己工作过的地方。这是仙台很有名的办公楼,他的公司占了十五楼到十八楼的空间,他曾经的部门就在十五楼。那天舟木问他"你在这里工作几年了"?也是在同一层楼的会议室。他甚至记得白板的位置。

握着牵引绳的手加重了力道。

丰田不知道舟木的住处。他听说舟木在仙台市内有一套公寓,但不知道具体在哪个区。他选择的做法很简单:在公司埋伏钓出舟木。

丰田用公共电话打给舟木,告诉他:"赶紧回去一趟,你家进小偷了。"这个谎言十分老套，连丰田自己都忍不住想笑出来。舟木烦躁地大声反问，但是丰田挂掉了电话。

他猜测，这个电话应该有效果。无论是谁，接到这种电话肯定都会离开公司回家查看。

丰田打算等他到了家就开枪，然后或许还能伪装成入室抢劫。都这种时候了还想着自保，着实有点可笑。

大楼有两个入口，不过下午六点以后会关闭后门，只能从正面的自动门出入。于是，丰田牵着狗，站在能看见正门的地方。

附近是个私立高中的公交车站，较远处有张长椅。它看起来就像是拆除旧车站时剩下的东西，但还很结实，坐起来没有问题。

前方有三个女高中生站在一起聊天，但不碍事，反倒能遮挡他的身影，不让楼那边的人看见。

狗定定地看着那几个女高中生，似乎在观察她们。

"话说，你们听说没有啊？就那个。"个子比较矮的女生发出了尖厉的声音，"碎尸的事情。"

"听说了。"一个人说。"啊，什么？"另一个人不高兴地问。

提出话题的女生得知其中一个人已经掌握了消息，也有点不高兴。"现在很流行的碎尸案啊。"

"那个太恐怖了，而且被杀的好像都是年轻人。"

"不过我跟你们说，那好像不是真的碎尸案。"发色很浅的女生得意地说。

"怎么回事啊？"

"听说是尸体自己变碎了。"另一个女生抢先回答。

说这种无聊的事情好玩吗？丰田无奈地看着她们。

"尸体自己碎了？"

"对啊。本来已经埋起来的尸体自己碎了，后来又自己接起来，在街上到处走。接着又自己碎了。"

"怎么又碎了？"倾听的女生一脸认真地问道。

丰田险些笑了出来。是啊，怎么又碎了？尸体碎掉又接起来，这有什么意义吗？虽然无论什么时候都流传着都市传说，但这几个女高中生讲的故事也未免太荒唐了。

就在此时，他发现舟木走了出来。丰田条件反射地想站起来，但马上意识到自己不能太显眼，就继续保持坐姿。

好在舟木是一个人。他用夸张的姿势抱着一个大包，飞快跑下了台阶。

丰田转过脸，假装看着老狗。等舟木经过后，他才跟了上去。

牵着狗应该算好事。移动短短的四肢努力走路的老狗只让人觉得可爱，没有人会起疑。

舟木一直在左右张望，但从来没有回头看。

跟踪十分顺利，但是丰田渐渐开始担心，对方真的会一直走路回家吗？就在这时，舟木改变了行动。

他走到车道边缘，抬手拦起了出租车。

丰田暗骂一句，怎么就没想到这个呢？对方当然会利用交通工具。地铁、巴士、私家车，无论哪一种交通方式，他带着狗都跟不上去。他不禁为自己的愚蠢失笑。

大脑迅速运转，必须马上做出判断。

要不要拦车追上去。如果要追，狗怎么办？狗能上车吗？不会碍事吗？

把狗扔下。脑中响起一个声音，但没有人会跟他说话，所以那应该是自己的声音。丰田犹豫了。他看着狗，狗的表情在说：随便你。

他回过神来。我为什么要牵着这条狗呢？这条狗本来就是流浪犬，我既没有必要带着它，也不需要养它。

好在舟木迟迟拦不到出租车，一直焦急地抬着手。

丰田轮流看着老狗和舟木。最优先的应该是报仇。老狗可能并不想参与到这件事里面。不，他想到眺望夕阳的老狗，马上打消了这个想法。是谁被那个勇敢而悠然的姿态鼓舞了？"难道你要抛弃好不容易找到的伙伴吗？除了我还有谁会理睬你？"

终于有一辆出租车靠近了舟木。

丰田连忙走向路边也寻找出租车。幸运的是，他刚抬手，就有一辆车开了过来。

舟木的车刚开走，这一辆出租车就打开了门。丰田上车前先高声问了一句："可以带狗吗？"

司机是个体格健壮、一头短寸的男人，浑身散发着强烈的气场，让人不禁怀疑他脸上是否还有一道刀疤。他回过头，用富有张力的声音回答："当然不能了。"

"导盲犬！"丰田咬紧牙关，大声说道，"导盲犬可以吧？"

他硬坐进车里，抱起老狗放在了腿上。

"你干什么？"司机的表情沉了下来。

"拜托你，帮我跟上前面那辆出租车。"丰田用不容置疑的语气飞快地说道，"不让导盲犬上车可是大问题！这是社会问题，而且你的公司也会头痛。"

"你又不瞎。"司机扭过头，但已经不再散发出怒气了，反倒是一副愉快的模样。"跟着前面那辆车对吧？"他转向正面，一脚踩下油门。

丰田的身体倒在了座椅靠背上。他没有了刚才的气势，发出胆怯的惊呼。老狗依旧被他抱在怀里。

舟木那辆车只在大路口拐了两次弯,并没有走十分复杂的路线。

"你这是在调查婚外情?"司机优哉地问。

"不、不是。"

"这会儿怎么老实了?刚才的气势呢?我还是第一次遇到你这样的客人。"

"是吗?"丰田看了一眼副驾驶席前方的司机证件照,忍不住绷直了身体。这人以前剃着光头,没有一丝笑容,显得整张脸更加凶煞。

"我也是第一次见到那种柴犬一样的导盲犬。"司机豪放地笑道。

车子经过仙台车站,往北行驶了五分钟,进入一片住宅区。"你知道双子公寓吗?"司机问了一句,丰田看向车前窗。

车载广播正在播放新闻。"有人抢劫。"司机一说,丰田吓得几乎跳起来。

"躲在银行里不出来。"听完这句话,丰田总算放心了。看来不是说他干的邮局抢劫。司机又告诉他,抢劫犯闯进仙台车站附近的银行,劫持了人质。丰田不禁感慨,世界上真的会同时发生好多事情。新闻继续报道:部分人质已经被放了出来,但是每个人质头上都戴着庙会小摊上卖的面具。①丰田继续感慨,真是什么怪事都有。

前方的出租车开始打灯靠边,丰田的出租车也放慢了速度,靠近公寓门口。他放眼一看,整个住宅区只有两栋细长的公寓并

---

① 有关这起奇怪的银行抢劫案,可以去阅读伊坂幸太郎的小说《孩子们》(南海出版公司,2014年出版)。

排矗立，难怪会被人叫作双子公寓。公寓楼顶还有球形物体，不知是毫无用处的标志还是蓄水罐，要么就是住户专用的天文馆。总之两者组合在一起，使整座建筑物如同巨人。

舟木下车了。

"不好意思，我在这里下车。"他对司机说了一声，打开钱包。他的钱包又轻又扁，里面只有几张银行卡和电话卡，可谓穷酸至极。

好在他还给得起计价表上的金额，最后身上只剩下三千日元。虽然银行里还有存款，但丰田还是感到了强烈的不安。因为他没有工作。

"小心脚下。"司机接过车费，车门自动开启。

"我还是能看到脚下的。"丰田回答道。

"你果然能看见啊。"

"对、对不起。"

"好了，快走吧。"短寸司机露出了可爱的笑容。

丰田目送出租车悄无声息地掉头离开，然后带着老狗走向公寓。在住宅区牵着狗散步应该不会特别显眼。

这座公寓外表看起来高级，实际却没有安装自动锁。这让他有点意外，但是也很庆幸，因为丰田完全不知道如何突破自动锁。

他在玻璃门旁停下脚步，先抬手摸了摸插在腰上的手枪。他意识到得先检查子弹，便打开了弹仓。里面有一发子弹，是对年轻人开枪时剩下的。

这个瞬间，血腥的记忆猛然扑向丰田。他想起了自己试图遗忘的事情：他开枪打过人。那个光景又在眼前复苏。

枪口下的年轻人，扣动扳机的瞬间猛然震颤的心脏，仿佛远在天际的枪声。没错，我对人开过枪。那个年轻人拖着伤腿去医院了吗？治好了吗？他会不会落下一辈子残疾？铅弹击中身体有多痛？不安与罪恶感宛如洪水淹没了他。

自己有资格对那个年轻人开枪吗？究竟是谁犯了罪？究竟是谁要逃？

是我抢劫了邮局，虽然未遂，但我的确在邮局开了枪。

不安和恐惧几乎要沉淀下来，他不得不拼命抵抗。

丰田对自己说：你失去了工作，失去了未来，即使抱着不安和手枪引发骚动，也微小得算不上骚动。既然如此，还不如下定决心大胆去干。他用力绷紧颤抖的双腿，把枪插回腰间，握紧拳头。

他看了一眼老狗，把手搭在它的背上。

"别害怕，别离开我。"

他像念咒一般重复了几次，试图假装是沉默的老狗正在这样鼓励自己。

丰田深吸一口气，然后屏住呼吸，倾听自己的心跳，最后吐出。

他决定把狗拴在离门口几米远的长椅旁的消防栓上。带狗进去不太明智，因为那样太显眼，一旦发生争斗，他也顾不上老狗。

老狗看着丰田，仿佛在说："拜托你，回去时别忘了我。"

丰田走进公寓，首先就看见满墙的邮箱。他扫了一眼，很快就发现"舟木"这个姓氏。上面写着五〇五。

他已经决定好该做什么了。丰田按下电梯上行键。私愤有什么不对？电梯发出优雅的铃声，他走了进去。不知为何，耳边响起了后辈的话语："丰田先生，回头出来喝一杯吧。"

电梯门迅速关闭，仿佛在警告他不能回头。

一层楼只有十户，他没费什么工夫就找到了五〇五号房。

门口挂着精美的名牌，上面写着"舟木"二字。愤怒如同源源不断的泉水涌了出来，再也无法抑制。

丰田再次轻触腰上的手枪。

但是没等他伸手敲门，五〇五号房的房门就打开了。

丰田不明事态。他只知道眼前的门突然敞开，一个人跳了出来。

就是现在，快开枪。他猛然想起自己要做的事，立刻拔出手枪，不等站稳脚跟，就指向了从门里出来的人。"站住！"丰田大喊一声。他顾不上确认对方是谁，就举起了枪。"看着我。你还记得我吗？"

丰田打算倾吐心中的所有郁愤，打算把自己知道的所有诅咒都扔到对方头上。脑中霎时间涌起种种事物，有的是记忆犹新的场景，有的是难以言说的情绪。"你在这里工作几年了？"眼前浮现出舟木说这句话时的样子。离职那天，没有人来送他，他只能独自凝视着电梯上不断倒数的楼层数字。眼前又浮现出他去参加面试，面试官连简历都不看就说"很遗憾"的脸。他还看见了就业保障办公室负责人的脸，高兴地对他说"这次应该没问题"。他看见了自己坐在长椅上，低声喃喃"我想工作"。他还想着我的耳机呢？我得打开 *Here Comes the Sun*。他看见了儿子的脸，分别前，儿子的眼神就像在看一个废物。他必须听披头士。他看见了一整天待在小出租屋里等待录用电话的自己。他看见了那个男人对他说:"我们这里几乎没有管理岗位的招聘。"他看见自己回答:"不,我是应聘专业岗。"那个男人又回答:"设计岗位必须要年轻人啊。"我的披头士呢?他看见了推着轮椅的井口。井口说:"世上哪有绝对的安稳。"耳边响起妻子冷淡的话语:"你好没用。"

他必须开枪。如果要摆脱脑中的这些场景、面孔和话语,如果要摆脱所有无形的不安和愤怒,他就必须对眼前的这个人开枪。他用力握紧了手枪。

丰田想,我要惩罚"舟木"这个罪魁祸首。

手指搭在扳机上,下一刻就要扣动。

但是就在此时,对方说出了冷静的话语。

"你好凶啊。"

此时此刻,丰田终于看清了这人的脸。

这个人不是舟木,是个陌生人。他的确是从舟木的房间跳了出来,但他不是自己以前的上司。

弄错人了。丰田心中慌乱,但是发现那个人对着枪口竟一脸平静,又觉得很不现实。这人三十五岁左右,一脸的胡楂很衬气质。

这人虽然不像上班族,但也不像丰田这种形容憔悴的失业人员,应该说,他浑身散发着游刃有余的气场。

那种气场让他无比羡慕。丰田还没来得及搞清楚对方的身份,就先产生了羡慕的情绪。

"舟木呢?"他一边让自己恢复平静,一边问道,"舟木在哪里?"

"舟木?哦,你说那间房的住户啊。"男人慢条斯理地说,"在里面躺着呢。啊,我可什么都没做,是他自己大发雷霆然后摔倒了。你是谁？"

"我、我是……"他无法说自己是来枪杀舟木的人。

"看来是我失算了啊。"男人似乎毫不在意丰田，"没想到他会这个时间回来。今天不是要开会吗？"

他在说什么？丰田很疑惑。

"我还以为晚上来会顺利，可见并非如此。这座公寓就是跟我不对路子。"

"你是谁？"

"我姓黑泽，是去舟木家偷东西的小偷。本来我只打算突然出现，再迅速消失。"

"啊？"

"你第一次见到小偷？"

丰田不明白，这人为何自曝身份？对方似乎看透了他的想法，开口说道："我见你拿枪对着人，觉得应该是小偷这边，也就是我这边的人。所以刚才是自我介绍。"

此时，背后传来了"有小偷"的叫声。是舟木的声音。

丰田猛地放下了枪，重新插在腰间。上司久违的声音堪称歇斯底里，足够让丰田恢复冷静。他甚至忘记了自己想对这个歇斯底里的男人开枪。

丰田回过头。

"我先走了。"他听见那个黑泽说道。

"啊？"丰田惊呼一声。

舟木冲了出来。"有小偷。"他气喘吁吁地说完，抬头看见丰田，发出疑惑的声音。而且，他脚上还没穿鞋。

"晚、晚上好。"丰田愣愣地打了声招呼，"好久不见。"

"你、你是……"舟木推了一把歪掉的眼镜，似乎连丰田姓什么都忘了。

"你碰到小偷了?"

"小偷,对了!有小偷。不是你,刚才还有另一个人吧?"

丰田再次转头。

那个人已经消失了。

他甚至觉得身后还飘荡着来不及消散的烟雾。那个人冲进紧急出口了?还是电梯正好停在这一层了?难道是施魔法原地消失了?

"小偷不见了。"丰田说,"消失了。"

"怎么回事?"舟木还没从亢奋中恢复过来,使劲挠着头。

"他偷了什么?"

"不知道!我接到了电话。"

他甚至没有思考丰田为何出现在这里。

丰田并不生气,还觉得很滑稽。这个人连自己被偷了什么都不知道,仅仅因为家里进了小偷就如此慌乱,显得那么渺小。相比之下,刚才的小偷反倒大大方方。

丰田伸手按住腰上的手枪。

现在可以开枪,他心里很清楚。对方还很亢奋,脸上表情扭曲。但是他又有疑问,这个人有让自己开枪射杀的价值吗?

"现金,可能现金被偷了。"舟木转身要回房。

一想到自己竟被这样的人辞退,丰田就觉得悲哀。因为舟木的一句话,他失去了工作,失去了自信,失去了内心的安稳。他越想越悲伤。舟木眼里根本没有他。他松开手枪,耷拉着肩膀,叫了一声:"舟木先生。"

对方像猴子一样双眼通红,显然还在亢奋状态。舟木很急躁,似乎想进屋报警。

"干什么?"

丰田用手比出手枪的形状,对准舟木眉间。

舟木皱起眉头,转身走进了房间,没有理睬丰田。

已经无所谓了。丰田叹了口气,明显感到身体比刚才轻松了许多。这是为什么?

公寓外传来狗叫。那不像是看门狗发出的警报,而是在呼唤丰田。

"砰。"他小声喃喃,比成手枪的手微微震颤。

随后,他慌忙查看四周,想找到宛如魔术师般消失不见的小偷。

6

"我回来了。"

黑泽打开门,佐佐冈还保持着刚才的姿势。

"你去了好久啊。"佐佐冈说。

"我有可能原地消失,又去做了一单哦。"黑泽夸张地做了个深呼吸。

"成果如何?"

黑泽做了个掏口袋的动作,苦着脸说:"啥都没有。"然后,他回到沙发上,再次开口,"好,该实习了。"

"实习?"

"刚才不是说了,今天要让你看看真正的小偷是什么样子。"

"不用了。"佐佐冈退缩的表情跟学生时代一模一样。

"别客气,我已经差不多摸清你的状态了。涡虫危机,创业失败,还有婚姻问题。"

"啊……我可能的确有这些问题。"

"对了,你为什么要进这间屋子?"

黑泽停下了动作。他之前没意识到,其实这才是最重要的问题。刚才为什么没有马上问呢?

"啊?"

"我很清楚这座公寓楼的这个房间住着谁。"

"因为你是职业小偷?"

"差不多吧。"黑泽高兴地笑了。

"证明这间屋子对你有价值。"

"别谈我了。"黑泽不太好意思谈论自己,"是我在问你。"

"从刚才开始就一直是你在提问啊。"

"你决定到这间屋子来偷东西,为什么?"

"因为发生了很奇怪的事情。"佐佐冈一边思索恰当的词语,一边回答,"最近我什么都看不见,或许可以说,我活得像个亡灵。"

"别怪我多嘴,可是亡灵不可能活着。"

佐佐冈挠了挠头。"我每天早上离开与妻子生活的家,白天去就业保障办公室,有时参加面试,深夜才回家。因为面对妻子很痛苦,所以每天回家都很晚。"

黑泽认为,与其保持这种状态,还不如早早离婚。然而他也清楚这件事没有他插嘴的余地,所以保持了沉默。

"我不知该怎么办,现在也一样。久违的仙台就像个陌生的城市,每次穿过拱廊商店街,我都感觉自己在漫无目的地游荡。白天只等太阳下山,在街上四处徘徊,盼望时间过去。但是今天,我碰到了一个奇怪的年轻人。"

"奇怪?"

"他很吓人。我不想惹麻烦,就低着头走过去。可是那个人突然抓住我的肩膀,让我马上到他说的地方去。"

黑泽疑惑地歪着头。

"真的。他突然这么说,我也没怎么记清楚,但很确定是这座公寓。他嘀嘀咕咕地报了这里的地址,然后叫我'快去'。"

黑泽无法理解事态。有人知道这座公寓吗？有几个小偷同行可能知道，而这个行业的业界常识是：如果有几个人知道，就等于全都知道。

接着，他又有了另外的猜测。佐佐冈说的人可能是白天来找他合作的人。黑泽对他提起过，所以那人肯定知道这座公寓。

如果是这样，佐佐冈见到的年轻人就有可能是白天跟踪黑泽，比牛顿晚了一步发现万有引力的青年。黑泽拒绝参与他们的计划，所以他心生怨恨了吗？是他满大街散布黑泽在这座公寓的消息，打算妨碍他工作吗？

黑泽很快又想，这不可能。

那个人虽然愚蠢而肤浅，但既没有时间也没有那么阴险的性格搞这种恶作剧。

"然后你就听了那个年轻人的话，跑过来了？"

如果每个人都这么听话，这座公寓的房间要不了几个小时就会人气爆棚。

"那个年轻人很不可思议。刚开始我觉得他很怪，所以想尽早远离，但不久之后，我发现了一件事。"

"什么？"

"我发现，'我无处可逃'。很滑稽吧？我竟然没有一个可以放心逃过去的地方。那一刻，我突然想起了青年的话，想起了这里的地址。我本来没有用心听，当时却连具体地址都想起来了，真不可思议。原来不刻意背诵的东西，甚至不经意间飘进耳朵的东西，反倒更容易留在记忆中啊。等我回过神来，已经坐上公交车，寻找着脑子里冒出的地址，然后就来到了这里。"

"又在这间屋里碰到了我。"

"我记住了公寓的名称和楼层，但不太记得门牌号。可能那个年轻人发音不太清楚。不过我走着走着，就看见有一扇房门开了条缝。"

"哦。"

黑泽忍不住为自己的失态苦笑。每次干活，他进屋后都会转身关门上锁，这已经成了常规流程。然而进这间屋时，他不小心松懈了。想着马上就要离开，所以没太注意细节，但这并不算理由。

"我当时脑子还很呆，不知不觉就被吸引进来，然后看见了你。"

"好在你看到的是我，如果碰上别的小偷，可能已经打起来了。最近一帮外国人跑来扩展业务，听说那帮人即使撞上房子主人也不会退缩，甚至把独自待在家里的猫猫狗狗都用刀杀死。要是你顶着那么一副怅然若失的面孔碰到他们，说不定会被当成大号宠物。"

"不过话说回来，你竟然半开着房门偷东西，胆子还真大。难道职业小偷都这样？"

佐佐冈肯定不是在嘲讽，但黑泽还是皱起了眉。他被戳中痛处了。

"这是因为——"他想解释，但很快放弃了。

"算了，总之，你先看着我干活。不收你学费。"

"不用了。"佐佐冈想退缩，黑泽却拍了两下巴掌。

"少啰唆，站起来。我现在开始找保险柜，等拿到钱了，我们俩平分。"

黑泽从未与人合伙工作过，可能是第一次说出"平分"这个词，但是感觉还行。佐佐冈也站了起来。

"首先,看到这间屋子,你能得到什么信息?试着想想这家的主人,推测他的性格,推测这样一个人会把财产藏在什么地方,怎么藏。"

佐佐冈为难地四下看了看。"房间很整洁,但是家具不算高级,硬要说的话,有点煞风景。"

"很敏锐嘛。"黑泽苦笑着说,"房间这么整洁,可见主人性格细致认真,对自己的工作感到自豪。而房间里没什么东西,是因为主人并不恋家。"

"因为单身?"

"单身帅哥。"

"你在进别人家之前要做多少准备啊?"

"基本上所有事情都了解了。"

"连房间格局也要事先调查吗?"

佐佐冈可能联想到了围着建筑物平面图研究行动计划的银行劫匪。

"怎么可能,那还有什么乐趣呢?我确定对象后,首先会花很长时间慢慢调查那个人的生活节奏。在这个过程中,自然而然就能联想到那个人的生活经历。这很考验观察力和想象力,是决胜的关键,所以要拼尽全力。只要做到了,就无须事先了解房间的格局,也能像回到自己家一样了。所以对我来说,潜进来的那一刻才是真正的乐趣所在,因为那一刻,我能知道自己的想象有多准确。"

"那你对这间房子的想象准确吗?"

"分毫不差,就像百发百中的预言家。"黑泽抬手指向走廊,说,"去书房吧。"

书房是西式布局，空间很大，地上铺着灰色地毯。进门左手边有两个书架，正前方是一张黑色书桌，米白色的墙面很衬托气氛。房间形状细长，但没有憋屈感。

"这书房很奢侈吧？"

"跟你想象的书房一样吗？"佐佐冈好奇地跟了过来，但是动作有点拘谨，似乎不太敢仔细打量。

"跟我的想象完全一致。"黑泽大步走进房间，"一个男人的房间如此整洁，那他的思维也很简单。这种人认为凡事从简最好，认为钱就应该放进保险柜里，而且保险柜应该放在书房。他们必须保证所有东西都放在相应的位置。橘子要摆在镜饼上，鸽子要站在摆钟里。"

黑泽边嘀嘀咕咕边绕着桌子转了一圈。他没有拉开抽屉，而是弯下腰窥视椅子下方。佐佐冈虽然还有点拘谨，但也小心翼翼地走过去，拿起了桌上的笔。打量了一会儿后，他低头问黑泽："你不看抽屉吗？"

"按照我的猜测，那个抽屉里没什么东西。不信你打开看看，可能只有手电筒。"

佐佐冈认为这种地方说不定会藏着钱，于是他轻手轻脚地拉开了抽屉。"啊，真有一把手电筒。"说着，他拿起了一个小号圆筒型手电筒。

"对吧？"黑泽抓过手电筒放回原位，合上了抽屉。

"好像变魔术一样。"佐佐冈一脸惊讶。

"因为我是职业小偷。"黑泽得意地说完，指向房间角落，"你瞧，保险柜在那里。"

佐佐冈慌忙转身，探头看向黑泽指的地方。"那里？"

"肯定没错。"

"那里只有边柜啊。"

黑泽指的方向有个褐色边柜，左半边装了一扇玻璃门，里面摆着葡萄酒。右半边是一扇木门，看不见里面有什么。

"你打开看看，保险柜在里面。"

"你怎么知道？我懂了，你事先调查过。"

"我怎么可能调查过。你听好了，这座房子的主人认为，财产只能保存在这个房间的这个边柜里。'我不需要什么记号。他们总是把财宝埋在闹鬼的房子里，或者在一个小岛上，要么就在大树枝伸出来的枯树下面。'"

"啊，你说什么？"

"汤姆·索亚的台词。那家伙用这种毫无根据的说法找财宝，我比他强多了。"

黑泽走向边柜，佐佐冈也跟了过去。

"我想起第一次在大学碰到你时你说过的话了。你说：'我最讨厌歇洛克·福尔摩斯和汤姆·索亚。'"

"我说过吗？"黑泽真的不记得，便回头反问道。

"你还说：'因为他们都抽烟。'"

"我还真会胡说八道。"

黑泽一副事不关己的态度评价完，蹲在边柜门前。

"保险柜就在这里？"

"不会有错。"

"这个边柜真难看。"佐佐冈说道。他可能一时没有忍住，透露了真实想法。黑泽无奈地看了他一眼。"要不要打赌？"

"我没东西做赌注。"

"要是保险柜在里面，你就听我的建议。"

"建议？"

"小偷是个孤独的工作,做得久了就会惊讶地发现,竟然没有人听自己说话。每个人都希望得到忠告,也想给别人建议。因为人性如此。"

"真的吗?"

"因为每个人都是人生的新手。向别人提点毫无责任的建议,就能获得自己是前辈的快感。"

"你也这样吗?"

黑泽没有回答,他带着表演魔术的心情伸手打开了右侧柜门。润滑的铰链无声转动,露出里面颜色冰冷的保险柜。

他对身后的佐佐冈说道:"你瞧。"

"你真是无所不知啊。"佐佐冈再次感叹。

黑泽抬起双手梳了一把头发,长出一口气做好了准备。

"打开看看吧。"

他听见佐佐冈咽了一口唾沫。

"你为什么紧张?"黑泽握住保险柜上的转盘,头也不回地对朋友说。

"没什么……"佐佐冈含糊地应道,"我这辈子从来没干过坏事。"

"我知道。"

"因为从来没干过坏事,所以有点害怕。"

"偷钱是我的工作,你只要看着就好。"

"可我站在你身后,正在看你打开保险柜。"

"罪不在你,无须自责。"黑泽凝视着转盘,专注于指尖的触感,缓缓拨动起来。

* * *

"怎么了？你没事吧？"塚本问道。

声音从后方传来，应该是发现河原崎停下了笔。

"我有点走神了。"

"好像集中力很好的人一松懈就容易走神啊。"

"没有，不是那个意思。"

那究竟是什么？脑内的警钟依旧在鸣响。

他下意识地舞动铅笔，在素描本上留下黑色的线条。画纸上出现了与他意愿不相符的图案：尸体的左腿。他正细细描绘大腿根部的手术痕迹，怎么也停不下来。

河原崎想起来了，这是父亲的做法。

"你记住了，听到没？"脑中闪过父亲洪亮的声音。

他们站在棒球练习场。父亲头戴折过的红色棒球帽，手持球棒摆好姿势，隔着防护网对河原崎说话。"听好了，人总会遇到讨厌的事情，烦恼的事情，还有很在意的事情。但凡遇到这种事，只要别去想就好了。那种事就因为用脑子想了，才会变严重。如果只放在心里，就是一片模糊的感觉。所以千万不能用脑子想。"

说完，他对准飞来的棒球挥出球棒，打空了。

"在动脑子之前就要挥动球棒，把心里闷闷的感觉推到另一边去。趁它们上升到大脑之前，把它们赶出身体。"又一球飞了过来，旁边发出一声钝响，球向左前方的地面滚去。

父亲可能一直在拒绝思考欠下的债、补习班的经营问题，甚至他们这些家人。他这个儿子，恐怕也已经随着不知第几个触击球一同滚走了。

河原崎想，自己的写生也一样。

"一思考准没好事。尤其是你和我，所有事情一想就会出差错。"记得拿着球棒的父亲还说过这句话，"比如遇到 T 字路口，要选择一个方向对不对？在这种场合下，你和我大多会选择错误的道路，然后满心后悔地想，早知道就走那条路，早知道就该那样做。所以最好不要想。注意了，越想越糟糕，要在思考之前挥棒。"

河原崎摇摇头，甩掉了对父亲的回忆，翻开新一页画纸。

他换了个角度继续描绘左腿，可以说完全沉浸其中。耳边只有铅笔笔尖划动的声音，一刻不停的手仿佛不是自己身体的一部分。

"没事吧？"塚本拍拍河原崎的肩膀。

河原崎吃了一惊，条件反射地合上素描本，仿佛大梦初醒般环视房间。塚本站在他旁边，右手拿着锯子，锯齿尖沾着红色的血，宛如干掉的颜料。这光景实在太缺乏现实感，河原崎甚至不敢肯定那些究竟是不是血。塚本的雨衣上也溅上了血点。

河原崎看向尸体。手臂被切除后，尸体变得诡异而扭曲，失去了原有的平衡。不知不觉间，两条手臂都已被从肩膀处切除，露出中间染血的骨头。一股腥臭味突然侵入鼻腔，这就是血腥味吗？

我要吐了。河原崎看着扭曲的尸体，脑中闪过这个想法，但并没有感到恶心。

塚本提着锯子，连汗都没有出。

"手、手臂切断了啊。"河原崎还是抓不住现实感，兀自嘀咕道。

"接下来是腿。"

塚本又说道:"你没事吧?画得顺利吗?"

"应该算顺利。"河原崎回答道。

咚——眼前出现一条手臂,他一开始还没认出那是什么东西。恶心的气味扑鼻而来,他慌忙屏住呼吸。塚本接着把另一条手臂也扔到了河原崎面前。"把切下来的部分画下来吧。从手臂开始,逐个描绘神的零件。"

神的零件——这个词钻进了脑海。

"可以随便碰。"塚本又说。

河原崎战战兢兢地伸出食指触碰切断的上臂,感觉不到什么。

心中涌出难以压抑的疑惑,他很害怕那种感觉会冲进大脑,化作言语。

他焦急地想,我要尽快把它赶出去。就像父亲挥动球棒一样,我也要不断挥舞铅笔作画。如果不这样,就无法面对心中的疑问。他再次翻开素描本。

塚本站在他身后。"你果然是最好的记录者,好得没话说。"他开口道,"看来我没看错人。"

别说这些了,我只想赶快翻到下一页,继续作画。河原崎很想这样回答,可是说不出口,只能无声地开合嘴唇。

"等等,这里怎么画的都是腿?"塚本突然说。

河原崎不知如何回答。"这都是我无意中画的。"

塚本表情一沉。"无意中?"

"我刚才在思考神。"口中掉落他并不想说的话语,心情随着话语溢出,怎么捞都捞不回来。

不能从嘴里吐出来,必须在压抑的感情变成话语前将它驱赶到素描本上。河原崎翻开空白的页面,握紧铅笔。

可是，塚本又打断了他。"你说的神，是指高桥先生吗？再让我看看刚才那些。为什么连续好几页都是腿？"

"塚本先生说了，"如果不尽快动笔，他可能会说出不可挽回的话，"塚本先生刚才说：'神是彻底的他者，是无限，不可能如此简单地死去。'所以祂不是神。"

"我的确说了。"塚本满不在乎地肯定道。

"但在我眼中，祂就是神。祂为了救赎我们而出现，祂只能是神。"

"你要怎么想随便你，但这跟你画腿有什么关系？"

"不，我想说的是——"河原崎说到这里，突然闭上了嘴。多说无用。他重新转头看向素描本，他必须继续作画。

但是，塚本伸手按住了素描本。

"你想说什么？"

"我、我想说……"河原崎结结巴巴地回答道，但心中在呐喊：我什么都不想说，我只想画画。

"想说什么？"塚本噘起下唇，露出不怎么友善的表情，"算了，你只管做你应该做的事，继续写生吧。我继续拆解。"

"是啊。"那当然了，我只需要做应该做的事。河原崎兀自思索着，再次打开素描本。

他已经没有了时间流逝的感觉。在凯斯·杰瑞的钢琴演奏声中，河原崎仔细描绘着手臂。他先勾勒出露出白骨的断面，然后铅笔线条一直延伸到弯曲的指尖。

他感觉，如果仔细描绘出手臂的细节，或许能从中得到什么。如果在画纸上留下超越现实的真实感，就算发生奇迹也不奇怪。

河原崎专心舞动着铅笔。

与此同时，塚本也在默不作声地工作。戴着手套的双手稳稳握住锯子，切割腿部。河原崎一停下笔，就能听到钢锯发出的声响。那个声音就像锯木头，锯齿却深深陷入了肉体。

过了不久，他听到另一个响动。河原崎抬起头，切断的腿部也像手臂一样摆在了他面前。断面在大腿与身体连接处之下十厘米的位置，膝盖保持死后僵硬的弯曲状态，唯有足部舒展，显得非常滑稽，就像巨大的鸡翅膀。

不一会儿，另一条腿也摆在了他面前。

塚本对他说了句话，但他没有细听。他翻开另一页，继续描绘腿部。他不做任何思考，默默走笔，将眼前的素材勾勒在画纸上。

钢锯的声音持续了一段时间，混合着钢琴优美的旋律。隔壁房间还在播放鲍勃·迪伦的歌曲。河原崎的走笔声也混入到那些声音中，宛如一场合奏。

他不知道究竟过了多久。

他画满了二十多张画纸，换到第五根铅笔，没有失手之处。等他回过神来，空气中已经充斥着不知是肉腥还是血腥的气味。

"签名。"他听见一个声音。

河原崎抬起头，发现塚本一手提着锯子，另一只手指着他。"画家要在作品上留下签名，不是吗？在每一页画纸上都留下你的标记吧。"塚本的表情有点可怕。

"哦。"河原崎从未想过签名的重要性，他只会沉浸在绘画的过程中，未曾想过留下自己的姓名。对画家来说，签名究竟有什么意义？是完成的标记？还是不再添笔的保证？

他翻回到第一页，重新审视自己的作品。

并不坏。看着最初那几页,河原崎想道。他在几个地方添加了一些线条,但需要补足的部分并不多。

接着,他在左下角留下了签名。河原崎选择了姓名中的"河"字,因为他第一次见到"高桥"就是在河边,用这个字作为签名不是很合适吗?既是自己的名字,也是初见的地点。

在所有画作上都留下签名后,他又开始描绘眼前的腿部。

塚本神情肃穆地抬起钢锯移向颈部。他先在尸体后脑处垫上软垫,再将锯齿对准架空的脖颈。

两人对上了目光。我要开始了——塚本的表情告诉他。河原崎微笑了一下。

他把素描本放在脚边,站起身来。

接着,他再次察看了大腿根部的伤痕。

河原崎把手伸进牛仔裤口袋,掏出白天在路上拿到、已被揉成一团的传单,抚平皱褶。

传单上方写着"寻人启事"。手写的字迹笨拙而认真,体现出寻人之人的焦急心情。

传单上写着"大腿根部有手术痕迹",但没有说明是哪条腿。他再次看向眼前的尸体。伤痕在左腿。接着,他轮番打量传单上的文字和眼前的腿。

这只是巧合吗?

塚本开始拉动钢锯,终于要切割脖子了。河原崎感觉自己的脖子也要被锯断。

就在这时,他发现屋里有只不该在这个时节出现的蚊子。

足部修长,吸食树汁的蚊子从河原崎眼前一闪而过。

它飞舞的姿态绵软无力,仿佛随时都要坠落,更像是在空中飘浮。

"我看见了神明。神明就像蚊子。"父亲的声音在脑中划过。那是幻听吗?

塚本看见朝他飞去的蚊子,放下钢锯,猛拍一掌。

河原崎脑中窜过一声脆响。那不像蚊子被拍扁的声音,倒更像脑中齿轮脱落的动静。

塚本面不改色地捻起死蚊子,扔到一旁。

拿着画笔的手加重了力道。意外的是,目睹蚊子被拍扁时,河原崎最先产生的感觉是父亲遭到了亵渎。

不知不觉,他开始涂黑整张画纸。

铅笔无数次擦过纸面,线条漆黑。接着,线形成了阴影,黑色的影子逐渐覆盖白纸,纸面变成全黑。

塚本前后拉扯锯子,切断头颅。

钢锯声与河原崎手上的铅笔摩擦声有节奏地充斥整个房间,搅动凝滞的空气。

河原崎什么都不想。他脑中充满了各种记忆和猜疑,变得无比混乱。他试图通过涂抹画纸,让自己不陷入崩溃。

不知道持续了多久。

塚本抬起钢锯察看锯齿,换上新的,重新投入工作。河原崎想起了塚本的话:"拆解"。塚本说,为了分析神的构造,要进行拆解。

自己真的在做这件事吗?河原崎脑中浮现出疑问,就像积雪覆盖的大地冒出嫩芽。

咕噜,球体滚动的声音。

他无法理解眼前的事态。

球体滚了半圈就停下来,沉重的响动宛如保龄球。被切下来的脑袋僵硬地停在了脚边。地上有个头,那光景异常不真实、不平衡，远远不如充满现实感的蚊子。

塚本已经气喘吁吁，还抬手擦掉了额头的汗水。

河原崎看向地上的头颅。一开始他还有点害怕，慢慢变得能够直视了。那的确像是"高桥"的脸。神被切掉了头颅，还会复活吗？不，他摇摇头，肯定不行。身体被切成六块，绝不可能复活。哪怕复活了，也不能说是奇迹，而更像一场闹剧。

那么，"高桥"不是神吗？他自问道。

"不。"河原崎暗自否定。

"高桥"不能不是神。而神绝不可能变成眼前这堆零散的尸块。换言之，河原崎目睹的事情，绝不可能发生。

因为绝不可能发生，所以一定是搞错了。河原崎呆呆地思索。

塚本坐下来，背靠着屋子另一端的墙壁，长出了一口气。接着，他脱掉雨衣，揉成一团扔在旁边。他并没有表现出切断了神明头颅的成就感，而是就像一个刚刚完成体力劳动的工人。

河原崎再次看向球体。

他目不转睛地看着。"好像艺术品。"他重复了一遍刚才说过的话。

与此同时，他惊呼一声，脑中一片空白，眼前一片漆黑。

"艺术品。"

滚落在地上的这颗头，会不会是假的？河原崎想道。这张脸几乎没有表情，若把它当成人工制作的物品，就能解释得通。

莫非有人给这颗头戴上了"高桥"的脸？

那一瞬间，河原崎的动作无比迅捷，就像百般烦恼的人突然接收到天启，突然爆发了行动。不，实际就是如此。

他把素描本放到身体右侧，撑起身子，走向失去了四肢的胴体。

"你干什么?"塚本叫了一声,但河原崎并不理睬。

这一刻,他终于理解了父亲从紧急通道一跃而下的心情。父亲没有翅膀,却张开双臂从十七层楼跳下。他感到自己与当时的父亲重叠在了一起。这种条件反射般的爆发式行动,一定是家族遗传。

河原崎将双手伸入胴体下方,动作奇快无比。他内心十分害怕,因为可能触碰到了神。为了消除恐惧,他大喊一声。

"啊!!"

胴体被翻转过来。"砰",少量血液溅起,胴体变成趴着的状态。积在塑料膜表面的血液表面轻微颤动。

河原崎看向尸体背部。"啊……"他长叹一声。

胴体背部洁白无瑕,是一整片白皙的皮肤。

他双手撑住发软的膝盖,拼命忍耐。

尸体的腰部下方有两个浅浅的腰窝,平缓地延伸到臀缝。臀部光滑圆润,可是大腿根部以下被切断,又显得诡异无比。

这个背影正如没有挣扎就沦落为奴隶的人。背部没有一丝烧伤的痕迹,这对河原崎来说是决定一切的事实。"那天晚上,那天晚上……"河原崎茫然若失地喃喃道。他想起了"那天晚上"。此时此刻,河原崎又回到了那个大雨滂沱的晚上。他在河边看到了"高桥"的身影。那是他最宝贵的记忆。

大雨无情地落下,喧嚣而冷漠。那名俊美的男子赤裸上身,怀抱小猫站在岸边,背上赫然有一道烧伤的疤痕。

河原崎的记忆绝不模糊,那疤痕也不是过几天就会消失的。

然而眼前这具赤裸的尸体,身上没有疤痕。

怎么回事?河原崎脑中不断涌出疑问,种种难以言说的困惑和疑虑反复闪过。答案不是很清楚吗?一个声音说。那可能是父亲的声音，也可能是他自己的声音。

他看向塚本。

塚本被他突如其来的行动惊呆了，也默不作声地盯着他。

不要移开目光！一个声音在脑中高喊。

河原崎又看向横在地面的双手和双腿。这些不过是冰冷的肉块罢了。

"塚本先生。"精神松懈下来，话语顿时涌出，"塚本先生，这是……"他用力咬紧牙关。

"怎么了？"塚本说着，看了一眼旁边的钢锯，仿佛想用锯齿阻止河原崎继续说下去。

"这是谁？"

"什么？"

"这不是祂。"河原崎终于说出了这句话。与此同时，全身的力气都被抽干了。他感到震惊，但这也意味着神还活着。河原崎带着复杂的心情重复道："这人到底是谁？"

"是高桥先生。"

"骗人。"

"怎么可能？"塚本坚持道，"你说这不是高桥先生，那他究竟是谁？"

河原崎知道这是谁。看到大腿根部的伤痕时他就知道这人是谁了。

"他是一个失踪了的人。"他无力地喃喃道。

为什么会变成这样？河原崎站起来，依旧垂着头。

"是蚊子，是因为他拍死了蚊子。"他小声嘀咕。

* * *

青山开车到家门口时，京子已经昏昏欲睡。

"你真能睡。"青山的口气不像在感慨，而更像蔑视。

"我想睡就睡。"京子并非逞强，而是陈述了事实。

她无奈地想，一路开到这里竟花了这么长时间。她还很气愤，为了杀死那个女人，究竟要遇到多少麻烦？

"你知道该做什么吧？"她再度询问青山。

"嗯。"青山握着方向盘说道。他熄灭车灯，解开安全带。京子也解开安全带，转了转脖子。

两人下了车。一阵风吹来，拂过京子的脖颈。

前方有一排等距排列的路灯，照亮了周围的地面，但光线并不明亮。

京子与青山站在汽车两侧，注视着彼此。她想，一辆撞过人的车能顺利开到这里，已经很幸运了。事故之后，如果保险杠变形卡住轮胎，导致汽车无法发动，那一切就都完了。这证明好运还是站在我这边的。

"你老婆在干什么呢？"

京子忍住微笑的冲动。她凝视着青山。你会不会早就杀死了那个可恨的女人，还把她分尸了？肯定是这样吧？然后你还她藏在了汽车后备厢。是你调包了尸体，对不对？你主动完成了我们的约定。想到这里，她突然一阵雀跃。你在车站门口那个外国人拿的素描本上写的词语是"约定"。

京子思绪重重，努力忍住总是要摆脱控制的微笑。

"肯定已经睡了。她说今天傍晚回来。"青山指着家中二楼，语气有点惊恐。

"不用勉强自己。"

"什么?"

"你在说谎,对不对?"

青山面色一沉,或者说,失去了血色。

"你、你说啥呢?"

京子看着青山的脸,想试探他的真意。"算了,我们先进去,再决定怎么动手吧。"

青山的家不算豪宅,甚至有点平庸,属于放在哪儿都不起眼的普通房屋。大部分职业足球队员都只喜欢踢球,青山便是其中的典型。哪怕待遇不好,只要能上场踢比赛,无论什么球队他都愿意待。

"是时候动手了。"京子站在玄关门前,低声说道。青山拿着钥匙,从后面走了过来。

京子很兴奋。青山可能已经杀死了妻子。若非如此,那个女人便是正在这座房子里睡觉,那也正合京子的意思。总算能干掉那个女人了,这让她无比期待。

快点,快点,快开门呀。青山笨拙地检查钥匙的方向,让京子无比焦急。

"京子,你为什么想跟我结婚?"青山突然问。

"怎么突然说起这个?"现在不是谈论这种麻烦事的时候。

"京子不是很讨厌我吗?你现在也很烦我。"

"一定是……"京子飞快地说,"一定是因为你很单纯。你只要能踢球就心满意足了。看着你这个样子,我会感到放心一些,知道人有不同的活法。"京子的声音很小,语速很快,但说的都是真心话。她还想起了不断追逐他人,一年到头都停不下来的丈夫。"不说这个了,你先开门,要么告诉我真相。"

"真相?"

"后备厢里的尸体。"

京子回过头,指着车身后部。她想说,那里面装的其实是你老婆吧?

然而就在此时,发生了意想不到的事情。

后备厢突然开启,就像身缠夜色的透明人转动了钥匙。

站在青山旁边的京子皱起了眉。怎么回事?不好的预感化作冷汗,顺着背部流淌下来。

看到下一刻的光景,京子倒抽了一口气。

敞开的后备厢里出现了一个影子。京子感到眩晕。

黑影伸出一条腿,接着走到了车外。

京子看不清细节,但可以肯定那是个人影。

"接上了。"变成碎块的尸体又接上了。复活的尸体爬出后备厢,站了起来。京子亲眼看到了。

自己所在的世界彻底失去了现实感,那种强烈的不安胜过了恐惧,让京子陷入混乱。

青山应该也看见了那个人影。

人影站在昏暗的道路上,缓缓向另一头走去。

影子垂着双手,低着头,仿佛在观察自己迈出的每一个步子。京子看不见影子的脸,搞不好根本就没有头。

脚步声回荡在夜晚的道路上,就像在强调存在感,令人毛骨悚然。

京子蹲了下来。

人影渐行渐远,沿着昏暗而狭窄的道路返回,就像在对京子宣示自己的存在。

搞什么啊?

京子很想大喊，但是发不出声音。这到底是在搞什么啊？

"是谁在陷害我啊！"

京子突然想起那支没能拿到的手枪，如今究竟在何方？

丰田坐在地上，抚摸着手枪。黑色枪身反射着光芒。

他带着老狗，坐在仙台站公交场站附近的台阶上。行人纷纷用谴责的目光看着他，还有几个年轻人开口骂他"碍手碍脚"。

"我真的开枪了。"他喃喃道，"刚才还拿它对准了一个陌生男人。"他继续喃喃道，"结果却什么也没做。"

丰田不太记得自己是怎么离开高层公寓的。他冷眼看着情绪失控的舟木，突然觉得一切都很愚蠢。这个人不值得他举枪毁掉自己的人生。

舟木并非十恶不赦的坏人，只是个卑鄙小人，一个平平无奇的上班族。

丰田收起了手枪。虽然他已经不需要这个东西了，但也不想将其丢弃。

他看向老狗，问了一句："我今后该怎么办？"

老狗当然没有回答。

丰田想到了在公寓里碰到的疑似小偷的男人。

跟那个人相比，舟木实在太渺小了。他只会慌张地尖叫"我家进贼了！"，姿态何等可怜。

手机响了。虽然手机放在包里，但丰田明显感到了振动。于是他拉开拉链，拿出手机。屏幕上显示着陌生的号码。

"深夜打扰，实在抱歉。"一个男人的声音说完，报上了公司名称。

丰田条件反射性地看向手表。

是早上给他打过电话的人事部负责人。

"请问有什么事吗?"丰田问道。今早刚通知他没有通过面试的公司究竟找他有什么事?

难道……他脑中闪过一个想法。他们本来要录用的人拒绝了邀请,所以名额落到他头上了?他的心跳开始加速。

"是这样的,我想确认一下。"年轻的负责人对他说。

"请讲。"丰田咽了一口唾沫。

"今天是打电话通知是否录用的日子。"

"是的。"他应了一句,等待对方说他们弄错了。

"实在很抱歉,我们这边出了点差错。"

丰田握紧了电话。原来如此,他们弄错了,本来是要通知录用,结果变成了不录用?

可是接下来,对方又说出了意想不到的话。"我们记录下了已经联系过的面试者,可是系统出了点问题,数据被搞乱了,无法确认究竟通知过谁。实在很抱歉,为了防止联系上的疏漏,我司决定重新联系一遍。"

"啊?"

"请问丰田先生您接到过不录用的通知吗?"

"嗯,今早接到了。"丰田压低声音回答道。

"那太好了。这边主要是担心影响各位接下来的求职活动,既然已经联系过您,那就没问题了。很遗憾,这次无法录用您。"

对方的话语十分恭敬,但他此刻可能正坐在椅子上跷着腿,端着咖啡悠闲自在地说着这些话。

丰田结束了通话,既没有受到太大的打击,也没有因为错误的期待而心神俱疲，更没有笑着感叹这到底是谁的恶作剧。他跟老狗对视一眼。老狗似乎在调侃他：你明明很期待。

丰田很想辩解。在那种情况下，哪有人会不心怀期待呢？

他深吸一口气，猛地吐出来。

他对自己说：这不是叹气，是深呼吸。

他站起来，拍掉裤子上的沙土。

不知道该去何处，但也不想坐着不动。

他拉着牵引绳，老狗也站了起来，跟着他走下台阶。丰田顺着人行道经过车站门口的百货商店，继而拐进一条小路。相比大路的热闹繁华，阴暗潮湿的小路更适合自己。就在这时，背后传来一个声音。

"啊，是那家伙！"那是一个年轻男性的声音。

丰田看向声音的方向，突然绷直了身子。

伴随着一串急促的脚步声，两个人跑了过来。

丰田一眼就认出那是刚才在公园碰到的年轻人。一个痘痘脸，一个金发。

几个小时前被殴打的痛楚复苏了。

转眼之间，两人就来到丰田面前。小路上几乎没有别人。

"大叔，跟我来一趟吧。"

痘痘脸青年抓住丰田的肩膀，把他往小路深处拽。丰田发现自己不怎么害怕，心中有些惊讶。自己为何能如此冷静？真是莫名其妙。

他呆呆地想，难道是因为今天实在发生了太多事吗？

两个年轻人把丰田按在一家倒闭的中餐店的外墙上。

"大叔，白天你胆子挺大啊，还打伤了健二。"痘痘脸凶悍地说。

"他在医院做手术呢。手术！你要怎么补偿他？"金毛说。

丰田定定地看着他们，一点都不感到害怕。他想起自己对那个健二开枪的场景，认为一切都是形势所迫。他只是为了自卫。

"大叔，你在听吗？"

"听着呢。"

"大叔，把枪交出来，快点。"痘痘脸说。

仔细一看，这家伙长得还挺可爱。这两个人跟丰田不是一代人，想法和生活方式都不一样。丰田完全不认为自己年轻时跟这些人一样，首先他没有这么坏。这些人丝毫不讲究伦理道德，整天无所事事，哪怕对方是教师、老年人，甚至婴儿，只要碍了他们的事，他们就会毫不客气地把对方打翻。

不可能互相理解，他与这些青年无法互相理解。想到这里，丰田感到松了口气。

可能就因为试图互相理解，他才会感到痛苦。两者本来就是格格不入的，只要接受这个前提，就能轻松许多。

"听不见吗？失业老头！"痘痘脸暴躁地跺着脚，试图揪住丰田的领口。丰田用力拍开了他。

"你干什么！"

"别碰我！"丰田有生以来头一次发出这样的呐喊。他并没有气血上涌，也没有因为愤怒而失去理智。

既然无法互相理解，那对方就跟熊和狮子一样。不能束手就擒，一定要奋起抵抗。就算注定会输，他也要输得漂亮。

我跟这些年轻人没有高下之分。虽然人生的路程有先后，但绝不存在优劣之分。既然不分高下，那就应该毫不客气地碰撞。

"你想干什么，老头？做好没命的准备了吗？"

"我倒是要问你们，做好人生的准备了吗？"

"我们跟你不一样。谁要过你那种无聊的人生,我们要玩乐一辈子。"

"少说梦话了!"丰田大声说。

他并不想掏枪,决心顺势而为。他已经准备好这两个人突然扑过来,用刀子或是金属球棒攻击自己了。

"今天难得心情这么好。"丰田低头看着老狗的背。虽然今天一整天都手忙脚乱,但他还是久违地感到了活力。

——"别害怕。"

"有本事就过来啊!"丰田再次高声呐喊。那是他的真心话。"动手啊!"他再次喊道。

"你有毛病吧。"痘痘脸青年皱着眉,努力挤出凶恶的表情,"竟然要我们动手,真不要命了?"

"叫你动手就动手。"丰田缓缓闭上眼,然后睁开。老狗也跟着吠了一声。

两个年轻人对视一眼,似乎在用眼神交流是否要找这个奇怪中年男人的麻烦。

人生中的每一秒都在流逝。你们究竟有没有感觉!丰田很想对他们大喊。

旁边的车道传来摩托车呼啸而过的声音。那是当然了,丰田想。此时此刻,人生同样在以令人绝望的速度飞逝。他很想训斥这些年轻人不要移开目光,也很想对自己说那句话。

"你找死!"金毛扑了过来。

7

破解转盘密码锁是一项很枯燥的工作。枯燥而细致。黑泽一边扭动转盘一边想,等年纪大了,这种活也不好干啦。

"你怎么一下就能打开?"佐佐冈站在后面感叹道,"就像知道密码一样。"

"因为我是专业人士。"黑泽解释道,"声音会有微妙的不同。向左转或向右转的时候,能听到转盘的声音。比如'转过头了'或是'方向反了'。"黑泽边说边忍着笑。这也太假了。

"高手能跟保险柜对话吗?"

"站在保险柜面前时,会听见它大声恳求:'快打开我。'"

他一边调侃,一边全神贯注地倾听转盘。只要弄错一次,就要全部重来。

"话说,这家的主人应该快回来了吧?"佐佐冈有点坐立不安。

"开了。"黑泽站起来,走到佐佐冈面前,摊开双手说,"你看,没有假把式。"

"真的开了?"

"你自己看看。"

佐佐冈半信半疑地蹲下身子,拉动保险柜门。柜门无声地敞开了。他顿时露出孩子观看马戏表演时的兴奋表情,转头看着黑泽。

"真的,一下就开了。"

"这点小事就能哄你高兴,真是太好了。其实这就是我的日常工作,不值得夸奖。"

佐佐冈小心翼翼地看向保险柜内部,说里面有几本存折,还有一些现金。"这跟你预期的收获基本一致吗?"

黑泽也在佐佐冈旁边弯下身子,扶着柜门看了一眼。里面有五沓一百万的钞票。"嗯,差不多吧。"

佐佐冈拿起一沓钞票,放在手上掂了掂。

"想要吗?"

"不想。"佐佐冈微笑着扭过头,"只是觉得高兴,就像小时候看着自己捞到的金鱼。"

"这玩意儿跟金鱼不一样,不需要喂食。你拿几沓走吧。"

"啊?"佐佐冈愣了一会儿,马上说,"不,还是算了。"

"难得来一趟,如果你缺钱,就拿去用吧。"

就在这时,黑泽的手机振动起来。他马上接通电话,等待对方说话。

"黑泽吗?"打电话的人是白天约他一起干活的同行。

"你这电话来得正好,我刚想问问那边的情况。"

"你想入伙吗?"

"不是。你这家伙,满大街透露我的信息,对不对?"

"你说啥呢?"对方的语气不像装傻。

"听说外面有个人到处传我的所在地和我要去的地方。是一个年轻人。是不是你派你那边的小年轻出去了?"

"你说忠司?怎么可能?我们会得罪你吗?"

黑泽没有再怀疑。"那你打电话来干什么?"

"别这么冷淡嘛。不是你说事情定下来了通知你吗?"

"我是说过。"

"定下来了。"这个老小偷好像一谈到工作就会变成小孩子的口吻,"后天。后天中午,去邮局。"

"邮局?"

"经济这么不景气,当然要去邮局啊。听说那里有不少钱。你知道吗,邮储存款足有好几兆亿呢。忠司那家伙已经搞到了邮局的制服,我们准备穿上去干活。怎么样,你来吗?现在还能再搞一套制服。要是再晚一些,就你一个人没制服,那就显得很傻了。"

黑泽苦笑着说:"没有制服也无所谓,我本来就没打算入伙。"

"是吗?现在还有机会,要是改变心意了就联系我。实在不行,可以把我的那套制服给你。总之这边已经定了要冲邮局。"

"要挟持人质吗?"

"用手枪把他们赶到里屋去关起来,然后拿钱走人。只要悄无声息地离开,也不会给人质添麻烦。"

"假装成邮局职员倒还好,但是人质要马上藏起来。万一有客人进来,事情就麻烦了。藏好人质后,你们可以假扮成职员。"

"原来如此。"对方接受了建议。

"对了,还有。"黑泽看了一眼旁边的佐佐冈,"千万要记住,什么事都有可能发生。"毕竟他都撞上老同学入室偷窃了。

"这个道理我也明白。世上一片黑暗,伸手不见五指,对不对?有时候以为前面是一堵墙,其实是万丈深渊。"

"你听听我的忠告吧。假如你们抢了邮局,正在数钱的时候,又有别的劫匪进来了……"

"我们干活的时候会有另一帮人抢生意吗?"

"就怕万一嘛。假设出了那种事，你们一定要跑，掉头就跑。只要遇到意料之外的事，就马上撤退。这是长命百岁的原则，知道吗？"

对方爽朗地笑了起来。"我们身上穿着制服，在外人看来，不就是几个邮局职员玩忽职守嘛。那可真好玩。知道了，就听你的，一旦遇到意外就作鸟兽散。"

说完，对方挂了电话。

"同伴打给你的？"佐佐冈问。

"同伴？不，只是同行，但不是竞争对手。做的工作一样罢了。"

"他们请你入伙吗？"

"我拒绝了。不想干那个活儿。"

"小偷也能挑三拣四吗？"

"要是不能挑三拣四，当小偷跟收废品有什么区别？最近我状态不怎么好，今天白天也做了一单，但是没有收入，白费了好几十天的准备工作。"

"还有这种事啊。"

"费同样的功夫，不如种苹果，还能有点收获。"

"你现在遇到我，也白费了很多功夫吧？"

"遇到你是真的超出了预料。托你的福，今天白干了。"

"我虽然妨碍了你的工作，可你已经打开保险柜了呀。从这里拿点钱，今天不就有收入了？"

"不能这么说。"黑泽笑着回答。

"你想说这点钱入不了你的法眼吗？"

"倒也不是。"

"那是什么意思？"

"钱你拿走吧。手头有钱，心中无忧。"

佐佐冈皱起眉。"世上有很多事情用金钱无法挽回。"

黑泽无法理解。他认为，哪怕金钱不是万能的，也能解决大多数问题。他从未怀疑过这个事实。

"我只是个小偷，除了钱，啥都不想。"

"我不需要钱。"

黑泽拿出一捆钞票，足有两三厘米厚。他一把塞到佐佐冈手里。"拿去。"

"我不是小偷。"佐佐冈情急之下说道。

黑泽点点头。"我知道你不是。拿去吧，就当是我给你的礼物。"

"这不是你的钱，是别人的钱啊。"

"如果是我的钱，你会收下吗？"

"问题不在这里。"

黑泽饶有兴致地看着朋友的反应，他很享受这个推来推去的过程。"这是我凭本事打开保险柜得到的收入，所以算是我的钱。"

"我不喜欢你这种说法。"

"我也不喜欢。"黑泽攥着钞票，用另一只手拨了几下。"所以——"他说完，把钞票扔进保险柜，关上柜门，飞快地转了几下转盘，带起一阵顺滑的铰链声。

"啊，就这样了？"佐佐冈发出惊呼，"你一点都不带走吗？"

"没必要。"

"什么意思啊？"

黑泽站起来，关上了边柜门。佐佐冈也站起来，看着黑泽。这个性格死板、不知道变通的朋友还是跟以前一模一样。

黑泽摊开双手，露出笑容。

"这是我家。"

"啊？"佐佐冈愣住了。

"字面意思。这是我家，所以这个保险柜，还有里面的钱，都是我的。"

"什么意思？"

"你摸进我家来了。"

"等等……"佐佐冈说，"等等啊。你不是小偷吗？"

"没错，我是个职业小偷。"

"但这是你家？"

"小偷也得有地方住啊。其实今天我还想再做一单来着，因为白天的收入没了，准备补上一单。"黑泽说着，心想要不要再到舟木的屋里去一趟，那里还有钱。

"可我进屋的时候，房间和走廊都黑着。"

"因为我习惯黑暗。不，其实我刚才出门去了，但是在电梯门口想起自己忘了东西，所以一时放松了警惕，进屋后既没有锁门，又嫌麻烦没有开灯，直接打开箱子找东西了。"

"真不知道你说的哪些是真话。"

"不是说了吗？我了解这家主人的一切。一点都不夸张。"

"你骗了我？"

"你这话说得真不好听。"黑泽挠挠头，"其实我也吓了一跳，一个男的竟然不知不觉走进我家来了，仔细一看还是老同学，聊着聊着还说'这是我家'。真是太有意思了。"

"对不起。"佐佐冈低下头。

黑泽让他抬起头来。他实在太愉快了。

"可是，你说的是真的吗？"佐佐冈还是不敢相信，又问了一次。

黑泽露齿一笑。"你说'这个边柜真难看'时，我可气坏了。"

河原崎完全陷入了混乱。脑中突然涌出各种思绪，但全然无法形成系统。

素描本已经落在脚边，这时他才发现自己站起来了。红色棒球帽早已脱下，扔在了地板上。

塚本一脸惊恐地坐着，可能不知该如何应对。

"河原崎君，你冷静点。"他抬起右手劝阻道。

"塚本先生，请你解释一下。"河原崎隔着尸体，盯着塚本说。

"你、你要我解释什么？"

"这是谁？"河原崎提高了音量，"这具被切碎的尸体究竟是谁？"

"当然是高桥先生，那还用问吗？"

"这不是！"河原崎断言道。他已经确定这绝不是"高桥"。"祂背后靠近脖子的地方有伤疤。这个人身上没有，甚至光洁无瑕。"

"他那里没有伤疤。"塚本无处可退，只能靠在墙上，后背尽量贴着墙壁，"高桥先生本应是神，怎么会有伤疤呢？"

"在塚本先生眼中，高桥先生究竟是神吗？"

"高桥先生他——"塚本立刻开口，却没有了下文。

塚本看向被切碎的尸体，河原崎也同样看着尸体。那已经是六个单纯的物体了。

"请回答我。"

塚本迟迟没有回答。

河原崎脑中逐渐出现裂纹,支撑他的存在逐一破裂,发出"噼噼啪啪"的响声。他抬起双手,抱住了头。

假如大脑有保险丝,现在恐怕快要烧断了。否则,他的大脑可能会爆炸。想到这里,河原崎感到惊恐万分。

他拾起了掉落在地上的钢锯。

然后,他缓缓绕过尸体和地上的血迹,走向靠墙坐着的塚本。

"塚本先生,请告诉我真相。"河原崎举起小型钢锯,对准了地上的塚本,继而高高伸直手臂。

"河原崎君,你要冷静。"塚本伸出双手,像是要阻挡河原崎的身体。

他被吓得瑟瑟发抖,早已没有了威严和镇定。

"请告诉我。"河原崎已经忍耐到了极限。如果塚本再不说出真相,他就要崩溃了。

"你、你要我说什么?"

"那真的是祂吗?"河原崎大声说道,"尸体身上没有我知道的伤痕,而且大腿根部的手术痕迹与失踪男性相符。他的脸也很假,或许接受过整形手术。"

河原崎的语速越来越快。说出"整形手术"时,他自己也吃了一惊。"祂不可能轻易死去,对不对?祂不可能被切成碎块,难道不是吗?我为什么在这里?塚本先生为何要叫我过来?我捧着素描本,究竟在做什么?这一切都太难理解了。我太愚蠢了。"

塚本被他震住了。

"请你告诉我!"河原崎哭了起来。泪水打湿了脸颊,他感到丝丝冰凉。

"等等，别冲动。我明白你的意思了。"塚本总算挤出了声音，他依旧举着双手，"你想问那具尸体究竟是不是高桥先生，对不对？没错，那的确是他本人，不是吗？不可能弄错。"

"骗人。尸体背上没有伤疤。"

"他的伤可能已经好了呀。"

"不是那种伤。哈，我知道了！"河原崎越说越兴奋，像疯了似的喊叫着，"塚本先生在骗我！"

塚本又一次沉默了。

"你带我到泉岳，说了那些话，都是为了骗我！说不定那只狸猫也是为了骗我！今天你对我说的话，让我看到的行动，全都是假的吧！"河原崎使劲拨弄头发。他所见的一切，可能都是谎言。

"怎么可能？你冷静点。"

"我以前亲眼看到过祂跳进河里，救起了一只小猫。"河原崎低着头说，"那难道是梦吗？"

"高桥先生背上真的没有伤疤。"塚本掌心朝下，示意河原崎冷静，"听好了，你的焦虑症发作了，毕竟这是你第一次目睹分尸，这种反应很正常。"

河原崎调整呼吸，想让自己平静下来。这只是因为他太紧张了？只是他一时失控吗？

——真正的救赎，或许来自你那个张开双臂从高楼一跃而下的父亲。塚本还对他说过这样的话。

那也是假的！一旦开始怀疑，他眼中就只剩下疑点。

塚本始终在暗示他想起父亲，不是吗？那不是为了让他心绪混乱吗？塚本难道不是一直在刺激他的大脑，让他陷入混乱，无法做出正常的判断吗？

"全都是假的吗？"河原崎凝视着塚本，眼睛一眨不眨，试图看穿真相。

"什么是假的?"

"这具尸体,我的画,还有那张彩票,全都是假的吗?你到底想把我卷进什么阴谋?"

"我没想把你卷进阴谋。"塚本露出困惑的表情,"这就是高桥先生。"

"骗人。"

"我要怎么说你才相信?彩票是真的,绝对不假。高桥先生是神,没有他做不到的事情。"

"你说……"河原崎指出,"你说祂是神。你究竟怎么想的?祂是神,不是神?塚本先生今天一直这样,一会儿说祂是神,一会儿又说不是。"

一阵沉默。

钢琴的旋律还在继续。一曲奏罢,观众发出了掌声。

不要鼓掌!河原崎很想大喊。

河原崎无法忍受沉默。沉默会让他心中充满不安、疑虑、愤怒和妄想。

他想知道真相。这具尸体是谁?"高桥"是神吗?自己相信的究竟是什么?父亲为何从高楼一跃而下?为何是十七楼?他画的究竟是什么?眼前这个人为何表情扭曲、一言不发?

"请告诉我。"

"先冷静下来。"塚本说道。待在一片死寂的房间里,他可能也很不自在。

塚本拿起脚边的电视遥控器,按下电源键。

电视机嗡地亮了起来。"看看电视,冷静冷静。"

"塚本先生，请你回答我。"河原崎烦躁地说。

塚本的样子很奇怪。他对河原崎的话没有反应，仿佛根本没听见。相反，他死死盯着刚亮起的屏幕，瞪大了眼睛。

眼前就是一具切碎的尸体，塑料膜上到处是鲜血，旁边还站着一个手持钢锯的青年。在这种情况下，塚本为何能全神贯注地看电视？

河原崎感到奇怪，忍不住看向屏幕。

他险些失声大喊。

他瞬间就理解了塚本死死盯着屏幕的原因。

屏幕上是"高桥"。祂坐在椅子上，面对着记者的麦克风。从背后的书架能看出，那里是"高桥"平时住处的书房。密密麻麻的书脊显示那都是些枯燥无味的百科全书或画册。

"这……"塚本莫名其妙地歪着头，"这是什么节目？"

好像是深夜档的访谈节目，知名男记者一脸紧张地坐在"高桥"对面。

屏幕右上角打出了小小的字幕："现代名侦探首次登上电视直播节目"。看到这句宣传文字，河原崎感到浑身无力，但很快又觉得胸口一阵刺痛。"直播"是怎么回事？

他意识到，自己的预感很正确。

"这不是祂。"河原崎指着尸体说，"如果你还要否认，那这个节目是怎么回事？请你解释清楚。"

最近，"高桥"一直不愿意在媒体上露脸。祂应该很不愿意做这种事，但为什么突然出现在电视屏幕上了？而且为何在塚本打开电视的那一刻出现？河原崎感到不可思议，甚至感觉这是一场布局宏大的恶作剧。

"他怎么在那里？"河原崎呆滞地说。

因为没有调高音量,只能隐约听到"高桥"回答问题的声音。现在登上全国直播的电视节目究竟有什么好处?

旁边的记者显然神色恍惚。那当然了,河原崎想,因为"高桥"丝毫没有其他宗教人士的肮脏自尊心。祂的谦虚气质就像一朵悄然盛放的美丽花朵,与祂直接对话的那位记者想必瞬间就折服了。

记者请祂最后给所有的观众一句问候,于是"高桥"转过椅子面对摄像机。河原崎感到目眩不已,无法正视"高桥"。即使隔着屏幕,祂也是如此美丽。

"高桥"平静地开口了。

"请你醒过来。我还活着。"

"高桥"一字一句、清楚地说道。

河原崎愣了一下,继而心跳开始加速。

祂在对我说话,河原崎这样理解。祂在告诉我,"我还活着"。祂用这种超凡的手段,找到了即将癫狂的我。

塚本似乎也受到了冲击,一动不动地喃喃着"高桥先生"。

"你听见了吗!祂拯救了我。你们说谎,骗我说这是祂!现在我知道了。你也听到了吧?祂说'我还活着'。"

"为什么会这样……"塚本近乎感动地说着,同时痴迷地看着画面,"高桥先生早就知道了,早就看透了我们的行动。他还看透了我会在这个时间打开电视机。"塚本念念有词,"太神奇了。他站在更高的次元,看透了一切。"

河原崎放下了钢锯。他走向瘫坐在地的塚本,抓住对方的肩膀,使劲摇晃。

接着,他拽着意识恍惚的塚本站了起来。

塚本依旧盯着电视机,晃晃悠悠的站不稳,同时反复嘀咕:

"太神奇了。多美啊……"

"这究竟是谁？"河原崎指着尸体，大声质问。

"那是——"

"你切碎的尸体，其实是那个失踪男性吧？有人在街上派发寻人启事。你一定是给他做了整形手术，骗我这就是祂。这不是祂，对吧？"

"高桥先生怎么会知道？我们对他保密了呀。我们不想给他添麻烦。这本来应该很顺利。"

"塚本先生，这究竟是怎么回事！"

"我们只想让高桥先生轻松一点。商务酒店的事件已经过去很久了，不是吗？现在必须做点事让世人得到满足，不是吗？你说，不是吗？"

河原崎忍不住泪流满面。眼前的塚本突然变得无比渺小，河原崎触碰到的他的肩膀也如同女性般纤弱。

"你想干什么？"

"杀人分尸！"塚本眼中闪过冰冷的光芒。那光芒无比残酷，仿佛他已决定不再隐瞒真相，将这个无知青年的灵魂推入深渊。"我们想让高桥先生解决那个案子。让高桥先生干脆利落地大显身手。"

"祂早就知道这件事了？"河原崎控制不住嘴唇的颤抖，连牙齿也在咔咔作响。

"我们从未提起过这件事，因为高桥先生会反对。"

"可你为什么要做这种事？"

"名侦探不解决事件，不就没有意义了吗？"

塚本一脸煞有介事的表情。

"可祂、祂不打算那么做。"

"所以我们要替他解决事件。不择手段。你刚才不也看见了吗？高桥先生的神力真实存在。他上了电视，看透了我们的行动。那个人无所不能，他应该走上更大的舞台。"

河原崎没有发现自己全身都在颤抖。恐惧、惊讶、绝望和无力化作巨大的压力，死死压住了他。

"难道你想把我设计成凶手？"他咬紧牙关，挤出一句话。

"那当然了，你就是凶手。"塚本的话狠狠刺中了他，"你将成为杀人分尸案的凶手，被高桥先生选中。"

"怎么能这样？"

"怎么不能？你协助了肢解，跟我一起出现在这里，你还能如何辩解？已经注定了。我们还会巧妙地编造出你跟之前那些案件的关联。"

"为、为什么是我？"

"你满足了所有条件。你深爱着高桥先生，还拥有绘画这种特殊能力。而且——"塚本露出了坏笑，"还很好骗。"

河原崎感到心中的支柱轰然倒塌。

"不管怎么说，你同意了拆解高桥先生的主意，这你不能否认吧？虽然尸体不是高桥先生，但从心理上说，你始终是赞成了拆解高桥先生的计划的。不是吗？"

"那是因为你说祂不是神了。"河原崎紧紧闭着眼，意识如同蒸汽般渐渐飞散，"而且是你切割了尸体。"

"有无数人可以证明我不在这里。"塚本骄傲地说，"这一切都是你干的。"

"你们不能利用我！"河原崎硬挤出声音，"对了，那张彩票究竟是怎么回事？一定是你偷走了高桥先生的彩票。说不定是你们合伙偷的。你说的话完全不对。是你们想把彩票据为己有，反倒是祂在阻止你们！"

"有时候，天才和神的头脑会比较僵化。"

"祂不是那种人。祂想救我！"

河原崎感到眼泪不断涌出。他难以抑制兴奋，血液直冲大脑，已经无法理解眼前的情况。他渴望被救赎。渴望成了仅剩的支柱，勉强支撑着他。

就在这时，塚本说出了意想不到的话。"你怎么可能得到救赎。"

"啊？"

"你不过是一个连小补习班都经营不下去、最后惨淡自杀的男人的儿子。"

河原崎听着他的话，感到难以置信。

"你父亲一定认为，自杀能解决所有问题吧。"

河原崎愣了片刻，随即慢慢理解了对方的话语，总算明白他想说什么了。

"不准笑！"河原崎怒吼道，"不准嘲笑我父亲！"

他一把掐住塚本。对方想挣脱，但河原崎用上了全身的力气。他用身体压制住塚本，加重了双手的力道。

你这样会犯下无可挽回的错误，脑中有个声音发出忠告。但是，他没有理睬。他必须阻止现实事态的发展。他觉得，只要消灭这个人，就能重启自己的人生。

他隐约看到公寓十七层的风景，早已没有了正掐住一个人的感觉，就像走到二十层楼高的公寓中段，纵身跃下。

"跳吧。"一个人推了他一把。河原崎将浑身的力气集中在双手。

京子呆滞地站在夜色中。她走了一步，险些倒下，再走一步，最终瘫坐在地。

她离开了青山家，漫无目的地走着。

双腿颤抖不已，尿意难耐，腰部传来钝痛，她突然想到，膀胱炎恶化会影响肾脏。

青山不见了。

等她回过神来，周围只剩下自己一个人。要冷静——连告诫自己的话语都控制不住在颤抖。

那到底是什么？

碎掉的尸块会接起来，青山提到过这样的传闻。刚才，传闻里的事恰恰发生在了眼前。难道我疯了？这里是哪里？

她无法理解这一切，这对她而言简直是耻辱。到底发生什么了？我竟然受到惊吓，在漫无目的地逃跑吗？

京子猛地回过身。她要回去。她要回到青山那里。

青山究竟在做什么？

她加快了脚步。现在不是闲逛的时候，她必须尽快回到青山家，重新看看那一切。尸体究竟去了哪里？青山的妻子呢？她要回去冷静查看，说不定其实没什么大不了的。没错，她对自己说。

靠近青山家时，京子发现那一带格外黑。本来就为数不多的路灯还坏掉了一盏，忽明忽灭的灯光刺激着她本就紧绷的神经。

京子停下了脚步。

她猛地贴紧墙壁，眼前的光景让她难以相信。

京子刚坐过的车停在青山家门口，而青山就站在车边。

同时，他还面对着一个女人，即使光线昏暗，京子也能一眼认出来。傲慢的模特一般的面容，高大的身材和突显胸部的服装。那是青山的妻子。

京子不觉得愤怒，反而感到震惊。她悄然靠近。青山背对着她，应该看不见她走过来。前方有根电线杆，京子藏在了阴影里。

她离那两人只有不到十米远。

那个女人，不知为何，那个女人一副受到侮辱的模样。青山表情严肃地看着他的妻子。

"那个大妈跑到哪儿去了？"女人开口道。

京子一听便知是在说她。

"你也太过分了。"她听到了青山的声音。他的声音跟平时一样，让京子感到震惊。那绝不是即将杀死妻子的丈夫的声音。

"哪里过分了，大妈不是吓了一跳吗？我从后备厢爬出来，学妖怪的样子走路，你不觉得那是一场好戏吗？"

"路上发生了很多事，她肯定吓了一跳。说实话，我第一次看见她面无血色、意识恍惚的样子。"

京子强忍尖叫的冲动，身体却不受控制地摇晃起来。她感到心跳加速，呼吸凌乱。从后备厢爬出来的东西是那女的？她能从后备厢爬出来，证明她早就在里面了？

"还不是因为你干了蠢事！"女人提高音量，尖细的嗓音划过夜空。

"是你撞了那个人，对不对？吓死我了。躲在后备厢里都能感觉到那么强烈的冲撞，谁忍得住啊？然后你还把尸体塞了进来，我真是服气了。明知道我在里面，你还要把尸体塞进来。"

"没办法啊，是京子说的。"

"她说什么你都听啊？"

"要是我极力反对，她肯定会怀疑。让她发现你藏在后备厢的话，不就没有意义了。"

京子感到脑中的齿轮一个又一个脱落了。藏在后备厢？

青山和女人都侧身对着京子的方向。

"但你应该知道，那是你撞的死人。"女人说道。

京子怀疑自己听错了。青山一脸不太理解的表情回答："对，那是我撞死的人。"

"不对。"女人烦躁地说，"那本来就是死人，然后被你撞了。我碰到了被你塞进后备厢的尸体，发现已经凉了。你自己也摸过，难道不知道吗？那根本就不是刚死的人。虽然骨头好像是被你撞断的，但我猜那人已经死了好几天了。"

"这……"青山惊讶地说，"等等，你说那人是死人？"

"你没发现吗？真够蠢的。"

"人死了不就变凉了吗？"

"当然不会马上变凉啊。那个大妈没发现？她不是开诊所的吗？不过她那种冒牌心理医生，的确不靠谱。"

京子回想起当时的情况。因为恶心和嫌麻烦，她并没有触碰尸体。尽管她觉得尸体的脸色有点差，姿势也很不自然，但万万没想到那人已经死了很久。

"我才不想跟尸体待在一起，就一直往旁边踢。后来实在受不了，干脆打开后备厢，把尸体扔了出去。"

"还扔了两次。"青山无奈地说。

"那东西谁受得了啊！"

"那你也别随地扔尸体啊。"

"你根本不懂那种感觉。"青山的妻子气愤地说。

"对了，后备厢里的尸体怎么就变成一块一块的了？"青山提高了音量,"我搞不懂,那具尸体究竟是怎么回事?刚才在树林边上停车,我猜到你在里面可能很生气,所以才让京子先走,打开后备厢和你确认。"

"我当然记得你一脸呆样地问我有没有事。我可是跟尸体躺在一起,你懂不懂啊?太难受了,怎么可能没事?你知道跟一具尸体躺在黑漆漆的后备厢里是什么感觉吗?你觉得还有比那更难受的事情吗?"

"我知道,你叫我把尸体埋在树林里。我说问问京子,然后关上后备厢,去找京子了。结果回来一看,尸体就被切碎了。到底是怎么回事?"

"那是——"

"那是你切断的?我只能想到这个。但你应该没时间切尸体啊。"

"呵。"女人装模作样地叹了一声,然后骄傲地说,"我知道是怎么回事。"

京子此时已经渐渐失去了冷静,仿佛被不属于自己的东西侵占了身体。她回想起尸体的断面,又感到一阵恶心,不得不强忍住呕吐的冲动。

"那是你干的?"

"怎么可能?听好了,刚才我说过,是你撞到了尸体。但是你想想,尸体会在路上走动吗?"

"什么意思?"

"尸体不可能自己站起来,所以需要另一个人,也就是背尸体的人。不知怎么回事,尸体飞了出来,我猜可能是另一个人摔倒了吧。总之,就在那一刻,你撞了上去。然后呢,你们就把尸体塞进后备厢,开车走了。"

"你是说，这是另一个人干的？"

"有可能。我猜他开着车一路追了上来。"

"为什么？"

"可能想要回尸体吧？"女人满不在乎地说着，似乎毫不关心一路追赶过来的人为何要夺回尸体，"人也许是他杀的。"

"他担心我们发现真相，就追上来了？"

"不知道。"女人想了想，"那个人有点怪，我怀疑他脑子有问题。反正是那种最好别去惹的类型。"

"你看见他了？"

"你关上后备厢走进树林后，我又从里面打开了。"

听到这句话，京子感到很奇怪。她已经无法进行理性的判断了，"从里面打开"这句话让她感到很疑惑。

后备厢应该不能从里面打开。也就是说，这个女人，或者再加上青山，事先对后备厢做了手脚。他们改造了后备厢，女人又藏在里面。可是，为什么？

"我想呼吸点新鲜空气，也想推开尸体。于是你走之后，我就打开了后备厢。结果发现不远处竟停着另一辆车，当时把我吓了一跳。那辆车没开车灯，再仔细一看，竟有个年轻男人下车走了过来。"

"年轻男人？"

"一个戴着红帽子的男人。他跑得好快，我特别害怕，立刻躲到了后备厢的最深处。对了，那个人还拖着旅行箱。"

"旅行箱？"

"也不算箱子，就是带车轮的旅行袋，还有长拉杆。"

"什么啊……"

"简直太可怕了。"

"那人打开后备厢了?"

"从里面没法上锁,所以他一下就打开了。然后,他还把尸体拖出去了。当时他的样子特别焦急,嘴里还一直道歉,真是太搞笑了。"

"他有什么好道歉的?"

"谁知道啊?反正那人很奇怪,还叫着一个人的名字,好像在跟对方说话。我一直担心你跟那个大妈突然走回来,恨不得他赶紧走开。可他一直在道歉,说什么'塚本先生,对不起。把你装在这种地方,真的对不起'。真是的,怎么不赶紧走呢?后来他还对尸体说:'跟我一起走吧。'你说奇怪不奇怪?"

"后来呢?"

"他把行李袋放在旁边,抱走了尸体,搬到他的车上。"

"行李袋呢?"

"就放在那儿。我不知道他是忘了,还是要回来取。但我感觉你们俩可能要回来了,就连忙爬出后备厢,抬起行李袋放了进去。毕竟万一被发现就麻烦了。那个袋子特别重,差点累死我。"

"袋子里难道是……"

"没错。后备厢里虽然很黑,可我还是察看了袋子里的东西,结果吓了一跳。里面竟然是尸体碎块。一个头、两条手臂、两条腿,太吓人了。你能相信吗?而且那些尸块特别臭,我差点被熏吐了。后来我才想到,那该不会是杀人分尸案的凶手吧。"

"是你拿出了袋子里的尸块?"

"我想吓唬那个大妈。不过我没拿出脑袋,而是藏在袋子里,推到了角落。因为我担心她发现那不是原来的尸体。"

"我也吓了一跳,差点吓死。"

"死了还能差点把人吓死,那个死人也算没白死了。"

女人说了句意义不明的话。京子感到一阵头痛袭来，尿意越来越强烈，但她丝毫不想找厕所，甚至觉得就算尿裤子了也无所谓。

"我们那时根本顾不上找脑袋，因为看到尸块都吓傻了。"

"我真想看看大妈的表情。不过听到她尖厉的声音，我就知道她也很害怕。真活该。我在后备厢里咬着毛巾拼命忍笑，真是笑死了。"

"最后你又假装尸体爬出来，又吓了她一跳。"

"要是大妈看见尸块又接起来了，可能会吓得尿裤子吧。你开车的时候，我一直在计划这个。我正好穿着黑衣服，如果把头发都包进衣服里，肯定挺吓人。再加上咱们家周围那么黑，说不定能吓到她。想到这里，我就特别期待，后来的效果甚至超过了我的期待。大妈竟然吓得话都说不出来，不知道跑到哪儿去了。"

京子还在听，但已经无法理解那些话了。

"我也吓了一跳，因为后备厢突然打开，还有一个人爬了出来。"

"你胆子太小了。本来以为大妈很难对付，没想到也就那样。"女人得意地说。

青山为难地挠了挠头。

"现在你打算怎么办？"女人看着青山。

"怎么办？哦，你说尸体啊。怎么办，我撞的尸体已经被你说的那个人带走了，现在的问题是后备厢里的尸块。"

"我是说那个大妈。"

"啊？"

"那个叫京子的欲求不满的女人。你不是要跟我一起杀了她吗？"

女人面不改色地说完,京子怀疑自己的耳朵出了问题。同时,她又感觉一块大石头落在了头顶。

"那女的不是要跟你联手杀了我吗?难道你是认真的?"

"怎么可能?"青山扭扭捏捏地回答,"我看京子那么凶,实在没法拒绝。你瞧,我不都告诉你了吗?"

"对啊,因为你已经答应了我,要跟我一起杀了那女人。藏在后备厢里趁机反杀那个女人,这主意其实很不错。我真想知道那一刻她会露出什么表情。"

"够了。"青山长叹一声。

他脸上是一件事已经了结的表情。京子昏昏沉沉地摇着头,注视着那两人的脸。我输给那个年轻女人了?怎么会?脑中闪过各种思绪。我被超过了?被那女的抢先一步了?怎么可能?她摇摇晃晃地向后退去。赶紧离开这里,她对自己说。不能待在这里。

她离开电线杆,立刻藏身于拐角处。她不能继续待在这里了。

虽然不知有多远,但她决定先走到大路上,然后找一辆车子。

她跟跟跄跄地走了一会儿,脑中的记忆逐渐混乱。

恍惚间,她看到了远处国道上的路灯。我没有输给任何人,她对自己说。

金毛青年扑过来的瞬间,丰田条件反射地闭上了眼睛。下巴受到冲击,但没有立刻感到疼痛。冲力来自左侧,他慌忙踏出右脚,还是失去了平衡,向右侧倾倒。

他倒在了一堆空啤酒瓶上。

两名青年发出怒吼。丰田想站起来,却再次被他们踢倒。于是他抱着提包,蜷成一团。

会就这样死去吗?丰田用双手护着身体,呆呆地想。身体试图抵抗,但是没有成功。酒瓶不断发出清脆的响声。

他感觉不到疼痛,可能还要再过一会儿才有感觉。就像裁员一样,疼痛和恐惧都会姗姗来迟。

他睁开眼,想知道老狗在哪里。它好像顺利躲到了后面,坐在年轻人看不见的角落。他放心了。虽然很希望老狗独自逃走,但他不知如何传达。

两人开始踢打,丰田听见西装撕破的声音。

丰田决心保持沉默。就算卑微地蜷缩着身体发出惨叫,他也绝不会说"请原谅我""别杀了我"。

被裁员的中年男人,以多欺少的年轻人,其实没什么不同。

但是在痘痘脸青年转而对狗出手时,情况改变了。

他们可能厌倦了丰田的毫无反应,暂停了攻击。

对他们来说,住院的朋友和丰田的手枪可能都不重要。他们只想以别人的痛苦取乐。

他们抱起了老狗。

两人对视一眼,都露出了令人毛骨悚然的可怕表情。即使丰田倒在地上,也能看出来。

那股气势连他自己都感到惊讶。丰田飞快地站起来,奋力迈开双腿奔向那两个人,一把夺过老狗,拔腿就跑。

他像抱着橄榄球一样抱着狗,穿过小巷。

"站住!"背后传来青年们稚嫩的嗓音。很快,便响起追赶的脚步声。

丰田拼命奔跑,身体的每一寸都剧痛不已。他站不住脚,跟趔了几步，继续奋力向前跑。

穿过小巷，来到大路，行人撞见突然出现的丰田，全都露出了惊讶的表情。他顾不上这些，继续拖着脚往前跑。

"大叔，给我站住。""看我不弄死你。"青年的话语竟如此丑恶而卑鄙，他边跑边想。

双腿开始颤抖，他想了想要不要放下狗，或许老狗能自己逃跑。要么就把狗扔给陌生的行人？

"大叔，这边。"

就在这时，他听见一个声音。一个陌生的青年站在路旁，头上扣着红色棒球帽，脸色十分苍白，丰田还以为自己见到了鬼。那顶帽子的帽檐折得很弯。青年显然正看着自己，还对他招了招手。"这边，这边。"青年打开了停在路边的银色汽车的车门。

丰田知道那两名青年还在身后追赶，忍不住前前后后看了好几眼，最后看了一眼怀里的老狗。

他跑进了敞开的车门。这是一辆两座的小型跑车，丰田一上车，门就关上了。

"要开车了。"青年坐进驾驶席，一声招呼，引擎应声启动，同时他踩下了油门。丰田的身体往后一倒，前方红灯恰好转绿，车子飞快地穿过了路口。

"你是谁？"车子顺着广濑大道一路向西，在大学医院的路口碰到红灯停车时，丰田问了一句。路旁有一块医院的招牌，灯光照亮了路面。

这时他才想起系上安全带。

"我叫河原崎。"青年安静地说。

"我们见过吗？"

"没有。我在路边休息，正好看到了那条狗。"青年用下巴指了指丰田旁边的狗,"那条狗是你的吗?"

丰田正不知如何回答,青年却笑了起来。"这几天那条狗一直在车站附近闲逛,我还以为是野狗呢。它的项圈还是我系上去的。"

丰田吃了一惊,摸了摸老狗的脖子。

"刚才看见那条狗,我觉得有点眼熟,再看项圈,马上就想起来了。正好你在被人追,我就忍不住叫了一声。"青年还戴着红帽子,面色依旧苍白,还顶着浓浓的黑眼圈,看着不像健康人。

"我没多管闲事吧?你被他们盯上了吗?"

"我惹到他们了。"丰田摸着肿起来的脸颊说。

"惹到他们了?"

"白天,我开枪打了他们的朋友。"

"开枪?"

"对,用手枪。"丰田说完,青年嗤笑一声。

"手枪?那可厉害了。"

"是真的,你要看吗?"丰田半开玩笑地说了一句。虽然没必要太认真,但听到对方怀疑的语气,他还是有点不甘心。

"不用了。其实我也很厉害,因为我杀了人,尸体就在后备厢里。"青年满不在乎地说。

"啊?"

绿灯亮起,车又开动了。丰田能感觉到变速箱流畅地切换挡位。

"杀人?"

"没错,我杀了人。尸体真的就在后备厢里,你要看看吗?"青年平淡地说道。

丰田凝视着青年的侧脸。他的黑眼圈很重,脸上还沾了污渍，可能是泪痕。

那是一张双颊凹陷，毫无生气的脸。

他不像在开玩笑。丰田眨了几下眼睛，继续看着青年。

"你杀了谁？"

"一个我一直深信不疑的人。我很崇敬他，能跟他说上话都无比荣幸。"

"可是你开枪杀了他？"

"我没有开枪，开枪的是大叔你啊。"青年说完笑了起来，让他不要混淆事实。"等我回过神来，已经把他掐死了。"这个瞬间，青年的声音有些颤抖。

"为什么？"

"因为他骗了我。"

青年的声音就像雨点，滴滴答答地落在地上。

"今天吗？"

"不，我想想是什么时候来着……"自称河原崎的青年扳着指头数了数，那样子显得很不真实，"昨天、前天，再往前一天。三天前，塚本先生邀请了我。"

"参加派对吗？"丰田不明所以，追问道。

"我们做了很可怕的事情。我们拆解了一个人。"

"拆解？"丰田不太明白。

"然后那天晚上，我杀了塚本先生。等我清醒过来，塚本先生已经死了。我从未遇到过这么可怕的事情。相比杀人，我更害怕的是自己竟然想不起那个瞬间了。"

"那你直到今天都在干什么？"莫非在躲避警察的追捕？丰田不知该与这名青年保持多远的距离才好。

"前天我一直在发呆，不明白自己做了什么。天亮以后，塚本先生还是死的，再也无法重来。我对着尸体，就那么一直发呆。后来，我就抱起塚本先生的尸体放进车里，在街上漫无目的地行驶。中间发生了很多事。我停下车，拖着旅行袋往前走。对了，当时真不应该带旅行袋。反正做什么事都会倒霉，我和我爸都这样。我就不该在选择道路时拼命思考。"青年的态度看起来很平淡，但那绝对不是平常心。丰田觉得，他其实是在叹息。

"我想先把旅行袋处理掉，就拖出去了，准备找个地方扔掉。"

"什么地方？"

"能扔的地方。不，我可能在找能够一跃而下的地方吧。当时，我可能想找个逃避的出口，像父亲那样从高楼上一跃而下。可是就在那时，突然有一对老夫妻冒出来，拿枪指着我。"

听到这里，丰田开始怀疑青年在胡说八道。一对老夫妻怎么会有枪呢？但他没有追问。

"那两个老人拿枪指着我，要我给钱。你能相信吗？我慌忙逃走了。我已经想找个高楼跳下来了，撞上枪口时却慌了手脚，所以说到底，我就是什么都做不好。结果我弄翻了旅行袋，一路逃到了车上。"

"那是什么时候的事情？"

"前天。昨天也很糟糕。"青年微微一笑，仿佛终极的悲剧转而变成了喜剧，"塚本先生被撞了。"

"被撞了？"丰田忍住发笑的冲动。这个人的话越来越离谱了。"他都被你杀了，然后又被撞了？"

"都怪我背着尸体走路的时候发呆来着。"

"你背着尸体走路？"

"因为我没能扔掉旅行袋，就想先把塚本先生的尸体埋了。

我父亲的墓就在那附近,只要走进林子里,应该就能找到地方埋。结果又出问题了。我无论做什么事都会遇到问题。"青年寂寞地笑了笑,"我停下车,正要过马路的时候一不小心被绊倒了。背上的尸体飞上路面,被正好路过的车撞了。当时我吓了一跳,而且,那辆车的司机还把尸体放进了后备厢。"

"那是肇事逃逸啊。"丰田已经分不清什么是真的,露出困惑的表情。

"对尸体肇事后逃逸,你能相信吗?但真的发生了。于是,我就追了上去。"

"那一定很伤脑筋吧。"丰田应了一声。既然青年都这样说了,他决定相信。"后来追到了吗?"

"昨天晚上我追了一路,终于把塚本先生取回来了。结果,我又落下了旅行袋。"

这个人已经前言不搭后语了。丰田改变了主意,怀疑他已经疯了。

"当时我担心,如果把旅行袋放在车上,可能会被人发现。现在仔细想想,那根本不可能啊。可是那一刻我真的很害怕,所以就拖着旅行袋去那辆车的后备厢找塚本先生。结果反倒把旅行袋忘在了那里。"青年长叹一声,自嘲地说,"我真的什么事都做不好,人生的每个选择都会选错。"

丰田很难判断这个年轻人脑子是否正常,但又觉得他并不是坏人,反倒很值得同情。于是他说:"但我还是很感谢你刚才救了我。其实你也能做出正确的选择。"

青年一脸讶异地看向丰田。"我也不知怎么说,今天好像心情比较平静。"说完,他转动方向盘向右拐弯,"可能因为碰到你了吧。还有这条狗。"

车子又一次停在红灯前。"大叔，你打算怎么办？想在什么地方下车？"

丰田想了想，回答道："去车站吧。我想先回车站。"说完，他看了一眼怀里的狗。老狗正若无其事地闭目养神。

"刚才那些人可能还没走哦。"

"没关系，回车站吧。我想在那里重新开始。"尽管丰田自己也不知要重新开始什么。

银色跑车在道路上安静地穿行。丰田听见吸鼻子的声音，转头一看，发现青年正在流泪。他的表情没有扭曲，反倒异常清爽。尽管流着泪，却不见痛苦。"我的人生可能已经完了。"他流着泪说。

"怎么会？"丰田条件反射地说道。

"我想去北边。"

"北边？"

"沿着国道一路向北，去看看岩手山。"青年回答道。他不像是在信口胡诌，而且他目不转睛地看着前方，仿佛眼前已经出现了岩手山巍峨的姿态。

"岩手山有什么看头吗？"

"我就是想看看那种巨大的、人类难以匹敌的东西。"

丰田回忆起自己还在上班的时候，同事们每天辛苦工作，疲惫不堪。偶尔出去旅行，欣赏大自然的风光，就会煞有介事地感叹"人真的太渺小了"。话虽如此，第二天他们还是会一脸满足地继续自己渺小的人生，下班后到酒馆聚餐，互相倒倒苦水。

身边的青年呢？丰田试着想象。他看到大山时会有什么感慨？

"我要把塚本先生放在副驾驶席，一起去看岩手山。"青年擦了一把脸上的泪水，"然后我要去见父亲。"

他淡淡地说道。

丰田告诉青年,只要在车站找个地方让他下车就好。最后,他在公交场站下了车。身上的西服破了,行动起来有点困难。

他抱着睡着的老狗,目送跑车离开。银色的敞篷车一路飞驰,向右变了车道,前方畅通无阻,于是车子向着北方,迅速消失了。

丰田一直看到汽车完全消失,心中暗想:青年看到岩手山时,一定会惊讶于它的巍峨。他希望如此。

a life

以秒速两米转动的光盘静止下来,故事也迅速走向尾声。

8

志奈子关掉随身听，收起了耳机。东北新干线驶过宇都宫之后，户田开始呼呼大睡。志奈子心中窃喜，立刻听起了自己带来的外国音乐CD。

广播通知列车已经到达仙台，大约五分钟后到站。

户田醒了，可能是听到了广播。他一醒来，志奈子就突然感到心情沉重，呼吸困难。

他光滑的皮肤令志奈子感到恶心，倒不如泛着油光显得正常一些。这人的野心和自大散发着恶臭，与他孩子般的肌肤毫不相衬。

"你怎么样？"

志奈子从架子上拿下行李，收好随身听，突然听见这句话，不由得吓了一跳。

"什么？"

"今天跟我一起住吗？"户田一脸自信地说。

他身上散发着不容辩驳的强大气场。

"您说什么呢？"志奈子假笑道。

"想去哪儿？"户田面不改色地继续道。志奈子不知道这句话是在问住宿地点，还是更猥琐的事情。过了一会儿，户田突然又说:"要不要打赌?"

窗外的景色发生了变化,大楼开始变多,列车正在靠近仙台市区。志奈子看了一眼手表,已经十点多了。

"跟我打赌吗?要是我赢了,你就照我说的做。"

"请不要这样。"志奈子尽量柔和地说道。如果这句话换成别人说,她会当成玩笑一笑置之,或者干脆生气地拒绝理睬。"户田先生,快到站了。"她转移了话题。

户田没有要站起来的意思,而是冷眼看着志奈子,似乎在盘算什么。

"你算是什么人?"户田愠怒地说,"你背叛了别人来到我这里,还幻想着跟我有平等的关系吗?别搞错了。"

志奈子很害怕。户田的语气很平淡,但是压迫感十足。

不知不觉间,志奈子的双腿开始颤抖。

"只要是我想要的东西,就都能得到。你肯定不相信吧?我什么事都做得出来。你肯定也不相信吧?"

"怎么会呢?"

"你就是不相信。"户田断言道,"不如这样吧?"

志奈子无言以对。

"我们到达仙台后,我从碰到的第一个人那里夺走他的东西。"

"什、什么东西?"

"对他而言最重要的东西。当然,不是性命这种无聊的玩意儿。我要用钱买下那个人最重要的东西。你认为,面对重金,人究竟能否守住自己最重要的东西?"

"我不知道。"

"说实话。"户田加重了语气。志奈子感觉自己已经被他压垮了。

"如果我买不到,就算你赢。如果我赢了,你就要听我的话。"

志奈子快哭出来了。"我现在就在听户田先生说话啊。"

"我要你做的不只是这个,我要你对我言听计从。"

志奈子双腿颤抖,再也无法保持站立,一屁股坐在了行李上。列车开始减速,行驶的声音出现了变化。

黑泽一夜未眠,迎来了清晨。佐佐冈则睡在沙发上。

黑泽万万没想到,大学时的朋友竟会突然出现在家中。

他坐在沙发上,喝着自己泡的咖啡,听鲍勃·迪伦的歌。

天亮以后,佐佐冈才醒来。

他害羞地揉了揉睡乱的头发,即使已经头发花白,还是跟大学时没有两样。

"这些鲍勃·迪伦的 CD 也都是你的啊。"

"最近我每晚都听。"黑泽回答。

"我还是睡着了。"

"在别人家很难入睡吧?"

"那倒不会。"佐佐冈揉着眼睛坐了起来,"你知道'重启电脑'这种说法吗?"

"重启?就是关了重开?"

"对,重新启动。使用电脑时,内存里会残留很多操作信息,让系统运行得不流畅。这种时候只要重启一下,那些信息就会被清空,让系统运行流畅起来。"

"原来如此。"

"我今天在这里重启了人生。"

"这个比喻真无聊。"黑泽说完站了起来,"喝咖啡吗?"

他倒了一杯咖啡端过来,佐佐冈接过杯子,闻了闻香气。

"就算不好喝也得喝完。"

"我决定了。"佐佐冈摸了一下眼镜。

"决定喝完咖啡?"

"不是。我决定跟妻子离婚。"佐佐冈干脆地说。

"这么干脆啊?"黑泽笑道,"昨天晚上的气势去哪儿了?你不是说不会轻易跟妻子分开吗,怎么一夜之间改变了想法?"

"不,跟你聊完之后,我感到轻松了很多。"

"你终于发现这件事没什么好想的了?"

"不,怎么说呢……我觉得啊,你特别适合当咨询师。"

"你你人说话还挺有意思。"

"说真的,别笑话我。在我走投无路的时候,你真的让我轻松了不少。"

"只是你觉得自己走投无路而已。每个人都是这样,就像有人在沙漠上画了一道白线,你战战兢兢地走在上面,一步都不敢偏离。周围明明是一望无际的沙漠,你却误以为只要偏离白线就会死掉。"

"你真的不试试去当咨询师吗?"

"什么意思?"

"我妻子在仙台经营一家心理诊疗所,就是做心理咨询的。"

"重视金钱、地位和名誉的女人,真的能治愈人心吗?"

"我也很怀疑。"佐佐冈笑了起来,"如果你想做,不如打电话过去问问?"

"打给你夫人?"

"你就告诉她你想当咨询师。我认为你有那个天赋。"

说完,佐佐冈娴熟地抽出上衣内袋里的记事本,撕下一张空白页,用袖珍笔写下数字。

"这是我家的电话号码,如果没人接,可以再打我妻子的手机。"

黑泽接过纸条叠好。

"你夫人真的会听我说话吗?"

"应该不会。"

黑泽跟佐佐冈齐声大笑起来。

"人的一生啊——"佐佐冈一脸释然地说,"人的一生,就是一天天的累积。"

"有道理。"

"你不觉得,如果人生是一场接力更好吗?"

"接力?"

"我有一幅很喜欢的画作,题名就叫《连接》。看到那幅画,我就会想,如果一生中只有一天需要我来负责,只有一天需要我来充当主角,第二天换成别人,那该多好啊。"

"那你什么时候登场当主角啊?"

佐佐冈没有多想,马上回答:"昨天。跟你久别重逢,真是太高兴了。昨天是我,是我们,当主角的日子。"

"你的想法真幼稚。"

"昨天的主角是我们,今天的主角是我妻子,明天的主角又换成别人。如果能这样持续下去,你不觉得很有意思吗?如果人生可以像接力一样,你不觉得很棒吗?虽然人生一闪而逝,但又可以永远持续。"

"每个人的一天都差不多。我们的昨天，你老婆的今天，还有别人的明天，若是叠在一起看，其实没什么两样。"

"怎么会呢？"佐佐冈笑道。

黑泽违心地提出送他到车站，跟佐佐冈一起走出了公寓。"一大早从别的男人家走出来，跟同性恋似的。"佐佐冈调侃道。黑泽点头赞同，锁上大门，按了电梯。

"对了。"黑泽开口道，"你知道这个吗？"

他抽出放在后袋的钱包，拿出一张纸，递给佐佐冈。

"这是什么？"

"不知道。上面有很多奇怪的文字，应该不是日文。昨天早上差不多这个时候，我在门口碰到了邻居。那个人正好扛着朋友出来，我就帮他按了电梯，当时这东西就从那人身上掉下来了。"

"会不会是彩票啊？"佐佐冈说。

"我觉得是护身符。"黑泽凝视着那张纸片，猜不出这究竟是哪个国家的东西。

"不，这是一种彩票。"佐佐冈高兴地断言道，"说不定中奖了。"

"可能只有三百日元。"黑泽说着，把彩票递给佐佐冈，"你要吗？"

"不用了，那三百日元你留着用吧。"

走到仙台站，佐佐冈掏出了手机。"我要打了。"黑泽一开始还不明白他的意思，但是看到他严肃的表情，一下就猜到了。

黑泽坐在步行栈道的长椅上，开始观察过往行人。有钱人、穷人、精神饱满的人、沮丧的人、寻找未来的人、等待未来的人、放弃的人，各种各样的人从他眼前走过。每个人的表情都很严肃。黑泽很想对他们说，你们高兴点啊。

"离婚吧。我不回家了。"黑泽听见佐佐冈的声音这么说道。佐佐冈反复叫着一个女人的名字，那应该是他妻子。

黑泽无奈地想，这种话题怎么能在如此嘈杂的车站用手机谈呢？

不过，佐佐冈上大学时无论做什么事都要事先规划，现在这个样子可算大有进步了。

咨询师？好像还不错。黑泽忍不住想，当小偷实在太累了。不如一边当小偷一边当咨询师吧？或者以咨询师为幌子，暗中挑选入室行窃的目标？向患者询问放存折的地点和存款数额会不会很奇怪？不，如果要问那些，倒不如兼职当侦探更方便。

最后他又想：在此之前，至少得干一趟活儿。没有收入的状态很不好受。虽不至于吃了上顿愁下顿，但是缺乏成就感会影响心理健康。他想起住在高层公寓的舟木。他在那里花费了那么多时间，却一无所获，这实在太打击人了。虽然工作本身没有失败，可是回想起来，他还是特别不甘心，觉得浪费了宝贵的人生。

他又想，这几天要不要再去一趟？那个屋里还有现金，能不能想办法搞出来呢？"吃回头草不吉利吧？"自己的声音在脑中发出警告，但黑泽很快就打消了这个想法。如果担心不吉利，那下次就换成夜间上门好了。本来小偷就更适合"上夜班"，应该不会变得跟上次一样。他只须瞅准舟木晚上开会的日子去就行。黑泽感到了久违的快乐，像在表演即兴音乐。可能久违的朋友和怪异而愉快的一夜将他缓缓推上了兴致的顶峰。

佐佐冈还在旁边反复表明离婚意愿，不知他妻子在另一边露出了什么表情。佐佐冈又反复说："我会再联系你。"

佐佐冈的妻子肯定也有她自己的故事。

通话迟迟没有结束，黑泽便站起来，在周围走了走。

他看到一条野狗，是昨天那条脏狗。黑泽越看越觉得那是自己的同类，便走了过去。狗一点都不害怕，兀自舔着肚子。

"这个送你吧。"

黑泽掏出口袋里的彩票，折叠几下，塞进狗项圈内侧的五金扣缝隙。

"下次你见到我进屋，可不要叫哦。"

黑泽轻抚狗头，伸展几下肩背，走回佐佐冈坐着的地方。他的朋友已经打完了电话，正一脸畅快地伸着懒腰。

"上展望台看看吧？"黑泽对佐佐冈说。

"你怎么突然想上去了？"对方奇怪地说。

黑泽笑着走向电梯。那里挂着垂幅，上书"特殊日子的别样体验"。黑泽想，其实这种日子往往就是特殊的日子。

"那是埃舍尔的画。"佐佐冈指着大海报说。

"经常能看见那幅城堡的画呢。那上面的台阶无论怎么走都会回到原地，对吧？是叫错觉画？"

"刚才我不是说了吗，人生可能是一场接力。那幅画也一样。士兵行走在台阶上，走到顶端发现，那里只是另一名士兵的起点。所有事情都一样，一个接一个联系在一起。人活在世上，归根结底也是如此。"

"管它是画还是什么，反正我不喜欢被骗。"黑泽笑着说，"你老婆叫什么名字来着？"

"京子。"

"这样啊。"

黑泽一边等电梯，一边想象那个素未谋面的京子正在做什么。

等一觉醒来，可能一切都会恢复原状。然而，河原崎心中小小的期待很快就落空了。

他不知不觉就睡着了，连窗帘都没拉上。阳光倾洒在河原崎的手上，房间里的样子一点都没变。

塑料膜上的血液看起来有点像颜料。红色的液滴无声振颤着。

塚本在另一头，四肢舒展，仰天躺在地上，跟他们俩第一眼看到的那具尸体一样。

河原崎双手掩面，一句话都说不出来。他忍住尖叫，无声地呼出气息吹拂着手心。

完了。自己在亢奋中掐死了塚本。对方的表情越来越狰狞，让他很害怕一旦松手会让自己陷入危险，就更使劲了。他们究竟搏斗了多久？

等河原崎回过神来，塚本已经全身无力地倒下了，仿佛灵魂都蒸发殆尽。为了寻找消失的灵魂，河原崎甚至忍不住确认空气流动的方向。

对自己所作所为的恐惧不断积压在体内。他杀了人。就算他被骗了，那也不是杀人的理由。

河原崎的身体开始颤抖，但是几小时后，颤抖平息了。

他抱膝坐在地上，轮番看着塚本双眼紧闭的面孔和被拆解的尸体。呼——他机械地重复着仿佛从孔洞漏出空气般的呼吸。

睡一觉起来，一切可能就会恢复正常？他带着这个想法，不知不觉就睡着了。

河原崎再次打量室内。

"怎么办？"他开口道，"完蛋了。"

应该先收拾好被拆解的尸体。

塚本带来的工具还包括消毒用的酒精，河原崎在厨房找到了一块海绵，配合酒精擦掉了尸体渗出的血液。并没有多少。

赤裸的尸体显得无比血腥、诡异，下半身的性器更让人难以直视，于是他拿起屋里的衣服套了上去。

给没有手臂的胴体穿衬衫，感觉就像用包袱皮包起纸盒。接着，他又给尸体的下半身套上内裤，然后剪下长裤的裤腿，套在两条腿上。

酒精气味很重，河原崎忍不住咳嗽了好几下。

之后河原崎把尸体塞进旁边的拉杆旅行袋。先放入躯干，再依次放入双腿和双臂，最后塞进脑袋，拉起拉链。

里面塞了一个人，重量自然不轻，好在带轮子，可以拖着走。

随后，河原崎又走到塚本的尸体旁边，开始翻口袋。他找到了车钥匙，塞进了自己的裤子后袋。

接着，他拖着旅行袋走出去，把旅行袋放到了车上。

将旅行袋放进后备厢后，河原崎再次回到房间，小心翼翼地卷起了地上的塑料膜。血液顺着皱褶滴落在木地板上。

他把塑料膜塞进了房间角落的垃圾袋。

接着，他走进洗手间，用肥皂拼命洗手。

接下来要搬动塚本的尸体，河原崎已经做好了准备。

河原崎很惊讶，原来触碰被自己杀死的人竟如此可怕。尽管死人不会说话，但仿佛时刻威胁着他，就像用手指着他，反复强调"我是不会放过你的"。

塚本的身体已然僵硬。短短十小时前他还在谈论死后僵硬，现在却成了这个样子,就像一个可怕的笑话。

"好。"河原崎喃喃一声,双手抓住塚本的右手,用尽了全身力气。他学着塚本几个小时前的动作,利用自己的体重掰弯了尸体的关节。他很害怕,但是用力一压,肘部还是弯曲了。接着,他又重复了几次同样的动作,依次折叠尸体的双手和双膝,最后折叠了胯部。这件事极耗体力,他已经满头大汗,塚本却依旧浑身冰凉,让他感到恐惧万分。好在尸僵已经解除,他可以将塚本背在身上了。

河原崎对塚本说,他要离开房间了。塚本已经不会再发出指示,也无法反驳。河原崎先打开玄关门,试图把门固定住。因为背着尸体很难开门。

他走出门外,险些惊叫一声。因为隔壁的住户正好也走了出来。两人对上目光,河原崎感到心跳开始加速。

"我是住在隔壁的黑泽。"对方朝他点了一下头。

实在没办法,河原崎也打了声招呼。

随后,他突然有了主意,便问:"对了,能帮我把门撑住吗?"此时与其假装无事发生,倒不如这样更不容易被怀疑。

对方是个三十几岁的男人,看起来很稳重。河原崎见他有点困惑,便随口说要把喝醉的朋友背到楼下去。最后,那个人答应了。

河原崎慌忙回到屋里,抓起红帽子塞进裤子后袋,背起塚本走了出去。

他好不容易走进电梯,门关上的瞬间,才想起没有对那个人道谢。

他背着尸体下到停车场,将其塞进了塚本那辆车的副驾驶席上,最后关上了车门。

河原崎坐进驾驶席，发动引擎，握住方向盘，却不知该去哪里。接下来该怎么办？此时他才感到胃部的疼痛。

塚本瘫在座位上，就像严重晕车的乘客。

直到把车开出去，河原崎才真正意识到自己做了什么。

他杀了塚本，毁了自己的人生。种种想法在脑中反复闪过。河原崎突然想，"高桥"为何要救他？"高桥"的确拯救了他。可是——河原崎踩着油门，继续思索，忍不住流下眼泪。"我真的得到救赎了吗？"他感到由衷的悲伤，又不知该如何是好，只能在街上盲目地穿行。

其间他感到饥饿，就停下了车。由于不能背着塚本四处走动，他就一个人下了车。穿过拱廊商店街时，擦肩而过的每个人看起来都比他幸福。

他走进快餐店点了汉堡，突然感到恶心，慌忙跑进厕所。最后，他头也不回地离开了。店员都向他投来疑惑的目光。

他双腿发颤，连路都走不稳。是因为刚刚搬运了沉重的尸体，还是他的心在颤抖？

一如往常的城市风景让河原崎感到无所适从。他杀了塚本，世界却跟昨天一样正常运转。为什么会这样？他感到心情阴郁。

我犯了杀人罪吗？他无法确认，甚至想请教别人。他感到坐立难安。

等回过神来，他才发现自己跑向了碰巧经过的人，不断重复那座公寓的名称。他想让其他人到房间里看看，看看他究竟做了什么。

河原崎无法表达心中的急迫，只能无声地呐喊。我在那个房间毁了自己的人生，请你去看看吧，告诉我那究竟是不是真的。他已经清理了那个房间，可如果那真的是现实，一定会留下某些痕迹。

那个行人很快就注意到河原崎的异常，快步走开了。河原崎长叹一声，让自己冷静下来。他杀了人，他不能逃避这个事实，不能逃避。

真的无法挽回了吗？河原崎漫无目的地走在大街上，向应该在某处看着自己的父亲发问。

我都做了什么啊……他哭着想。他也不明白自己为何想起了人生失败的父亲。眼前浮现出父亲的脸，对他说："你啊，将来去当画家吧。"他甚至觉得，父亲说那句话或许真的是在鼓励自己。

"我再也无法被救赎了吗？"

河原崎猛然醒悟。原来我到最后寻求的依赖，既不是"高桥"也不是宗教和神明，而是我父亲。

"我就说嘛。"他仿佛看到父亲露出骄傲的笑容，心里轻松了一些。他还是不知道该怎么办，不过抽出了红帽子，学父亲折了折帽檐。

河原崎经过车站，看到那条野狗依旧漫无目的地走着。

只是纯粹的心血来潮。不知为什么，他径直走进拱廊商店街，在刚开门的宠物店买了一个项圈。

他回到发现野狗的地方，给它戴上了项圈。狗很乖，丝毫没有反抗，反倒像试装的女明星，一脸自然地端坐着。

"挺好看的。"河原崎拍拍狗的后背，起身离开。

接着，他看到了展望台，那里挂着垂幅，上书"特殊日子的别样体验"。

今天算是特殊的日子吧。河原崎仰头看着高塔一般的展望台。"今天是特殊的日子吗？"他对不存在的父亲发问。"算是吧。"他似乎听见了父亲的回答。

他呆呆地看着埃舍尔展的海报,许多士兵行走在城堡之上。他好像听说过,画中的并不是城堡和士兵,而是修道院和僧侣。可无论怎么看,都像是城堡和士兵。看着看着,河原崎发现城堡门口有一个抱膝独坐的士兵,似乎在抱怨自己被独自扔下。他有点伤心。那个士兵又好像在等待什么人。

那就是我啊。

河原崎越看越觉得,那个士兵就是他。是他独坐在城门口,等待父亲到来,跟他一起回到人生的轮回中。

河原崎一边等电梯,一边想象早上碰到的黑泽如今正在做什么。

京子走了整整一夜,沿着四十八号国道原路返回,穿过车辆专用隧道,进入仙台市区。隧道里连电动自行车都不允许通行,所以车子的车速都特别快,京子被无数辆车按了喇叭。

她如同鬼魂,在隧道边缘摸索着行走,走向那个不知何时才能到达的地方。

"尸体被切断。人的身体变成碎块,又接了起来。双手双脚都被切断……"

她边走边喃喃自语。走进隧道前,她确认手机有信号,就给警察打了电话。她报了青山家的地址,留下一句"那家人很可怕,他们把尸体藏在后备厢里",马上挂断了。

接下来就是警察的事情了。京子将青山夫妇彻底抛在了脑后。

青山竟与妻子密谋,反而将她骗进了圈套。她不愿意相信这个事实。她无法接受自己竟然险些被青山的妻子杀了。她脑中只剩下那可怕的一幕:后备厢里的尸体被切碎,然后拼接起来,还爬出了汽车。那情景过于逼真，很难将其归为噩梦。

穿过隧道进入市区时，天已经要亮了。京子感觉不到困顿。脑袋虽然很沉重，但她丝毫不想钻进被窝休息。

途中，她在便利店买了矿泉水和一把剪刀。她看到货架上放着硕大而造型凶狠的剪刀，就忍不住买了下来。

"剪个稀巴烂。"京子拿着剪刀说。

我到底做错了什么？怒火在无意识间涌了上来。尸体为什么会接起来？断掉的东西为什么会接起来？有人要骗我。有人要陷害我。有人要胜我一筹。

开什么玩笑？京子想。下腹部的疼痛已经平息，尿意也消失了。膀胱炎好像突然不见了踪影。但她甚至感觉不到欣喜。

京子在市区兜兜转转，脚底磨出了水泡，然后水泡又磨破了，她也毫不在意。

时间缓缓流逝，路上的人越来越多。

京子突然想到自己还没取手枪，转身走向车站。

她走向车站入口时碰见了一条野狗。那是一条又老又脏的狗，一点都不可爱。

她感到莫名愤怒，怒火几乎要将内脏焚烧殆尽。她无法容忍一条老狗过得如此舒服。我都变成这样了，这条狗凭什么一副优哉游哉的样子。

剪个稀巴烂。她拿出剪刀，"咔嚓咔嚓"地空剪了几次，心中的郁愤在听到这个声音的瞬间消散。

"我要剪断你的项圈，剪断你的脖子。"京子朝狗走了过去。

就在这时，一个中年男人走了过来。

那是个无比平凡的中年男人。京子瞬间断定，他肯定是个被裁员的废物。

"你要对狗做什么？"他竟敢这么说。京子烦躁不已。不知为何，那人突然又说："对，就是我的狗。"他还敢反驳，这让她更气愤了。

两人争执起来，最后中年男人带走了老狗。京子被丢在原地，怒火越烧越旺。她气得大吼，但所有人只是用疑惑的眼光看着她。无视、冷笑、回避，这就是她能得到的全部回应。

她继续往前走，看到一张画展的海报。

愚蠢的士兵不作思考、原地转圈，这幅画让她无名火起。因为那些人都像脑袋空空地活着。如果她能走进画里，定要用手上的剪刀把所有士兵的脑袋剪下来。她要毁灭一切，破坏一切。

她来到展望台前。高塔傲然耸立，似乎在嘲笑她。

门口挂着垂幅，上书"特殊日子的别样体验"。

什么特殊的日子？京子火冒三丈，头顶几乎要冒烟。早上，丈夫向她提出离婚。接着，她出门杀人。路上，车子撞到了陌生人。后备厢里的尸体还被切断了。破碎的尸体连接起来，走进了夜幕中。这种日子能叫特殊的日子吗？

我要跳下来，京子突然想。

我要登上展望台，一跃而下，摆脱这个荒诞的日子。我不会输给任何人，我要控制自己的人生。京子想着，右手紧握成拳。

她一边等电梯，一边想象刚才碰到的中年男人和那条老狗正在做什么。

丰田坐在卷帘门紧闭的咖啡店门前，老狗在他脚边蜷成一团。狗叹了口气，把头搭在前腿上睡着了。

穿着撕破的西装很丢人,但丰田并不在意,甚至感觉这样才符合自己失业者的身份。妻子和儿子再也无法忍受他,公司也赶走了他。这样的人不该有归宿,不该穿崭新的西装。反倒是一边袖子撕破了的皱西装更适合他。他的脸颊、背后和侧腹都留下了瘀青,骨头好像没问题,不过瘀青的颜色有点吓人。暂时还没机会泡热水澡,过段时间恐怕还会肿起来。

丰田从口袋里掏出咖啡厅的半价券。早上他想用,但是遭到了拒绝。他盯着半价券看了一会儿,其实没什么,就是因为过期了。

上面写着开业三天特惠,今天已经是第四天了。早上他还误以为店员是在歧视无业人员,现在知道了真正的原因后,就真的没什么好生气的了。

车站大厅空空荡荡,只有几个年轻人枕着书包、躺在绿色窗口旁边,特产店和小卖部都关门了。

要不就在车站睡一晚吧。

他看见一男一女从新干线的自动检票口走出来,看着像是一对毫不相衬的情侣。

男人已经五十多岁了,可能年纪更大,但是走起路来昂首阔步,充满活力。他那件夸张的毛衣特别显眼,倒也挺符合他的气质。

一开始,丰田见他眉眼散发着威严和自信,还以为是个政治家。而且,他的耳朵和鼻子都看起来特别大。

那种人就是人生的赢家啊,丰田呆呆地想,那种人跟自己这种遍体鳞伤的无业游民完全是两个世界的人。一眼就能看出,那个傲气的男人跟他不在一个级别。

丰田想起了儿子以前很沉迷的电视游戏。开屏画面这一步可以选择"初级玩家""高级玩家"等难度，那个从检票口走出来的男人肯定是顺利通关了"高级玩家"难度的人。与之相比，自己只是"初级玩家"，而且已经快 GAME OVER（游戏结束）了。

男人身边是个提着行李的女人，长得高挑好看，有一头油亮的黑色长发。是他的秘书吗？他们看起来不像情侣。但虽然有父女的年龄差，两人之间的气氛却要更暧昧一些。莫非是情人？但是他们看起来也没什么感情，双手提着行李的女人倒更像个仆人。而且她毫不掩饰脸上的厌恶。

他们站在电梯前四下张望，好像在找人。

男人看到了丰田。丰田慌忙转开脸。人生赢家怎么可能找他有事呢。

就在这时，男人转向女人说了几句话，还抬手指着丰田坐的位置。丰田惊讶地回过头，但是身后没有其他人了。他突然很紧张，担心自己做错了什么事。

紧接着，丰田心中又浮现出一丝期待。那个贵气十足的男人莫非要给自己安排一份工作？

"能占用你一点时间吗？"男人走到丰田面前，开口说话了。丰田特别紧张，这个人散发出强烈的气场，几乎要把他吞没。男人近看比远看更显老，唯独面容年轻，还没什么皱纹，显得很不协调。

"有、有什么事吗？"丰田挤着嗓子回答。

"你是做什么工作的？"

听到这个问题，丰田心中一惊，然后咽了口唾沫，坦白道："我没有工作。"

他感到有一股看不见的力量，逼迫他如实回答。

女人面无表情地站在一边,眼角似乎在微微抽搐。她很紧张吗?还是很不高兴?丰田猜不出来。

"哦,没有工作啊。"男人看起来很高兴。丰田甚至听见他小声说"那正好"。接着,男人从高级西装的口袋里掏出名片,又对丰田说:"我姓户田。"

丰田接过名片看了一眼。那上面印着长长的一串头衔,让他确信这人果然是人生赢家。跟舟木那种井底之蛙相比,这个男人连气场都很不一样。

"你知道自己现在最想要什么吗?"

男人问了个拐弯抹角的问题。

"啊,嗯……"丰田惊愕地应了一声。

"你现在最需要的是一份工作。"

听到这句话,丰田怀疑自己的耳朵出了问题。他一时回不过神来,身体也动弹不得。

"你需要一份工作,让你每天能安心生活的工作。"

没错,你说得太对了,丰田很想这样回答,但还是发不出声音。

女人忧伤的目光让他有点走神。

"那么,此时此刻,你最重要的东西是什么?"

男人又提了个令人意外的问题。丰田左右看了看。最重要的东西?还真没有。他的西装已经破了,那沓简历派不上什么用场,家人也早已离开。"真要说的话……"他半开玩笑地说着,摸了摸老狗的头,"应该是这条狗。"

女人露出快要哭出来的表情,这让丰田感到很奇怪。她绝望地移开了目光,看起来惴惴不安。

"这样啊。"男人满意地点了一下头,"是这样的,我正好想养狗,希望你把这条狗给我。"

"啊?"

"我想要这条狗。当然,我不会白拿。要不这样吧……"

丰田咽了口唾沫。

"如果你愿意,我可以给你安排工作。你不是正好没工作嘛。而且我不会空口答应你,可以现场签约。"

丰田不知该作何反应。"啊……"

"如何?我有好几家公司,都可以安排你去上班。"

"真、真的吗?"

"当然是真的。只要你马上给我答复,什么都不是问题。"

男人的表情充满自信,看起来不像骗子。

被拯救了。丰田紧紧闭上眼,然后看向老狗。这不就是今天早上刚碰到的狗而已吗?严格来说,并不是他的狗。

他不认为这个男人在骗他。对方要的只是一条不值钱的老狗,这让丰田对他产生了信任。他知道骗子会骗钱,但绝没有人专门演一场戏,就为了得到一条狗,也许这正是改变命运的好时机。他又一次看向老狗。

"如何?我觉得这个主意不坏。"男人伸出了手。

的确不坏,一点没错,甚至应该称之为奇迹。

丰田又摸了摸狗头,准备把它抱起来。

为了坚定决心,他再次闭上眼睛。

他能轻易放过从天而降的工作机会吗?当然不能。

"只是一条狗而已。"脑中有个声音在低语,那正是他自己的声音。就在这时,丰田想起了白天的一幕。

他想起了自己被那群年轻人攻击时,老狗挺身而出的身影。

丰田倒在地上,失去了抵抗的力气,但是瘦小的老狗扑过去咬住了攻击他的人，它的勇敢和莽撞让丰田备受感动。

他又想起老狗一脸超然地看着夕阳。"别害怕，别离开我。"

"如何？"男人再次催促。

丰田没有握住男人的手，而是站了起来。

"我不害怕。"他小声呢喃，同时做出了决定。然后，他深深低下了头。"感谢你的慷慨，但是我拒绝。"

说完之后，丰田自己也吃了一惊，他没想到自己竟会说出这样的话。那两人的表情僵住了。一声疑惑的惊呼之后，谁也没有再说话。丰田见状，也"咦"了一声。

"为什么？"过了一会儿，女人先开口了，"你为什么要拒绝？"

"不、不可以吗？"

"不是。你看不上交换的条件吗？"

"怎么会，我从未听说过这么好的事情。"

"那就是你不敢相信？"

"也不是。应该说，我不觉得这是在骗人。"

"那是为什么？"

丰田不明白，这个美人为何要一直追问。而且他自己都不知道为何要拒绝。

"我觉得……"他抱起了沉睡的老狗，"我觉得不能就这么送走它。人总有一点不能放手的东西，对吧？"

你怎么随手扔掉了从天而降的机会！他听到脑中传来责骂的声音，但没有理睬。他又鞠了一躬。

"等等，我给你钱。"男人的声音很平静，就像深深扎根在地底，"你说个数字，我这就给你。转账也行。"

这次，丰田没有多想。无业有什么不好？对不对？今天你跟这条脏狗学到了什么?声音在丰田的脑中回荡。

"对不起。"他低下头,"我还是要拒绝。"

突然,男人的脸色变了。他并非慌张,但声音变得格外洪亮。

"站住,你以为你能拒绝吗!"

丰田突然动弹不得。

"你会后悔的。"男人压低声音继续道,这句话听起来不像空洞的威胁,"你就不怕自己的人生被毁掉吗?"

丰田苦笑起来,紧绷的肩膀卸下了力道。

"不,我的人生已经毁了。"他下意识地掏出了枪,看也不看周围就对准了那个男人,"请你别再烦我了。"

男人僵住了。

"不好意思,难得你给我这么好的机会。"丰田礼貌地说。

他虽然不担心自己突然改变主意,但还是收起枪,加快脚步离开了。那个男人一脸难以置信的模样,呆立在原地没动。稍远处有两个体格健硕的男人,似乎刚反应过来,拔腿就追。丰田跑了起来。

"祝你人生顺利。"与女人擦肩而过时,他听见她小声说。

丰田惊讶地回过头,她漂亮的面容已经扭曲了。

他走出下行电梯,老狗睁开了眼。临近深夜,车站里没什么人。他放下狗,牵着绳子走了起来。

前方是出租车载客点。

丰田与一名抱着大号素描本的白人女性擦肩而过。经过之后他才想起,那是上午见过的外国人。

丰田转过身,叫住了那个女人。

"有什么事吗?"她歪着头,这个姿势与脑后的编发很相称,显得十分可爱。

"你还有写日语单词的纸吗?"

她露出整齐的牙齿笑着,翻开手上的素描本,递给丰田。"你要写吗?"

"不,今天早上我写过一次了。"丰田说完,小心翼翼地解开素描本的搭扣,翻看起来。

他看到了"力"字。这个字有点向右上角歪,写得不太好看。

"那是三天前的。"白人女性告诉丰田,页面上的确写着日期,"是个年轻男人写的。"

再翻过几页,他看到了一个潇洒的笔迹。"夜"。这个人的字大方洒脱,应该是个男人。

"这是两天前的。"她的日语说得流畅又好听。

接着,他看到了"心"。这个字写得无比秀丽,就像书法范本。肯定是个女性。"那是昨天的。"

很快,他就找到了今早自己写的字。"无色"。字很小,看起来很无力。

一看就是迷失了自我的人写下的字。

丰田紧紧闭上眼睛,试图压抑这一刻心中的不安和孤独,但很快就又睁开了眼。

"这是我写的。"

"是吗?"白人女性眨眨眼睛,露出了尴尬的表情。是她本来就不擅长记日本人的脸?还是自己写字时的神态与现在完全不一样?

丰田脚下的老狗挠了挠脖子上的项圈,可能长了跳蚤。

"啊,这上面有东西。"她用漂亮优雅的日语提醒道。丰田低头看了一眼。

老狗的项圈里的确塞了一张纸片。丰田蹲下身,抓住露出来的纸片一角。狗用厌烦的表情看着他，但他还是把纸片抽了出来，随手展开。

"那是什么？"白人女性好奇地凑了过来。

纸片上印着陌生的文字，不是日语。上面还有数字。"难道是护身符？"

"这是彩票。"白人女性说道，"我在电视上见过。"

丰田举起彩票，对着车站的灯光晃了晃。

"彩票？是谁塞进去的？"

"可能中奖了哦。"白人女性笑着说。她的脸美得令人叹息。

"是啊，可能中奖了。"

"如果中奖了怎么办？"

"我想想……"多大的金额比较现实？一万日元？十万日元？丰田不禁乐在其中，偶尔做做梦也不错。"我可以买狗粮，然后重新拍一张简历照片。"

白人女性似乎没听懂他在说什么，但高兴地点了点头。

"我能再写一遍吗？"丰田说着，把揉成一团的彩票塞进口袋，然后将狗绳换到左手。

"请吧，请吧。"她说着，递过了马克笔。

丰田看着白纸，想了一会儿。

"那里有一座展望台呢。"白人女性流畅地说。

丰田拿着笔，抬头看向车站门口的展望台。塔顶打了灯光，看起来如梦似幻。

他又看了看贴在展望台门口的"埃舍尔展"海报，一群人在城堡屋顶绕圈子。

丰田想起了小时候的疑问。

画上那些人仿佛象征着停滞的人生，排成队列无限行走在拥挤而狭窄的楼梯上。

让人感觉楼梯在上升的错觉画本身就很有意思,但他又注意到了别的地方。

有一个人站在远离城堡屋顶的地方,抬头看着行进的队列。

那人靠在墙上,悠闲地看着上面的光景。

那是谁?小时候丰田就觉得那个人很不可思议。那个站在一旁眺望停滞的人生的人,究竟是谁?

他想变成那个人,小时候的他可能产生了这样的愿望。

并非因为那个人远离了拥挤,而是丰田很憧憬那副自信的身影。

现在的他,也希望变成那个人。

丰田低头看向老狗,他很想问,那个人是你吗?

"听说今天早上有个女人想从上面跳下来。"

白人女性的话让丰田回到了现实。

"跳下来?"

"因为有玻璃挡着,所以没跳成。"她笑着说,"那个女人大发脾气,最后被警察带走了。"

"原来如此。"丰田说着,继续思索自己要写的字。

"好。"下定决心后,他拔掉笔盖,一气呵成。他用掉了整整一页纸,同时感叹:"其实挺好看啊。"他很高兴,因为这让他想起了以前做设计时的感觉。每个字的平衡都把握得很好。

イッツオールライト

丰田写下了这行字,这正是他此时此刻的心情。写下来后,他可以很自信地说:"没问题的。"

"你写了什么?"白人女性转过素描本,先凑近了看,又拿远了看,接着歪过头。看来她不太懂片假名。

"我写的是 It's alright。"丰田回答。

白人女性愣住了。"这个……"

"啊?"

"这个不是日语啊。"她似乎在忍笑。

"啊。"丰田恍然大悟,忍不住笑了出来。女人也笑了起来。两人不受控制地大笑了一会儿。

笑着笑着,丰田再次看向展望台。电梯旁挂着垂幅,上书"特殊日子的别样体验"。狗能进电梯吗?

丰田走向电梯,想象着素未谋面的陌生人行走在城墙之上。

Lush Life——华丽人生。

参考／引用文献

《思考的人》 养老孟司，筑摩书房

《欢迎来到解剖学教室》 养老孟司，筑摩书房

《尸体解剖入门》 赫伯特·H.卡特著，中村保男、远藤宏昭译，飞鸟新社

《你的大脑百无聊赖》 滨野惠一，芝麻书房

《汤姆·索亚历险记》 马克·吐温著，大久保康雄译，新潮文库

本中译本根据二〇〇五年日本新潮社出版的文库本翻译而成。相较于二〇〇二年初刊行的单行本，作者做了一些修改。

——特别收录

中国读者"采访"伊坂幸太郎

我们通过社交媒体征集到了三百多个问题，翻译后全部通过电子邮件发给了伊坂老师。编辑部选刊以下二十五个，括号里为提问者的 ID，编号以提问时间排序。

Q1：伊坂老师的书对我来说就是我的人生加油站，每次读完一本都能给我很多能量。那么伊坂老师在生活中是怎么给自己"加油"的呢？（from NatsukeiMio）

伊坂：大约六年前开始，受到孩子的影响，我开始玩一款名叫"决斗大师"(Duel Masters) 的卡牌游戏。虽然我已经不是小孩了，但现在还是每天都玩 [其实应该是二人对战，但我都是一个人玩（笑）]。我特别喜欢把玩卡牌的感觉，这也许就算是"加油"吧。另外，看到特别厉害的电影和漫画时，也会有"加油"的感觉。

Q2：您的一些作品当中会出现您其他作品中的角色，因为我很喜欢那些拥有超能力的角色，就很好奇老师会不会考虑让拥有超能力的角色在同一部作品中全部出现，然后发生一件很有趣的事件呢？（哈哈哈哈，其实很期待，很希望有这样的一部作品。）同时想知道创造他们的超能力的灵感来源于哪里呢？（from 螺丝人）

伊坂：我从小就喜欢登场人物有超能力或身怀绝技的漫画，所以觉得在虚构作品中出现这些元素并不稀奇。若是自己写，我会想构思出独特的超能力，因此会考虑很多。如果让所有具有超能力的角色在同一部作品中登场，搞不好会与他们各自的作品产生矛盾，恐怕很难写。若是能想到彼此不冲突，既好看又有惊喜的故事，我也许会写。

Q3：伊坂老师，人生就好像一直在寻找方向和目标，那它的最优解（选择或是答案）在什么时候被找到最合适？（from 波波乐）

伊坂：其实我也想知道最优解是什么。回想自己的人生，虽然有很多的不顺利，也有很多阴郁的时候，但正因为有了那些经历，才有现在的我。所以我会想，每一次的痛苦，其实也是通往最优解的必经之路。

Q4：请您推荐一下华丽的人生应该看的书。（from 高高）

伊坂：莫言的《生死疲劳》能够让读者体会到各种各样的人生，不仅波澜壮阔，而且格外耐读。如果是日本作家，丝山秋子的小说相对没有那么波澜壮阔，但作为小说非常不错，也描绘了各种各样的人生。

Q5：伊坂老师喜欢打麻将吗？打麻将的时候经常平和还是等着赢个大的呢？（from shingko）

伊坂：我上学时很爱打麻将，跟朋友打麻将的时光真是太幸福了。但我不是很厉害，经常输，每次都很伤心（笑）。我特别喜欢平胡，大牌几乎没有做成过。

Q6：您的作品里的主角总是会在日常生活中碰巧被卷入某些非日常的事件，请问您自己有没有过这样有趣的经历呢？(from Mori)

伊坂：我的生活很平凡，不会经常遇到奇怪的事情，所以只能靠想象。

Q7：如果您有超能力将您的小说中的一个人物带到现实世

界，您会选择谁？当TA来到这个世界时候，如果必须要您给TA一个忠告，您会说什么？（from 冷蝉）

伊坂：我会召唤《金色梦乡》里年轻版本的青柳春彦，对他说："你要跟好朋友森田森吾保持联系，彼此支持。"

Q8：请问伊坂老师能不能分享一下最近的快乐源泉？（from 小煎豆包）

伊坂：玩"决斗大师"。买它的新卡牌来玩是我少数的快乐之一。

Q9：伊坂老师如果去动物园，会先去哪一个展馆？（from JrKgRn）

伊坂：如果动物园设有参观顺序，就会按顺序走。不过我喜欢北极熊和老虎，所以按顺序走之前会先确认好这两个区的位置。

Q10：中国的SNS上流传过日本社畜的诗歌，有一首是「哥斯拉／拜托了／把我们公司踩爆吧。」（大意）伊坂老师，如果有一天城市被毁灭，在你的想象里担当毁灭者的角色是什么样的具体形象呢（我感觉巨大的北极熊或厚云朵都不错）？还有如果城市被拯救，拯救者又是什么形象呢？（from si）

伊坂：这也太可怕了，我都不敢想。不过如果毁灭者最后会被打败，那么我希望这个毁灭者是个巨型的趾高气扬的人（比如公司高层），拯救者则是善良的人（在公司认真干活的人）。

Q11：祝您生日快乐！刚刚得到一个好消息，我的亲外甥顺利出生了（2021.5.25），跟我最喜欢的作家（也就是您）同一天生日，我好开心！而且这次再版的作品叫作《华丽人生》，让我有种冥冥之中的命运感。想问伊坂老师的问题是：觉得什么样的人生可以被称为"华丽人生"？（from Yakamoz）

伊坂：原来你外甥跟我是同一天生日啊，我也好开心。"华丽人生"是什么呢？做一份压力不算大的工作，有足够生活的积蓄，再有一个值得信赖的说话对象，这样就够了。不过好难啊……

Q12：我学东西很快，探索新的领域让我很开心，但是总是无法专注地停留，总是忍不住想继续探索新的事物。我担心长此以往，最终会成为碌碌无为的人。如果是伊坂老师的话，会选择过所有的事都是七十分的人生，还是只有一件事是九十分的人生呢？（from 朽废纸）

伊坂：我觉得学习新事物能让你开心已经很厉害了，而且还能学到七十分，那就更厉害了。我也总是三分钟热度，就算想在一件事上得到九十分或一百分，也觉得肯定做不到。如果争取凡事都能做到七十分，并从中找到"这个真好玩！"的事情，我也许就能加倍努力吧（笑）。

Q13：伊坂老师笔下的角色都非常生动，会让人觉得他们好像就住在隔壁街道，说不定上班都会搭同一辆公交！如果伊坂老师笔下的大家都是真实存在的话，您觉得您最可能和谁成为好朋友，又觉得谁是最难相处的呢？（from 公司被弟弟烧成吐司的男子）

伊坂：仔细想想，好像没有哪个人物最可能成为好朋友呢。《再见，黑鸟》里的星野君看起来不错，但是他脚踏好几条船，恐怕已经不算好人了。别的人物要么是杀手、小偷，要么拥有奇怪的能力，或者嘴巴特别毒，都是我不想认识的人呢（汗）。

Q14：在《华丽人生》这本书中，我觉得角色们一直在做各式各样的选择，他们微小的选择也许影响了自己，也许影响了别人，也许谁都不影响。在生活中或者社会上，我们总会遇到一些选择，买电器的话可以参考产品参数或者品牌，买衣服的话可以参考面料或质感，但遇到人生中需要做出选择的时候，伊坂先生认为有什么东西（或事物）值得我们在做决定前参考的呢？（from 老作）

伊坂：我会问妻子的意见。如果是工作方面的事情，就问信任的编辑的意见。有时候我会凭自己的感觉做选择，但是经常出错。如果无论怎么选（好处和坏处）都差不多的话，我就会选"从人性出发更美好"的那个选项（笑）。

Q15：伊坂老师的作品里讨人喜欢的角色和惹人怜爱的角色经常无法获得标准意义上的好结局，想知道老师在构思的阶段就会想好角色的未来吗，还是会在创作的时候灵光一现，才决定他们的去向呢？（from 小盐）

伊坂：基本是后者，也就是根据创作过程中的灵感决定。在构思阶段我完全想不出结局，每次都带着"写着写着就能想出来"的想法去写。其实我很想写出"最后大家幸福快乐地生活下去，可喜可贺"的结局，但不知为什么，真正写出来往往不是这个样子。

Q16：如果伊坂老师碰到了展望台附近举着本子的白人女孩，您会在她的素描簿上写下什么文字呢？（请把你喜欢的日文告诉我）（from 如果恐惧是鱼）

伊坂：我的回答很普通，就是"健康"。对人类来说，身心健康真的最最重要，所以健康很好啊（笑）。

Q17：《华丽人生》里，老夫妻大盗说："像我们这样的老年人，想要和年轻人平等地说上话，还得靠有了枪才能勉强进行。"丰田说："这并不是说我和年轻人哪一个更了不起。即使人生有先来后到的区别，却不会有哪一个更优秀之类的等级差。"请问

伊坂先生，如今对两代人之间的关系有何新体会，有"告诫之语"吗？（from 言午可）

伊坂：其实我也不是很了解，没办法给出忠告或者劝言。但我最近觉得，年代辈分并不重要，无论哪一代人，都有好人和坏人，还有各种各样的人性。所以我会坚持一个想法：自己眼中的"正确答案"，到了别人眼中恐怕就不算正确答案了。

Q18：我经常会做些很脱离现实的梦，讲给朋友们听后他们都会很诧异。老师笔下也常有些想法脱离常识的角色，是不是也代表着老师时常会有些破天荒的想法呢？老师有过的最破天荒的想法是什么呢？有没有分享给身边的人听？他们是什么反应呢？（from 楠砸）

伊坂：我平时可能不太有特别破天荒的想法，但是特别爱担心，担心起一件事来往往会越想越夸张。前不久我在给院子里的树修剪树枝时莫名地想："别人看见我这样搞不好会谴责'那个人在虐待植物'，最后我就成了社会的敌人"，心里顿时很害怕。后来我对编辑提起这件事，他笑话了我两句，就这么过去了。

Q19：对于伊坂老师来说，完美的一天是由什么构成的呢？（from 包子有肉不在褶）

伊坂：不给任何人添麻烦，不惹任何人发火，写出自己满意的稿子，乐天金鹫队逆转取胜，那就完美了。

Q20：老师觉得人生中最不能丢弃的三样东西是什么呢？（from 周周）

伊坂：这题好难啊，我从来没想过。其中一个应该是"（自己和心爱的人的）生命"，还有什么呢……"很重要的密码"和"很重要的密码的提示"吧（笑）。

Q21：您的作品中经常出现有着愚直正义感的人物，例如阵

内,这些人物带给读者们很大的欢乐。请问您是以身边人为原型创造出这些有灵魂的人物的吗?(from 伊库塔)

伊坂:阵内没有现实原型,但是融入了一些我观察到的家人和朋友的言行。我基本上是"让登场人物在小说里做一些我在现实中做不了的事情",所以他应该算是我的妄想的产物。

Q22:某天,伊坂老师碰到了一个阿拉丁神灯,在擦过神灯后,蹿出来的竟然是多啦A梦!!多啦A灯(?)可以给您三个道具终生使用,但不可退换。那么伊坂老师会想要哪三个道具呢?(不许要哆啦美和四次元口袋)。(from 很朋的pipi美)

伊坂:有一种道具我忘了名字,功能是"录入自己喜欢的漫画家的作品后,只要口述想要看的故事,就能生成那个漫画家风格的作品"。有了这个道具,我写新书肯定容易多了。另外,我的外语很差,所以想要一个"翻译蒟蒻"。好像还能跟外星人说话吧。最后一个当然就是任意门了,去东京出差会轻松不少。

Q23:想问问伊坂老师能不能用一段话或者一张图来描述自己脑内的宇宙是什么样子的呢?(from 小恬恬)

伊坂:其实算不上多厉害的宇宙。当我沉浸在"没有灵感,不想工作"的状态中,"好想写有趣的小说"这种心情就会宛如行星一样浮现出来,不时砸几块名为"灵感"的陨石下来。大概是这个样子吧,如果描述得不够清楚,那就对不起了。

Q24:《家鸭与野鸭的投币式寄物柜》里,孩子们成功偷走的小熊猫最后有快乐地成长吗?小熊猫和孩子们有一起去冒险吗?比如召集了全世界从动物园里跑出来的小熊猫们。(from 不治水)

伊坂:对啊,小熊猫后来怎么样了呢!!我希望它能幸福地长大。考虑到小熊猫的幸福,还是回到饲养员身边更好吧。不过既然是虚构故事，让它长成巨型小熊猫，驮着小孩子到处冒险也不错。啊，说到这里，第十一个问题里的拯救者也可以是这只巨型小熊猫，因为很可爱呀。

Q25：老师，您好，最近这几年，在中国流行一种"朋克养生"，指的是当代年轻人一边具有朋克精神的躁动，一边养生的生活方式。比如，喝啤酒的时候放几颗枸杞，熬夜的时候一定要贴上面膜，蹦迪的时候穿上护膝。想请问老师会不会也进行这样的"朋克养生"活动呢(#^.^#)(from 尖尖)

伊坂：朋克养生！好像很好玩呢。不过话说回来，这样肯定对身体不好吧。说个题外话，最近我买了一本《关于健康的书》，看见封面写着"好看到睡不着觉"，我不禁疑问：睡不着觉好像无益健康吧？

Lush Life by Kotaro Isaka
Copyright © 2002 Kotaro Isaka/CTB
All rights reserved.
Originally published in Japan by SHINCHOSHA Publishing Co.,Ltd.
Chinese (in simplified character only) translation rights reserved by NEW STAR PRESS under the license granted by Kotaro Isaka arranged through CTB Inc.

图书在版编目（CIP）数据

华丽人生 ／（日）伊坂幸太郎著；吕灵芝译. －－北京：新星出版社，2021.11
（2024.11 重印）

ISBN 978－7－5133－4688－7

Ⅰ．①华… Ⅱ．①伊… ②吕… Ⅲ．①推理小说－日本－现代 Ⅳ．① I313.45

中国版本图书馆 CIP 数据核字（2021）第 190798 号

午夜文库
谢刚 主持

华丽人生

[日] 伊坂幸太郎 著；吕灵芝 译

责任编辑：王　欢
特约编辑：赵笑笑
责任校对：刘　义
责任印制：李珊珊
装帧设计：broussaille私制

出版发行：	新星出版社
出 版 人：	马汝军
社　　址：	北京市西城区车公庄大街丙3号楼　100044
网　　址：	www.newstarpress.com
电　　话：	010-88310888
传　　真：	010-65270449
法律顾问：	北京市岳成律师事务所

读者服务：010-88310811　service@newstarpress.com
邮购地址：北京市西城区车公庄大街丙3号楼　100044

印　　刷：	北京天恒嘉业印刷有限公司
开　　本：	910mm×1230mm　1/32
印　　张：	9.375
字　　数：	151千字
版　　次：	2021年11月第一版　2024年11月第四次印刷
书　　号：	ISBN 978－7－5133－4688－7
定　　价：	49.00元

版权专有，侵权必究；如有质量问题，请与印刷厂联系调换。